韓国の読者の皆さま。
お楽しみいただければ幸いです。

月木春央

한국의 독자 여러분. 즐겨 주시기 바랍니다.
ー유키 하루오

방주 方舟

유키 하루오 장편소설 — 김은모 옮김

◆◆◆ 차례 ◆◆◆

대학 등산 동아리 모임

- ⊙ **고시노 슈이치** 시스템 엔지니어, 화자
- ⊙ **시노다 쇼타로** 슈이치의 사촌 형
- ⊙ **노우치 사야카** 대학 후배, 요가 교실 직원
- ⊙ **다카쓰 하나** 사무직 직원
- ⊙ **이토야마 류헤이** 피트니스 센터 강사
- ⊙ **이토야마 마이** 유치원 교사, 류헤이의 아내
- ⊙ **니시무라 유야** 의류업 종사자

야자키 가족

- ⊙ **야자키 고타로** 50대 남성, 남편, 전기기사
- ⊙ **야자키 히로코** 아내
- ⊙ **야자키 하야토** 아들, 고등학교 1학년

내가 홍수를 땅에 일으켜 무릇 생명의 기운이 있는 모든 육체를

천하에서 멸절하리니 땅에 있는 것들이 다 죽으리라

그러나 너와는 내가 내 언약을 세우리니 너는 내 아들들과

네 아내와 네 며느리들과 함께 그 방주로 들어가고

구약성서 창세기 제6장 17절, 18절

복도 천장의 형광등이 불안하게 깜박거렸다.

발밑의 바닥은 철골에 철판을 용접하고 비닐을 발라서 공업 시설 같은 느낌이 든다. 벽에도 철판을 댔고, 몇몇 구획에는 암석 표면이 드러나 있다.

여기는 지하 1층이다. 그래도 지상까지는 10미터 가까이 된다.

우리 아홉 명은 종교 의식을 앞둔 것처럼 엄숙한 표정으로 복도에 우두커니 서 있었다.

120호실 문이 열려 있다. 작은 창고인 120호실에는 목이 졸려 죽은 인간의 시체가 너부러져 있었다.

범인은 물론 여기 있는 아홉 명 중 한 사람이다. 누구인지는 범인 말고 모른다.

아무도 입을 열지 않아서 발전기가 진동하는 소리만 울려 퍼졌다.

그 소리에 섞여 지하 3층에 차오르는 물소리가 들리는 것 같았다. 물소리가 그렇게 클 리 없으니까 환청이다.

도움을 요청하고 싶지만 스마트폰은 통화권 이탈 상태다. 지하니까 당연하지만, 지상에 나가더라도 여기는 깊은 산속이다. 전파는 닿지 않는다.

살인이 발생했다. 누군가 그의 목을 졸라서 살해했다.

그 누구도 인생을 살면서 감히 경험할 것이라 상상치 못할 대사건이 틀림없다.

하지만 지금 우리를 위협하는 건 살인이 아니다.

우리는 살인보다 훨씬 큰 위기에 봉착했다. 오히려 그가 살해당한 것을, 꽉 막힌 상황을 돌파할 계기로 받아들이는 사람도 있을지 모른다.

산속에 묻힌 이 화물선 같은 지하 건축물에서 탈출하려면 아홉 명 중 누군가 한 명을 희생시켜야 하니까.

우리는 희생양을 선택해야 한다.

아니면 모두 죽는다.

어떻게 선택할까?

아홉 명 중 죽어도 되는 사람은, 죽어야 할 사람은 누구인가?

그건 그를 죽인 범인밖에 없다.

범인을 제외한 모두가 그렇게 생각할 것이다.

제한 시간은 앞으로 약 일주일. 제한 시간이 끝나기 전에 우리는 살인범을 찾아내야 한다.

1

◇◇◇◇◇◇◇◇◇

방주

1

국도 근처 산책로를 벗어나 잡목림으로 들어간 우리 일곱 명은, 썩은 나무와 낙엽을 밟으며 산길을 나아가다 시든 풀이 무성하니 어딘지 모를 빈터를 빠져나갔다.

약 10미터 깊이의 골짜기에 걸린 낡은 나무다리까지 왔을 때 해가 산 너머로 기울었다.

통나무를 짜 맞춰서 만든 난간을 류헤이가 굵은 팔로 흔들었다.

다리에서 삐걱삐걱 소리가 나자 류헤이는 이목구비가 뚜렷한 레슬링 선수 같은 얼굴을 찌푸렸다. 그리고 옆에 있는 유야에게 말했다.

"야, 진짜로 여길 지나가야 해? 그런 소리 안 했잖아. 떨어지면 어떻게 하려고?"

"에이, 괜찮아. 지난번에 지나가 봤는데 그렇게 위험하지 않았어. 걱정 붙들어 매라니까. 봐."

유야는 다리 위로 한 발짝 나아가서 두 팔을 벌리고 몸을 흔들었다.

어차피 다른 길은 없다. 우리 여섯 명은 앞장선 유야를 따라가는 수밖에 없었다.

다리를 건너자 나는 바람막이 점퍼의 호주머니에서 스마트폰을 꺼내 시간을 확인했다. 오후 4시 48분.

내가 스마트폰을 들고 있는 걸 보고, 화려한 형광색 등산복을 입은 하나가 속도를 높여 내 옆에 섰다. 그리고 오른손으로 자기 스마트폰을 쳐들며 물었다.

"슈이치, 전파 잡혀?"

"아니, 벌써 한 시간쯤 불통이야."

"그렇구나. 나도. 보아하니 오늘은 별장에 못 돌아가겠지?"

아무도 대답하지 않았다. 그럴 수 없다는 건 다들 알고 있었다.

다리 너머는 가파른 산에 둘러싸인 황량한 들판이었다. 들판을 몇백 걸음 더 나아가자 유야가 소리쳤다.

"다 왔다! 찾았어. 조금만 더 가면 돼. 바로 저기야."

불만과 불신의 시선을 한몸에 받고 있었기 때문인지 해방감이 서린 목소리였다. 하지만 건물 입구 같은 건 아직 보이지 않았다.

오늘 오전, 다 같이 호수에서 보트를 타고 논 후에 유야가 이런 이야기를 꺼냈다.

"여기서 걸어갈 수 있는 거리에 아주 재미있는 곳이 있는데, 한 번 가볼래? 산속에 있는 어마어마한 규모의 지하 건축물이야. 어쩐지 옛날에 위험한 목적으로 사용됐던 것 같은 분위기인데 지금은 아무도 모르지 않으려나."

우리는 어제 나가노현에 있는 유야 아버지의 별장에 왔다.

유야는 대학 시절 친구로, 얼굴 한번 보자고 제안한 것도 유야였다. 대학생 때 자주 놀았던 친구 여섯 명이 모인 작은 동창회다.

모두와 만나는 건 2년 만이었다. 머리를 금색으로 물들이고 검은색 피어싱을 하고 다녔던 유야가 염색을 그만두고 피어싱만 하고 다니는 모습이 나는 아직 익숙하지 않았다.

생각한 바가 있어서 내가 사촌 형을 데려왔기 때문에 별장에 머무르는 사람은 총 일곱 명이었다.

산속의 지하 건축물.

그런 말을 들어도 어떤 건물일지 전혀 감이 잡히지 않았다.

지하 건축물같이 공사하기 어려운 건물을, 그것도 규모가 상당한 건물을 어디의 누가, 뭣 때문에 산속에 만들었을까? 믿기 어려웠지만 유야는 반년쯤 전에 직접 보고 왔다고 했다.

호기심이 발동해 멀지 않다면 가보기로 했다.

하지만 유야의 말과 달리 아무리 걸어도 지하 건축물은 나오지 않았다. 소풍 가는 기분으로 2, 30분 정도 걸으면 될 거라던 유야는 불안한 듯 자꾸 스마트폰 지도를 노려보았다.

당연히 지하 건축물은 지도에 나오지 않는다. 유야 말로는 예전에 갔었을 때 장소를 지도 앱에 등록해 놓았다는데, 아무래도 그 위치가 실제 위치와 많이 어긋난 모양이었다. 헤맨 끝에 그곳이 겨우 어디인지 알았을 무렵에는 이미 날이 저물고 있었다.

"유야, 너 그 지하 건축물인가 거기서 자려는 거지? 아무래도 돌아갈 시간은 없으니까. 괜찮겠냐? 네 입으로 위험한 곳이라고 하지 않았던가?"

"아니, 아니, 위험한 목적으로 사용됐을지도 모른다는 이야기였지. 그것도 옛날에. 그러니까 잠깐 사용하는 것 정도는 괜찮아. 분명 아무도 없을걸. 폐허 탐험 같은 거야."

류헤이와 유야는 우리를 10미터쯤 뒤에 남겨두고 먼저 나아갔다.

여기 오는 내내 그런 식이었다. 류헤이는 자신이 모두를 대표한다는 듯한 태도로 안내인인 유야에게 계속 불평을 늘어놓았다.

그런 류헤이의 모습에 내 오른쪽 옆에서 걷고 있던 마이가 내게 난감하다는 듯한, 또는 좀 봐달라는 듯한 웃음을 지었다. 주변이 으스름하지만 마이의 뽀얀 얼굴과 속눈썹이 긴 눈은 오히려 뚜렷하게 강조돼 보였다.

대답하려 했지만 분명 류헤이에게 들릴 것 같아서 입을 열 수 없었다. 마이도 대답을 바라지는 않은 듯, 류헤이에게 들킬세라 얼른 고개를 획 돌렸다.

돌아보자 조금 뒤처졌던 사야카가 종종걸음으로 따라붙었다. 웜브라운으로 염색한 머리를 경단처럼 틀어 올려서 묶은 사야카는 이마에 땀이 흥건했다.

사야카가 줄곧 마음에 담고 있었던 듯한 걱정을 꺼냈다.

"저어, 그 지하 건축물, 화장실 같은 시설은 어떤가요? 잠도 배낭을 베개 삼아 맨바닥에 드러누워서 자야 하나요? 다들 그래도 괜찮으세요?"

유야에게 그런 여관 팸플릿 같은 이야기는 못 들었다. 애초에 자고 갈 생각으로 온 게 아니다.

한 걸음 앞서서 걷던 사촌 형 쇼타로가 대답했다.

"이런저런 사정이 있는 건물인 듯하니 너무 기대하지 않는 게 좋겠지. 그래도 밖에서 자는 것보다는 나을 거야. 지하라면 그렇게 춥지도 않을 테고."

"그런가. 그렇겠죠. 밤에는 많이 쌀쌀해질 거예요."

사야카는 쇼타로에게 깍듯하게 동의했다.

대학 시절 친구들과 쇼타로는 어제 처음 만난 사이다. 내 생각 이상으로 쇼타로는 사람들과 금방 친해졌다.

5년 전에 고모에게 많은 유산을 물려받은 후, 쇼타로는 취직도 하지 않고 여행을 다니거나 지질학 연구를 하면서 유유자적하게 지내고 있다. 유산을 축내며 빈둥빈둥 생활하는 줄 알았는데 꼭 그렇지만도 않은 듯, 외국에 가지고 간 백만 엔쯤 되는 돈을 몇 배로 불려 돌아오기도 한다.

사촌이니까 그 어떤 친구보다도 오래 알고 지낸 셈이다. 누구보다도 마음을 터놓고 지내지만, 여태 그 진면목을 모르는 사람이다.

쇼타로를 데려온 건 이번 모임에서 말썽이 생길 낌새가 느껴졌기 때문이다. 안 그래도 이 부근 지리에 흥미가 있다길래 데려오기는 어렵지 않았다.

아직 내가 걱정하는 문제는 발생하지 않았지만, 그 대신 수수께끼로 가득한 지하 건축물에 가게 됐다. 혹시라도 무슨 일이 생겼을 때 잘 대처해 줄 것 같은 쇼타로와 함께라서 마음이 든든했다.

2

험준한 산에 둘러싸인 황량한 들판 한복판에서 유야가 갑자기 멈춰 섰다. 그리고 땅을 가리키며 외쳤다.

"찾았다! 봐, 여기가 입구야."

유야는 쪼그려 앉아 마른 풀 속에 손을 넣어 지름 약 80센티의 맨홀 뚜껑 같은 덮개를 들어 올렸다.

들여다보자 구멍이 땅속으로 곧게 뚫려 있었다. 콘크리트로 된

측면 벽에는 쇠막대를 사다리처럼 박아놓았다.

"여기로 내려가는 건데—"

"어? 진짜? 무서워라. 엄청 좁잖아."

하나가 스마트폰 손전등으로 구멍 속을 비추었다. 밝기가 모자라서 바닥은 보이지 않았다.

나도 동감이었다. 이런 산속에 있으니 당연히 탄광 같은 구조이기는 하겠지만, 유야의 말투에서 좀 더 문명적인 건축물을 상상했었다.

"뭐, 입구는 이래도 들어가면 괜찮아. 안은 진짜 넓다고. 지하 3층까지 있어. 하룻밤 정도는 지낼 만해."

여자들은 머뭇거리는 기색이 역력했고, 나도 별로 내키지는 않았다.

류헤이가 제일 먼저 행동에 나섰다.

"뭐, 됐어. 내가 가볼게. 이대로 들어가려나?"

류헤이는 배낭이 쓸릴까 봐 걱정하며 사다리를 타고 지하로 내려갔다. 유야는 여자 세 명의 안색을 살핀 후, 류헤이에게 선수를 빼앗기지 않으려는 것처럼 뒤따라갔다.

하나, 사야카, 마이는 "어떻게 할래?" "누구부터?" 하고 소곤거리다가 차례대로 구멍에 들어갔다. 나와 쇼타로가 마지막이다.

사다리를 타고 7, 8미터쯤 내려가자 발이 땅에 닿았다.

거기서부터 동굴 형태의 구멍이 옆으로 쭉 뻗어 있었다. 꽤 넓어서 몸을 구부리지 않고도 지나갈 수 있다.

완만한 내리막을 스마트폰 손전등으로 비추면서 나아간다.

조금 나아가자 통로 중간에 거대한 바위가 있었다.

사람의 힘으로는 도저히 움직일 수 없을 것처럼 크다. 어째선지 바위에는 굵은 쇠사슬이 칭칭 감겨 있었다.

"이건 뭐지? 파내려다가 포기했나?"

"글쎄다."

쇼타로가 의미심장하게 말했다.

거대한 바위 옆을 지나치자 철문이 보였다.

철문 앞에서 발밑의 천연 암석이 지저분한 널빤지 바닥으로 바뀌었다. 여기서부터 앞쪽은 분명 인공 건축물이다.

유야가 문을 열고 안쪽에 불빛을 비추었다.

"으어? 진짜다. 굉장한걸."

류헤이는 감탄한 건지 겁을 먹은 건지 모를 목소리를 내뱉었다.

문 너머로 널찍한 복도가 보였다. 천장은 낮다. 조금 나아가다 복도가 구부러져서 그 안쪽은 보이지 않지만, 철문을 열었을 때 나는 소리가 오래 울려 퍼진 것으로 보건대 이 지하 건축물이 상당히 넓다는 것을 알 수 있었다.

"굉장하다. 곰팡내가 나네."

마이가 중얼거렸다.

쉰내가 고여 있었다. 햇빛이 비치지 않는 숲속처럼 습기를 띤 공기에서 화학적인 냄새도 약간 느껴졌다.

"여기 불은 켜져? 전기 안 들어오지?"

"안 들어오는데 엄청 큰 발전기가 있었어. 어쩐지 작동될 것 같은 느낌이었는데. 정 안 되면 스마트폰 불빛으로 버티는 수밖에. 나, 보조 배터리 있어."

류헤이와 유야는 철문을 통과해 컴컴한 복도로 들어갔다.

모두 반딧불이 애벌레처럼 손에 불빛을 들고 한 줄로 조심조심 뒤따라갔다.

바닥에는 낡고 꾀죄죄한 비닐 건축재가 깔려 있었다. 좌우 벽에는 호텔처럼 문이 여러 개였다.

복도가 왼쪽으로 꺾이기 직전에 유야가 오른쪽 방의 문을 가리켰다. 107이라는 팻말이 붙어 있었다.

"여기 발전기가 있어. 망가진 것 같지는 않던데―"

유야가 문을 열고 실내에 불빛을 비추었다.

거기는 이른바 기계실인 듯 벽면에 이리저리 뻗은 검은색 케이블이 눈에 들어왔다. 케이블은 전부 방 안쪽에 있는 발전기에 연결돼 있었다.

옛날에 아르바이트했던 병원에서 보았던 목욕통만 한 크기의 자가 발전장치였다. 가스를 배출하기 위한 파이프가 벽에서 천장으로 설치돼 있었다. 내가 태어나기도 전에 만들어진 게 아닐까 싶었지만, 연료인 LP가스통 몇 개는 새것처럼 보였다.

가스통 눈금을 보자 아직 가스가 남아 있었다. 유야와 류헤이는 가동할 방법을 찾아 발전기를 여기저기 만져보았다.

두 사람이 조작 방법을 모르는 걸 보고 쇼타로가 조심스럽게 입을 열었다.

"일단 가스통과 호스가 제대로 연결됐는지 확인해 봐. 그리고 엔진 스위치를 켜고, 가동 손잡이를 당기면 될 거야."

시키는 대로 유야가 조작하자 오토바이 부르릉거리는 것 같은 엔진 소리가 울려 퍼졌다.

다음 순간 천장의 형광등이 깜박깜박 빛나는가 싶더니, 기계실에서 복도까지 푸르스름한 불빛이 지하 건축물을 가득 채웠다.

"다행이다. 아무래도 불이 안 들어오면 힘드니까요."

사야카가 모두의 얼굴을 둘러보며 말했다.

우리는 한시름 놓은 기분으로 기계실을 나섰다.

이 지하 건축물은 수수께끼 천지다. 밝아진 건축물을 탐색해보고 싶기도 했지만, 지금은 호기심보다 피곤함이 앞섰다.

유야는 모두를 데리고 입구 쪽으로 조금 되돌아가 기계실 반대쪽의 106호실 문을 열었다.

"여기가 식당인데, 좀 쉴까?"

몇십 평은 될 것 같은 커다란 방이었다. 세로로 길쭉한 실내에 자리한 기다란 테이블을 따라 의자가 빽빽이 놓여 있었다. 수십 명은 들어갈 법한 식당이다.

하나가 의자를 한 개 잡아당겼다.

"으아, 더러워. 이거 사용해도 괜찮으려나?"

의자는 학교에 있을 법한 싸구려였다. 게다가 지하에 오래 방치된 탓에 반쯤 썩은 등받이에는 거무튀튀한 곰팡이가 슬었다.

하나는 앉음판을 두드린 후 머뭇머뭇 앉았다. 다행히 부서지지는 않았다.

자세히 보자 기다란 테이블의 상판도 저렴한 베니어합판이었다. 역시 많이 상해서 위에 올라서면 위험할 듯했다.

식당 안쪽에는 개수대도 있었다. 수도꼭지를 돌리자 꾸룩꾸룩, 소리가 난 후 검붉은 물이 나왔다. 잠시 틀어놓자 물이 맑아졌다.

"이야, 물도 나오네."

나는 무심코 중얼거렸다.

개수대 위에는 식기대가 설치돼 있었다. 오래돼 보이는 두툼한 접시와 컵도 아주 많았다.

사야카가 벽 앞에 무릎을 꿇고 앉아 뭔가 만지작거렸다.

"아, 된다. 콘센트도 사용할 수 있네요. 보세요."

사야카는 스마트폰 충전기를 배선이 드러난 콘센트에 꽂았다.

우리는 기지개를 켜거나 하품을 하면서 한동안 식당에 머물렀다.

대화는 거의 없었다. 산을 종주하다 숙박할 산장에 도착했을 때처럼 오로지 피로를 발산하는 시간이다. 어제 모였을 때 이후로,

제일 학창시절이 그리워지는 순간이었다.

하지만 느긋하게 휴식을 취하기에는 분위기가 음침한 휴게소다. 잠시 후 쇼타로가 내 어깨를 두드렸다.

"슈이치, 건물을 좀 살펴볼까? 여기, 아주 재미있는 곳이야."

뭔가 먹을까 싶던 참이었지만 이 지하 건축물도 궁금하기는 하다.

그러자 어쩐지 표정이 편치 않던 유야가 끼어들었다.

"아, 쇼 씨, 그럼 제가 안내할 수 있는데요? 전에 왔을 때 여기저기 돌아다녔거든요."

유야도 동행하기로 하고 우리는 식당을 나와 셋이서 지하 건축물 탐색에 나섰다.

낮은 천장, 희미한 형광등 불빛, 더러운 바닥과 싸구려 건축재로 만든 수수한 벽, 거기에 설치된 배선 등 종합적으로 보았을 때 이 건물은 오래된 화물선 같은 분위기다.

분위기뿐만 아니라 크기와 구조도 화물선과 비슷했다. 건물은 가로세로로 댄 철골에 철판을 용접해 만들었다. 총 3층이고, 길게 뻗은 복도의 좌우에는 창고 같은 방과 간소한 쇠파이프 2층 침대를 들여놓은 방이 줄지어 있었다.

각 문에는 아파트처럼 방 번호가 적힌 팻말을 붙여놓았다. 출입구인 철문을 등지고 보았을 때 오른쪽 방이 101호실이다. 왼쪽이 102호실. 복도를 안쪽으로 나아가면서 103호, 104호 이렇게 번호가 하나씩 늘어난다. 창고든 주거용 방이든 용도와 상관없이 모든 방에 번호가 매겨져 있었다. 어느 방이든 벽과 문 사이에 삐뚤삐뚤한 틈새가 있다. 전체적으로 투박한 만듦새다.

식당 옆 104호실이 화장실이었다. 공공시설에 설치된 것과 비슷하게 네 칸짜리 화장실이다. 사용할 마음은 안 들었지만 일단 샤워 부스도 있기는 했다.

냄새가 고이기는 하지만 불쾌할 정도는 아니다. 잠시 사용하지 않았던 탓에 배설물이 분해되고 있었던 듯하다.

"여기 하수도는 없지? 화장실은 어떻게 퍼낸 걸까."

"아마 일단 정화조에 모았다가 펌프를 이용해 지상으로 퍼 올렸겠지. 생활 배수도 같은 구조였을 거야."

쇼타로는 쪼그려 앉는 방식의 변기 속을 들여다보며 내 질문에 대답했다.

화장실 관찰은 그 정도로 하고 복도로 돌아갔다.

기계실인 107호실을 지나치면 복도는 왼쪽으로 꺾인다. 모퉁이에는 지하 2층으로 내려가는 철제 계단이 있었다.

계단은 일단 무시하고 복도를 계속 걸었다.

그러자 5미터쯤 나아가다 다시 오른쪽으로 꺾였다. 거기서부터 또 복도 양쪽에 문이 줄지어 있었다. 기계실 다음인 108호실부터 시작해 제일 안쪽은 120호실이었다.

건물 바깥쪽을 향한 벽에는 거무스름한 암석이 노출된 부분도 있었다. 입구를 내려와서 지나온 동굴과 비슷한 질감이다. 군데군데 물이 배어나는 듯 축축했다.

아무래도 이 지하 건축물은 땅속에 생긴 천연 동굴을 다듬어서 층을 만들고, 칸막이벽을 설치해 완성한 것 같았다. 복도가 부자연스럽게 구부러진 건 원래 지형을 존중한 결과인 듯하다.

막다른 곳까지 가자 쇼타로는 박물관 관람을 마친 것처럼 감개 어린 목소리로 말했다.

"방이 스무 개나 되는군. 돈도 많이 들었을 텐데, 용케도 만들었어. 엄청난 불법 건축이기는 하지만."

"이것만이 아니에요. 아직 지하 2층이 남았어요."

유야는 앞장서서 계단이 있는 곳으로 돌아갔다.

지하 2층도 1층과 똑같은 구조였다.

번개 모양의 복도 양쪽에 문이 주르르 줄지어 있다. 이쪽에는 식당 같은 큰 방이 없고, 지하 1층의 화장실 아래에 해당하는 방은 정화조였다. 역시 201호실부터 220호실까지 방이 스무 개라고 유야는 설명했다.

지하 2층 복도에도 형광등이 켜져 있다. 하지만 계단을 내려와서 왼쪽, 방 번호가 작은 쪽 일대는 어두웠다. 조명 기구는 설치되어 있는데 어딘가 전선이 끊어진 건가? 제일 안쪽에는 불이 켜져 있으니 거기는 배선 계통이 다른지도 모르겠다.

계단을 내려가서 방을 탐색하기 전에 쇼타로가 물었다.

"유야 군. 어쩌다 이런 곳을 발견한 거지?"

"아, 그게, 반년쯤 전에 우연히 발견했어요. 절대로 아무도 오지 않을 곳에서 솔로 캠핑을 하겠다고 마음먹고 산속까지 왔다가 입구를 가린 덮개를 발견했죠. 그래서 들어가 봤더니 엄청나더라고요."

복도 한복판에서 유야는 양팔을 벌렸다.

"여기는 결국 뭘까요? 누가 왜 이런 건물을 만든 걸까요? 솔직히 위험한 일에 사용됐을 것 같지 않나요?"

쇼타로는 잠시 생각한 후 대답했다.

"아마도 여기는 50년 전에 활동했던 과격파의 아지트일 거야."

"진짜요? 과격파라고요? 70년대 이야기?"

"얼핏 보기에 그쯤 만들어지지 않았을까 싶어. 들어오는 길에 커다란 바위가 있었지? 쇠사슬이 칭칭 감긴 바위. 아무리 봐도 유사시에 바리케이드로 쓰려고 일부러 놔둔 거야. 그 바위로 철문을 막는 거겠지.

하지만 과격파 이후로도 다른 범죄 조직 같은 사람들이 사용한 것 같아. 비교적 최근, 기껏해야 20년쯤 전에 설치된 듯한 배선도 있어. 과격파가 그 무렵까지 이런 곳에 숨어서 활동하지는 않았을 테지."

나도 어렴풋이 그런 느낌은 들었다.

왜 이런 산속, 그것도 지하에 건물을 만드느냐? 당연히 남의 눈을 피하기 위해서다. 하지만 확실하게 입 밖에 내어 말하자 으스스함이 더 커졌다.

쇼타로가 밝게 말했다.

"뭐, 어떤 건물인지 좀 더 자세히 살펴보기로 할까."

눈앞에 있던 208호실에 들어가 보았다. 폐품 수집장 같은 방이다. 물건들을 살펴보았다. 사용한 목장갑, 녹슨 풀베기용 낫, 낡은 스피커, 구리관, 나뭇조각 등 잡동사니가 허다하게 나왔다. 아주 허름한 물건도, 그렇지 않은 물건도 있다. 동네 쓰레기장에 산더미처럼 쌓여 있을 법한 물건들뿐이다.

"오? 범죄 조직의 아지트에도 밀짚모자가 있잖아."

쇼타로가 진지한 표정으로 말하고는, 상태가 좋지 못한 챙 넓은 밀짚모자를 내게 보여주었다.

"에이. 혹시 권총이나 하얀 가루 같은 게 나오지는 않을까 싶었는데 그렇지도 않네."

"떠날 때 싹 챙겨서 갔겠지. 여기를 사용한 놈들이 그런 물건을 취급했다면 말이야. 뭐, 구석구석 뒤져보면 뭔가 나올지도 모르지만."

쇼타로는 밀짚모자를 너덜너덜해진 나무상자 위에 아무렇게나 내던졌다.

다음에는 대각선 맞은편에 있는 209호실 문을 열었다.

얼핏 보기에는 거기도 잡동사니를 내팽개쳐 둔 방이었다. 208호실보다는 적지만 폐품 같은 물건들이 방구석에 뭉쳐 있었다.

하지만 불을 켜자 거기 있던 물건들은 208호실에 있던 것처럼 흔해 빠지고 평화로운 물건이 아니었다. 범죄 조직이 사용했다는 말에 흥기며 마약을 상상했지만, 실제로 눈앞에 나타난 물건들은 흥기나 마약보다 훨씬 음침했다.

제일 먼저 눈에 띈 건 기다란 쇠사슬에 수갑과 족쇄가 달린 구속 도구였다. 제일 안쪽에 놓여 있는 새카만 철제 의자는 앉음판이 묘하게 뾰족했다.

더 나아가 굵은 막대에 가죽을 감은 곤봉, 어디에 사용하는 건지 사람 머리가 들어갈 만한 금속 틀에 바이스 형태의 장치가 달린 기구, 녹슨 못, 콘크리트 벽돌 등도 있었다.

나도 유야도 쇼타로도 마치 남의 비밀을 엿본 것같이 거북한 표정으로 서로 얼굴을 바라보았다.

유야가 방구석으로 다가가 몸을 구부리더니 물건들을 만지지는 않고 탄성을 질렀다.

"뭐야 이거? 장난 아니네. 이거 고문 기구죠?"

"아무리 봐도 그러네."

쇼타로가 대꾸했다. 예전에 왔을 때 유야는 이 방을 들여다보지 않았던 모양이다.

"이거, 정말로 사용했었을까요?"

"음, 잘 모르겠지만 그랬을 것 같지 않아? 이런 건 박물관에서밖에 못 봤어. 이런 물건이 실제로 있을까 싶었는데."

고문 기구는 낡고 녹슬었다. 핏자국이 있는 건 아니지만, 그저 악취미로 장식해놓은 것치고는 많이 상했다. 나는 주변 바닥을 둘러보았다. 찢어진 듯한 자국이 비닐 바닥재에 남아 있었다. 누군가 고통에 몸부림치다 바닥을 긁은 것처럼 보이기도 했다.

70년대 과격파 조직에서 소속원의 불화가 살인으로까지 발전한 이야기를 들은 적 있다. 이 지하 건축물의 내력이 우리가 상상한 대로라면, 고문 기구가 있는 것도 그렇게 신기할 일은 아니다.

무미건조한 지하 건축물에서 갑자기 섬뜩한 피비린내가 풍겨왔다.

"실제로 사용했다는 증거는 없는 거죠?"

"없지. 설령 사용했더라도 먼 옛날 일일 테고. 역사적 유물이나 다름없어."

쇼타로의 말에 유야는 조금 안심한 듯했다.

나도 쇼타로의 말에 기대어 옛날에 여기서 무슨 일이 있었는지는 별로 신경 쓰지 않기로 했다. 당연히 지금까지 내 인생이 고문 기구와 연관된 적은 없었고, 인생이 어떻게 바뀌든 앞으로도 그런 일은 절대로 없을 것이다.

그 후로도 근처 방을 몇 군데 들여다보았지만, 고문 기구보다 흥흥한 물건은 눈에 띄지 않았다.

"아참, 유야 군. 여기 지하 3층까지 있다고 했지? 지하 3층에는 어디로 내려가?"

쇼타로가 물었다. 복도에 지하 3층으로 통하는 계단은 보이지 않았다.

"아, 그게, 내려가는 곳은 제일 끄트머리에 있는데, 사정이 있어서 아래에는 못 내려가요. 뭐, 가까이 가볼까요? 보면 금방 알 수 있거든요."

유야는 앞장서서 안내했다.

방 번호가 작은 쪽으로 복도를 나아갔다. 가는 도중에 조명이 꺼진 부분을 지나쳤다. 걸을 수 없을 정도로 어둡지는 않지만 일단 우리는 스마트폰 손전등을 켰다.

복도 끝에 철문이 보였다. 지하 1층의 입구와 비슷하게 생겼지만, 이쪽은 좀 더 작고 좁다.

유야는 그 철문을 가리키며 말했다.

"이 바로 위가, 저희가 들어온 입구예요."

여기까지 온 경로를 짚어보면 분명 유야의 말대로다.

유야가 철문을 천천히 열었다.

그곳은 다른 방과는 이질적인 공간이었다. 철문 안쪽은 병목처럼 잘록하고 그 너머의 실내는 사방이 검은 암벽이었다. 천장은 철문 근처만 널빤지고 특히 낮다. 그 외에는 역시 바위가 고스란히 드러나 있다. 아무리 봐도 천연 동굴 같은 모양새다.

그리고 방 안쪽 벽면에는 마치 침몰한 배에서 떼어온 게 아닐까 싶은 듯한 닻감개가 설치돼 있었다.

"이건 뭐야? 엄청 녹슬었네."

닻감개에는 굵은 쇠사슬이 감겨 있었다. 쇠사슬 끝부분을 따라가자, 두 갈래로 갈라진 쇠사슬은 도르래를 거쳐 철문 근처 널빤지 천장을 통해 지하 1층으로 이어져 있었다.

"아! 이거 혹시 그 커다란 바위에 감겨 있던 쇠사슬인가?"

"맞아. 그 바위는 바리케이드라고 내가 그랬잖아."

이 닻감개를 돌리면 바위가 당겨져서 지하 1층의 철문을 막도록 해놓은 것이다.

"그렇구나. 듣고 보니 이거 어떻게 봐도 바리케이드네요. 별로 깊이 생각을 안 했어요. 그래서 입구 근처만 천장이 널빤지구나. 쇠사슬을 통과시키려고 그런건가."

"뭐, 그렇겠지. 다른 이유도 있을지 모르지만."

쇼타로가 의미심장하게 말했다.

"아참, 그리고 이 방에 지하 3층으로 가는 계단이 있어요. 하지만 아래로는 못 가요. 보세요."

유야는 방 안쪽의 오른편을 가리켰다.

바닥에 네모난 구멍이 뚫려 있었다. 계단은 거기에 있었다.

다가가서 아래층을 들여다보자 유야의 말이 무슨 뜻인지 단번에 알 수 있었다.

지하 3층은 수몰된 상태였다. 계단 네 번째 단, 지하 3층의 천장에 닿을락 말락 하는 부분까지 물에 잠겼다. 쪼그려 앉아 팔을 한껏 뻗자 검고 매끈매끈한 수면에 손끝이 닿았다.

"아, 차가워. 장난 아닌데. 완전히 잠겼어."

"지하니까. 그리고 아마추어의 솜씨로 만들었으니 물이 찰 만도 하지. 천연 암석에 둘러싸여 있으니 당연하다면 당연해. 배수 설비도 망가졌겠지. 그래서 이 건축물을 포기하고 떠난 건지도 몰라."

확실히 아까 지하 1층의 외벽에도 물이 흐르는 곳이 있었다.

"이래서야 수영장이 딸린 저택이라고 농담도 못 하겠네. 농담이 뭐야, 좀 무서운걸. 이대로 가면 언젠가 건물이 전부 물에 잠기는 거지?"

유야가 대답했다.

"뭐, 따지자면 그렇지만 아무래도 시간이 제법 걸리겠지. 반년 전에 왔을 때랑 수위에 별 차이가 없어. 물이 좀 분 것 같긴 하지만. 가득 차려면 5년은 지나야 하지 않을까?"

하기는 그렇다.

스마트폰 손전등으로 물속을 비추어보자 아무래도 지하 3층에는 콘크리트로 굳힌 철근과 철골 등이 난잡하게 방치돼 있는 것 같았다.

딱히 볼 것이 없길래 우리는 복도로 나와서 왔던 쪽으로 되돌아갔다.

계단 근처까지 오자 복도 반대편에 촬영하는 자세로 스마트폰을 들고 있는 사야카의 뒷모습이 보였다. 신기해서 사진을 찍고 있는 듯하다.

"유야 군, 이 지하 건축물의 출입구는 우리가 내려온 그 구멍뿐이야? 하나밖에 없지는 않을 것 같은데."

"아, 하나 더 있기는 한데 못 써요. 아까 봤던 지하 3층에 있거든요. 굴뚝 같은 좁다란 통로가 지상까지 뻗어 있지만, 물에 잠겼으니 못 지나가죠."

"그렇구나."

"그러고 보니 기계실에 관내 지도 같은 게 있어요. 그걸 보는 게 빠르겠네요."

셋이서 기계실로 되돌아갔다.

유야는 책상 서랍을 열었다. 오래된 반창고와 손톱깎이, 그리고 연필이며 볼펜 같은 사무용품이 잡다하게 들어 있었다.

유야는 물건들을 집어서 책상 위에 꺼내놓았다. 잠시 후, 그런 물건들 사이로 A2용지 크기의 커다란 종이를 두 번 접은 도면이 눈에 들어왔다.

"아, 이거다, 이거. 전에 보고 나서 엄청 속에다 쑤셔 박아놨었네."

그것은 관내 지도라고 하기에는 약간 불친절하지만, 건물 전체의 구조가 한눈에 들어오는 도면이었다. 건축 당시에 만든 것인지 종이는 몹시 누렜다.

도면 위쪽에 나중에 추가한 듯 볼펜으로 〈방주〉라고 써놓았다. 이 지하 건축물의 명칭인가 보다.

〈방주〉는 우리가 둘러봤던 대로 3층 구조고, 가늘고 길쭉하며, 중간쯤에서 Z자의 반대 모양으로 구부러진 형태다. 도면에 따르면 지하 3층은 지하 1층, 지하 2층과 달리 세세하게 구분되어 있지 않고 큰 방만 몇 개 있는 모양이다. 우리가 들어온 출입구는 서쪽에 있고, 지하 3층의 동쪽에 지상으로 뻗은 다른 출입구가 있는 듯하다.

"이쪽은 비상구 같은 역할이었겠죠. 이것도 저희가 내려온 출입구처럼 들어 올리는 덮개로 가려져 있어요. 실은 저희가 걸어오는 길에 비상구 쪽 덮개가 있었어요. 분명 아무도 몰랐겠지만."

그 나무다리를 건너자마자 덮개가 하나 더 있었다고 한다. 나는 물론이고 쇼타로도 전혀 눈치채지 못했다. 거기를 지날 때 이미 어둑했으니 모르는 게 당연하다.

"유야 군, 비상구 안은 살펴봤어? 이 도면대로야?"

"아, 네. 비상구 쪽으로도 내려가 봤는데요. 사다리 같은 걸 타고 지하 3층의 천장 근처까지 다다랐지만 3층은 물로 가득해서요. 그대로 돌아왔어요."

"비상구라고 하니 말인데."

아까부터 계속 궁금했던 게 있었다.

방주 평면도

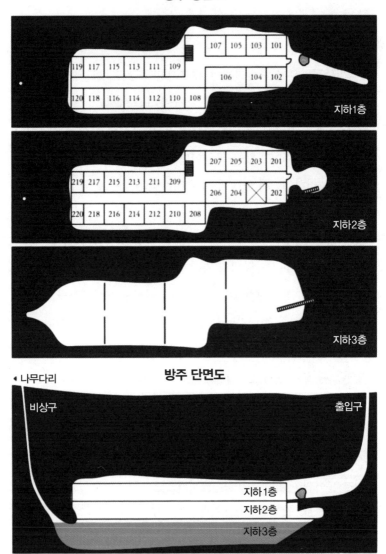

지하1층

지하2층

지하3층

방주 단면도

◀ 나무다리

비상구

출입구

지하1층
지하2층
지하3층

"이건 뭐야?"

나는 책상 위를 가리켰다.

책상 위에 액정 모니터가 두 대 있었다. 옛날 초등학교 도서실에 있었을 법한 구형 15인치 모니터다. 각 모니터의 테두리 부분에 방금 말했던 '출입구'와 '비상구'라는 글씨를 유성펜으로 휘갈겨 써놓았다.

"아! 그거, 나도 전에 왔을 때부터 궁금했어. 꼭 감시카메라 모니터처럼 생겼단 말이야. '출입구'와 '비상구'라고 돼 있잖아? 밝을 때 봤는데 덮개 근처에 카메라 같은 게 있더라고. 나무 위에 설치되어 있었어. 서쪽 출입구와 동쪽 비상구 양쪽 다.

그러니까 아마 그 카메라 영상이 비치는 게 아닐까 싶어. 하지만 전에는 전기가 안 들어와서 확인은 못 해봤고."

그렇게 떠들면서 유야는 두 모니터의 전원을 차례대로 켰다.

"오, 되는 것 같은데? 우와, 나온다."

지직, 하는 작은 기계음과 함께 낡은 모니터에 감시카메라 영상이 비쳤다.

이미 날이 저물어서 영상은 목판화를 찍은 것처럼 어두침침했다. 카메라도 모니터처럼 구식인 듯 화질은 그다지 선명하지 않았다.

그래도 지상의 황량한 들판이 비치고 있다는 건 알 수 있었다. 달빛 덕분에 양쪽 영상 다 한복판쯤에 덮개 같은 것이 희미하게 보였다. 누군가가 출입구나 비상구에 다가가면 바로 눈에 띈다.

유야는 두 화면에 비치는 덮개를 손가락으로 문지르며 말했다.

"그래, 그래. 이쪽이 들어온 출입구. 그리고 이쪽이 다리 근처 비상구야."

"그럼 두 곳은 백 미터쯤 떨어져 있는 거로군."

"아, 그렇죠. 그 정도예요. 동쪽과 서쪽으로요. 한쪽이 외부인에게 발견돼도 다른 쪽으로 달아날 수 있게 만든 걸까요?"

유야는 쇼타로에게 그렇게 대답했다.

카메라 설치에도 공을 아주 많이 들였을 것이다. 나는 어이없는 기분으로 말했다.

"엄중하기 짝이 없네. 정말이지 어떤 녀석들이 사용한 걸까, 여기?"

"뜻밖에 신흥종교 단체가 특수한 수행을 했었는지도 모르지. 외부 침입자에 대비하는 것치고는 카메라를 이상하게 설치했으니까 말이야. 탈주를 경계하기 위한 장치 같아."

쇼타로는 그렇게 대답했다.

아주 설득력 있는 가설이었다. 나는 누레진 도면 위쪽에 적힌 〈방주〉라는 글씨를 한 번 더 유심히 바라보았다.

"이거, 역시 구약성서에 나오는 노아의 방주에서 따온 걸까."

"뭐, 유래라고 할 만한 건 그것밖에 생각이 안 나네."

대학생 때 문화인류학 강의를 듣느라 성서를 대충 넘겨본 기억이 났다. 아주 유명한 노아의 방주 이야기는 두툼한 구약성서의 거의 첫머리에 실려 있었다.

세상이 혼란스러워지고 포악함이 땅에 가득 찼을 때, 선량한 사람이었던 노아는 계시를 받는다. 인간을 멸하기로 하였으니 방주를 만들어 홍수에 대비하라고. 방주를 완성해 노아와 그의 가족, 그리고 모든 생물의 암수 한 쌍이 방주에 타자 홍수가 땅을 뒤덮는다. ─그런 이야기다. 원전은 이야기로서 읽기에 담백한 느낌이지만, 노아의 방주를 소재로 한 설교 또는 소설, 영화에서는 홍수가 오리라는 걸 믿지 않고 산 위에 방주를 만드는 노아의 가족을 비웃는 사람들이 묘사될 때가 많다.

산속에 만들어진 배 같은 구조의 건축물. 나중에 붙였을지도 모르지만 〈방주〉라고 이름을 붙인 것도 이해가 간다. 과격파인지 신흥종교인지 모를 사람들에게 여기는 구원을 기다리는 장소였는지도 모른다.

내게는 그 이름이 질 나쁜 농담으로밖에 느껴지지 않았다. 이런 꺼림칙한 지하 건축물에서 구원을 찾을 수 있을 리 없다. 찾은 것이라고는 고문 기구 정도다.

함께 온 사람 중에도 신앙심이 깊은 사람이나 정치사상이 굳건한 사람은 없다. 아무리 봐도 우리 일행은 노아 일족이 아니라, 여기를 세운 사람들을 비웃는 쪽이었다.

"어? 뭐 하세요?"

기계실에서 우리가 떠드는 소리가 들렸는지 활짝 열린 문으로 사야카가 얼굴을 디밀었다.

뒤이어 사야카를 찾고 있었던 듯한 하나도 나타났다.

"어, 사야카, 여기 있었구나. 사진 찍었어?"

"아, 네. 아마 다시는 이런 곳에 올 일이 없을 테니 기념 삼아서요."

사야카는 여기저기 방을 돌아다니며 사진을 찍은 듯하다.

"그래도 인터넷에 올리지는 말고. 여기를 사용했던 사람들이 보면 귀찮아질 수도 있으니까."

"아, 확실히 그렇네요. 안 올려야겠다. 찍기만 할게요."

사야카와 하나가 그런 이야기를 하고 있는데 마이와 류헤이가 같이 왔다.

우리 말고 다른 네 사람도 건축물 내부가 궁금해서 각자 탐색했던 모양이다. 일곱 명이 기계실에 모두 모였다.

네 사람은 켜져 있는 모니터를 보고 뜻밖이라는 표정을 지었다.

유야는 물에 잠긴 3층, 비상구, 감시카메라에 대해 지금까지 나와 쇼타로에게 했던 설명을 네 사람에게 되풀이했다.

"음. 뭐, 그건 됐고."

하나가 유야의 말을 막았다.

"실은 잠깐 밖에 나갔다 오고 싶어서. 낮에 남자친구한테 연락이 왔는데, 오늘 안에 답신하지 않으면 집에 찾아올지도 몰라."

하나는 그렇게 말하고 들고 있는 스마트폰을 쓰다듬었다.

유야는 머리를 긁적였다.

"어, 하지만 이 부근은 전파가 잘 안 터지는 것 같은데."

"응, 그러니까 잠깐 시험해보고 안 되면 포기할 거야. 누구 같이 가줄 사람 없을까?"

컴컴한 산속을 혼자 돌아다니는 건 누구라도 무섭다.

"그럼 내가 같이 가줄까?"

유야가 물었다. 하지만 하나는 유야와 단둘이 밖에 나가기가 싫은 눈치였다.

낌새를 알아챈 사야카가 얼른 도움의 손길을 내밀었다.

"그럼 나도 한번 나가볼까. 분명 업무 연락이 왔을 텐데. 괜찮을까요?"

"아, 사야카도 갈래? 고마워. 그게 좋겠다."

이야기가 마무리됐다. 하나, 사야카, 유야가 잠깐 나갔다 오기로 했다.

세 사람이 나가자 류헤이가 내 어깨 너머로 모니터의 침침한 영상을 노려보았다.

"그거, 정말로 나오는 거야?"

멀리서 보기에는 접속 불량으로 아무 영상도 나오지 않는 것처럼 느껴지기도 한다.

하지만 내가 대답하기 전에 화면 속에서 움직임이 있었다.

"오, 애들이다."

출입구 쪽 카메라에 전파가 잡히는지 확인하러 간 세 사람이 덮개를 밀어 올리고 나오는 모습이 찍혔다.

제일 먼저 나온 사람이 카메라에 대고 손을 흔들었다. 이건 유야고, 이어서 화려한 상의를 입은 사람은 하나다. 마지막은 사야카. 물론 어두워서 얼굴은 알아볼 수 없다.

잠시 후 비상구 쪽 카메라에도 세 사람이 스마트폰 손전등을 켜고 걸어가는 모습이 찍혔다. 나무다리 건너 높은 지대에서 전파가 잡히는지 시험하러 가는 듯하다.

"이야, 나오는구나."

류헤이는 이해했다는 듯 중얼거렸다.

그러고 나서 류헤이와 마이는 따분한 듯 유야가 책상 위에 꺼내놓은 물건들을 만지작거렸다. 잠시 후 싫증이 났는지 류헤이가 마이의 손을 잡았다. 두 사람은 기계실에서 나갔다.

나와 쇼타로는 기계실에 남아 멍하니 모니터를 바라보았다.

무료함이 밀려와 나는 사촌 형에게 하잘것없는 질문을 던졌다.

"다들 뭐 좀 먹었으려나?"

"글쎄."

지하 건축물을 견학하는 데 정신이 팔린 듯했으니, 다들 식사는 뒷전이었을지도 모른다.

30분쯤 지나자 유야 일행이 되돌아왔다. 감시카메라 덕분에 그들이 돌아오는 걸 바로 알았다.

하지만 유야 일행의 모습이 이상했다.

"엥? 늘어났는데? 뭐야 이거?"

출입구 모니터에 비치는 사람이 셋에서 여섯으로 늘어났다.

호러 영화 같은 일이 일어났다. 나와 쇼타로는 기계실을 나서서 무슨 일이 생긴 듯한 일행을 맞이하러 철문 앞까지 갔다.

철문을 열고 제일 먼저 들어온 사람은 유야였다. 이어서 하나. 상의에 진흙이 묻은 걸 보니 아무래도 넘어진 듯하다.

그다음은 사야카.

그리고 사야카 뒤에 가족으로 보이는 세 사람.

흰머리가 희끗희끗한 상고머리에 뿔테안경을 쓴 50대 아버지. 조금 뚱뚱하고 단발머리인 어머니. 입술이 약간 두툼한 아들은 중학생 정도로 보였다.

사야카가 우리 얼굴을 보자마자 나서서 설명했다.

"저기, 이분들은 길을 잃으셨대요. 아무래도 지붕이 있는 곳이 낫지 않겠냐 싶어서 모시고 왔어요. 어, 버섯을 따러 왔다고 하셨던가요?"

"네, 그렇게 됐습니다. 실례하겠습니다."

아버지가 대답했다.

버섯 따기를 하는 철이기는 하지만, 이렇게 산속 깊이 들어오다니.

우리가 출입을 허락하고 말고 할 곳은 아니지만, 아무튼 일단 식당으로 안내하기로 했다.

복도를 걸으며 목덜미에 묻은 삼나무 잎을 털어내는 하나에게 나는 슬쩍 물었다.

"스마트폰 연결돼?"

"아니, 완전히 먹통이야. 이 부근은 어딜 가도 전파가 안 터져. 여기를 사용한 사람들은 인터넷이 안 되는 게 싫어서 떠난 것 아닐까?"

일리 있는 소리일지도 모르겠다.

3

우리 일곱 명과 가족 세 명은 식당의 기다란 테이블에 마주 앉았다.

아내와 아들은 실수로 모르는 사람의 결혼식에라도 참석한 것처럼 우리와 이 기묘한 건축물을 이리저리 둘러보았다.

"불청객이 끼어들어서 죄송합니다. 저희는 야자키라고 합니다. 저는 야자키 고타로고—"

아버지가 느릿느릿 자기소개를 시작했다.

"전기공사기사로 일하고 있습니다. 이 지역 사람인데, 모처럼 가족이 다 함께 외출했다가 방심해서 길을 잃고 말았네요. 이쪽은 집사람입니다."

"아내 히로코예요."

사납게 생긴 아내는 조금 망설이다가 이름을 말했다.

"이쪽은 아들. 고등학교 1학년이에요. 자."

"하야토입니다."

아들은 고개를 약간 숙인 채 말했다.

고등학교 1학년이라지만 내 눈에는 좀 더 어려 보였다.

그는 분명 정체 모를 지하 건축물에서 시간을 보내게 된 것보다 부모님과 함께 있을 때 자기보다 약간 연상인 남녀 무리와 마주친 게 더 싫으리라. 중학생 시절, 친구와 노래방에 갔다가 가족과 함께 있던 반 아이와 마주쳤을 때 그 아이가 지었던 거북한 표정이 생각났다.

"그런데 여러분은 어디서 오셨나요?"

사야카가 우리는 원래 도쿄 도내 대학의 등산 동아리 출신이라는 것, 유야의 제안으로 어제부터 나가노의 별장에 머물렀다는 것, 유야가 재미있는 곳을 안다기에 이 지하 건축물을 찾아왔지만 늦어져서 돌아갈 수 없게 됐다는 것을 설명했다.

"그럼 여러분은 대학생?"

"아니요, 다들 사회인이에요. 저는 노우치 사야카예요. 도쿄에서 요가 교실의 안내데스크 일을 하고 있어요."

"아아, 어쩐지 그런 느낌이시네요."

염색 머리에 피부도 살짝 태닝한 사야카를 보고 야자키는 그렇게 말했다. 아내와 아들은 쓸데없는 소리 하지 말라는 듯 떨떠름한 표정을 지었다.

"그럼 이쪽으로 가면서 소개할까요? 자, 선배."

사야카가 옆에 있던 하나의 허벅다리를 쿡 찔렀다.

"아, 어음, 다카쓰 하나입니다. 그냥 사무직이에요."

야자키 가족 세 명은 예의상, 동그란 얼굴과 보브컷 헤어스타일에 몸집이 아담한 이 사람이 다카쓰 하나임을 인식했다는 듯 고개를 끄덕였다.

"자, 다음."

"어? 뭐야, 이거? 단체팅? 니시무라 유야입니다. 의류업계 쪽에서 일하고 있어요. 잘 부탁드립니다."

유야는 쑥스러운 듯 뺨을 붉적였다.

"이토야마 류헤이. 피트니스센터의 트레이너. 잘 부탁합니다."

류헤이의 몸매를 보고 야자키 가족은 그 직업에 납득한 듯했다. 하지만 다음 자기소개를 들었을 때 그들은 뜻밖이라는 표정을 지었다.

"이토야마 마이라고 합니다. 유치원 선생님이에요."

"어? 그쪽도 이토야마 씨?"

야자키가 대뜸 물었다.

"결혼하셨어요?"

"네. 맞아요."

"이야. 아, 죄송합니다. 젊으셔서 좀 놀랐어요. 동아리 친구끼리 결혼이라. 좋네요."

얼렁뚱땅 둘러대듯 야자키는 어색한 어조로 말했다.

젊은 나이라지만 두 사람이 결혼한 지 벌써 2년이 지났다. 하지만 역시 누구의 눈에도 류헤이와 마이는 부부처럼 보이지 않는 것이다. 나는 그렇게 생각했다.

순서가 왔길래 나도 다른 사람들처럼 자기소개를 했다. 고시노 슈이치, 직업은 시스템 엔지니어.

마지막 한 명이 남자, 사야카가 허둥지둥 입을 열었다.

"어, 아까 저희 모두 같은 동아리 출신이라고 했는데, 이분은 아니에요. 이분은 슈이치 선배의 친척인데—"

"시노다 쇼타로입니다. 이 녀석의 사촌 형이에요. 어쩌다 보니 같이 오게 됐습니다. 잘 부탁드려요."

야자키 가족도 자기소개를 듣기 전부터 쇼타로에게서만 풍기는 이질적인 분위기를 느낀 듯했다. 다들 실용적인 아웃도어용 의류를 입었는데, 쇼타로 혼자 어디서 샀는지 모르지만 산을 완전히 깔

본 디자인의 세로 줄무늬 셋업 트레이닝복을 입었다. 나이는 우리보다 세 살 많고, 키는 이 자리에 있는 사람들 가운데 제일 크다.

쇼타로를 보고 야자키는 처음으로 대놓고 수상쩍다는 듯한 표정을 지었다. 하지만 바로 웃음으로 그 표정을 얼버무렸다.

"네, 잘 부탁드립니다. 여러분은 어떻게 이런 곳을 알고 계신 건가요? 여러분 중 한 분이 관계자시라든가?"

야자키의 질문에 유야가 대답했다.

"어, 그게 말이죠, 딱히 저희 소유물은 아니고—"

유야는 반년 전에 솔로 캠핑을 하려다 여기를 발견했다고 설명했다. 그리고 과거에 과격파 집단이 여기를 만들었을지도 모른다는 둥, 그 후에는 범죄 조직 또는 종교단체가 사용했을 것으로 추정된다는 둥 쇼타로가 했던 이야기를 그대로 들려주었다. 눈치가 있는지 고문 기구를 발견했다는 말은 꺼내지 않았지만, 그래도 야자키 가족은 심상치 않은 곳에 왔다는 듯 얼굴을 마주 보았다.

쇼타로는 안심시키듯이 말했다.

"뭐, 하룻밤 정도는 있어도 괜찮겠죠. 감옥 호텔 같은 곳이라고 생각하면 되지 않겠어요? 한동안 아무도 사용하지 않은 것 같으니까요."

"아, 맞아! 누군가 올 걱정은 안 해도 돼. 반년 전에 왔을 때랑 달라진 느낌이 전혀 없거든. 그때 여기저기 사진을 많이 찍었는데, 그거랑 상태가 완전히 똑같아.

어휴, 나도 오늘 여기서 지낼 생각은 아니었어. 전에 왔을 때와는 다른 길로 온 탓이야. 가까운 것 같길래 금방 다녀올 수 있을 줄 알았는데. 다들 미안해."

유야가 우스개를 섞어서 사과했다.

원래는 지금쯤 여기보다 훨씬 쾌적한 별장에서 술을 마시며 카드놀이 따위를 하며 시간을 보내고 있었을 것이다. 어쩐지 용납하기 힘든 기분이 모두의 가슴속에서 소용돌이쳤지만 사야카가 결론을 내듯이 말했다.

"뭐, 어쩔 수 없죠. 그나저나 야자키 씨네는 곤란한 상황이셨으니 어떤 의미에서는 잘된 것 아닐까요? 요즘 날씨에 밖에서 밤을 보내기는 힘들 테니까요.

야자키 씨, 사정이 사정이니만큼 여기서 하룻밤 지내시는 게 어떨까요? 폐소공포증 같은 게 있으시면 좀 힘드실지도 모르지만."

"뭐, 하룻밤이라면. 괜찮지?"

야자키의 말에 아내와 아들은 고개를 끄덕였다.

"괜찮으시겠어요? 도리어 저희가 폐를 끼치지는 않을까 걱정입니다만 하룻밤만 잘 부탁드릴게요."

사야카는 그런 말로 우리가 그들이 걱정해야 할 만큼 몰상식한 사람들이 아니라는 인상을 심어주었다.

"아참, 뭐 좀 먹을까요? 안 그래도 배가 고팠는데. 야자키 씨, 먹을 거 있으세요?"

잊고 있었던 공복감이 되살아났다. 다들 부스럭부스럭 자기 가방을 뒤졌다.

우리는 오후에 편의점에서 각자 빵이며 요깃거리를 샀다. 그리고 밤에 별장에서 먹으려고 구입한 안주류도 많다. 지하 건축물에 통조림 등 보존식품이 남아 있었지만, 정체 모를 음식에 손을 대고 싶지는 않았다.

야자키 가족은 점심때 먹다 남은 듯한 주먹밥 두 개를 히로코의 배낭에서 꺼내 셋이서 꼼지락꼼지락 나누기 시작했다.

"아, 이거 드릴까요? 괜찮으면 드세요. 자요."

하나가 낱개로 포장된 양갱 세 개를 내밀었다. 아들 하야토가 거우 들릴 만큼 가느다란 목소리로 감사합니다, 하고 인사하며 양갱을 받았다.

이어서 다른 사람들도 어육소시지니 초콜릿이니 조금씩 주어서 야자키 가족은 우리와 같은 수준으로 저녁 식사를 할 수 있었다.

식사를 마치자 류헤이가 말했다.

"잘 때 이불 같은 건 어떻게 하지?"

"어, 아까 봤는데 매트리스랑 침낭이 꽤 많더라고요. 먼지가 좀 쌓이긴 했지만."

사야카의 말대로 오래된 침구류가 놓여 있는 합숙소 같은 방도 있었다. 산막 같은 곳보다는 쾌적하게 잘 수 있을 듯하다.

"그럼 야자키 씨, 적당한 방을 골라서 쉬시면 될 것 같네요. 그리고 문 앞에 뭔가 놔두시면 안 될까요? 그러면 거기를 사용하신다는 걸 저희가 알 수 있으니까요."

"아아, 그렇군요. 그럼—"

야자키는 아내와 아들의 안색을 살핀 후 대답했다.

"덕분에 잘 먹었습니다. 저희는 이만 가서 쉬겠습니다."

"아, 네. 쉬세요."

사야카가 또랑또랑 울리는 목소리로 인사했다. 야자키 가족은 잘 곳을 찾아 식당을 나섰다.

4

오후 8시가 지났다.

우리 일곱 명은 아직 식당에 남아 있었다. 인터넷이 되지 않아 이부자리에 누워 시간을 보낼 수가 없어서 그런지 다들 방으로 갈 마음이 안 드는 듯했다.

식당은 나른한 분위기로 가득했다. 야자키 가족이 있으니 시끄럽게 떠들 수는 없다. 그들과 마주침으로써 이번 모임은 즐거울 리 없다고 확정된 것 같은 느낌이 들었다.

아까는 사야카가 나서서 분위기를 수습했지만, 나는 유야에게 불평하고 싶은 기분이 없지도 않았다.

분명 다른 사람들도 비슷한 기분이리라. 하지만 분위기를 더 망친들 무슨 소용이겠는가.

하나가 에둘러 불만을 드러내듯 말을 꺼냈다.

"아무래도 오늘 밤에 잠은 다 잤네. 분명 옛날에 여기서 죽은 사람이 있을 거야."

유야가 실실 웃으며 대답했다.

"에이, 꼭 그렇게 단정할 수는 없지. 위험한 사람들이 사용한 것 같기는 하지만."

나, 유야, 쇼타로 말고는 지하 2층에 있는 고문 기구를 못 본 듯하다. 그런데도 하나는 〈방주〉의 꺼림칙한 분위기를 느낀 모양이다.

"이런 건축물을 전문가가 제대로 설계해서 만들었겠어? 공사도 분명 아마추어가 했겠지. 이런 위험한 데서 작업했으니 사람이 죽을 만도 하잖아. 그리고 위험한 사람들이니 시체는 들키지 않도록 근처에 적당히 묻었겠지. 내 말이 틀려?"

쇼타로가 끼어들었다.

"뭐, 확실히 그래. 유명한 대형 건축물도 시공 중에 사람이 죽었다는 이야기가 심심치 않게 들리니까."

우리는 원치도 않았는데 사람이 죽은 건물에서 담력 테스트를 하고 있는 셈이었다.

하나는 잠을 다 잤다고 해놓고 하품을 했다. 그리고 투덜거렸다.

"이런 지하에서 죽는 건 딱 질색이야. 안 돼, 안 돼."

"그럼 어디서 죽으면 괜찮은데?"

류헤이가 핀잔을 주었다.

"어디든 죽기는 싫지만, 어쨌든 밖이 보이지 않는 곳은 절대로 싫어. 튤립 꽃밭에서 잠자듯이 죽고 싶네. 그럼 너희는 어떻게 죽는 게 제일 싫은데?"

이 지하에 어울릴 법한 화제를 하나가 꺼냈다.

할 일이 없어서 그런지 다들 의외로 진지하게 생각에 잠겼다.

유야가 입을 열었다.

"난 이미지상으로는 그거야. 왜, 중세시대에 인간의 사지를 말 네 마리에 묶어놓고 각자 다른 방향으로 잡아당겨서 찢어 죽이는 처형법."

"아, 확실히 그건 고통스러울 것 같아."

다음으로 사야카가 말했다.

"불이 났을 때 연기를 마셔서 의식을 잃으면 그나마 낫지만, 의식이 있는 채 불타 죽으면 몹시 고통스럽다고 들었는데, 어떨까요?"

"불타 죽는다니. 시간이 걸리는 방식도 질색이야."

그러자 류헤이가 동의했다.

"나도 시간이 걸리는 건 괴로워서 싫어. 예를 들면 생매장."

"아아, 그러게. 그럼 슈이치는?"

나는 '과로사'라고 대답했다. 쇼타로는 '병사'라고 했다.

마지막으로 남은 마이는 곰곰이 생각하다 이렇게 말했다.

"난 익사. 물에 빠져 죽는 건 싫어."

지금뿐만 아니라 마이는 어제 모두 모였을 때부터 말수가 적었다.

"생각해봤는데, 만약 '이렇게 죽기는 싫다'로 순위를 매기면 목이 졸리거나 칼에 찔려 죽는 건 의외로 순위가 낮을 것 같지 않아? 더 고통스러운 방식이 얼마든지 있을 거 같아."

하나는 그렇듯 흉흉한 소리로 이야기를 마무리했다.

담력 테스트를 하는 듯한 분위기를 고조시킬 생각은 아니었지만, 어쩐지 말해두어야 할 것 같아서 나는 지하 2층에서 고문 기구를 발견했다는 사실을 알려주었다.

모두의 반응은 내가 고문 기구를 봤을 때와 크게 다르지 않았다. 놀라면서도 여기서 고문이 행해졌을 가능성을 찬찬히 따져볼 생각은 없어 보였다. 해외 토픽처럼 자신과는 아무 상관도 없는 일이니까.

하지만 다들 지금까지보다 얌전하니 말수도 적어졌다. 이 〈방주〉는 우리가 있어도 될 곳이 아니다. 어렴풋이 느껴졌던 그 기분이 모두의 가슴속에서 더욱 확고해진 것 같았다.

5

오후 9시가 지났다.

제일 먼저 일어선 사람은 하나였다.

"할 일도 없고, 난 이만 잘래."

"아, 그럼 저도 갈게요."

사야카가 그 뒤를 따랐다. 하나와 사야카는 별장에서도 같은 방을 썼다.

두 사람이 떠나자 모두에게 무언의 압력을 받고 있던 유야도 자리에서 일어났다.

"나도 잠이나 잘까."

순식간에 식당에는 네 명만 남았다. 그 순간 나는 마음이 무거워졌다. 류헤이는 뭔가 따지고 싶은 것처럼 나를 쏘아보았다. 하지만 류헤이의 입에서 나온 말은 상황에 적절한 질문이었다.

"슈이치, 오늘 어디서 잘 거야?"

"어, 아직 모르겠어. 쇼 형이랑 같은 방에 잘 거니까, 나중에 적당히 정할게."

"그렇구나. 그럼 우리도 이만 잘까."

류헤이는 마이를 데리고 식당을 나섰다. 식당에는 나와 쇼타로만 남았다.

둘 다 잠시 아무 말도 없었다. 이만하면 류헤이와 대화할 때 내가 부자연스럽게 태연한 척했다는 걸 쇼타로는 알아차렸으리라.

나와 쇼타로는 112호실을 쓰기로 했다.

텅 빈 철제 선반을 빼면 거의 아무것도 없어서 휑한 방에, 근처 창고에 있던 매트리스와 침낭을 들여놓았다. 일단 자다가 얼어 죽을 걱정은 없다.

"이곳의 침낭을 쓰려니 좀 께름칙하지만."

이상한 얼룩이라도 없나 싶어 나는 침낭과 매트리스를 구석구석 살펴보고 냄새를 확인했다.

"불평하기 전에 네 양말 냄새부터 맡아봐. 이건 그렇게 더러운 편도 아닌데 뭘. 산막에서 자는 거랑 별 차이 없어."

"그건 그렇지만 범죄자가 사용했을 가능성이 크잖아."

이미 침낭에 들어가서 두 손을 베개 삼아 누운 쇼타로는 침구류를 살펴보는 내게 놀리는 듯한 시선을 던졌다.

아무래도 시체를 감싸거나 하지는 않은 듯하길래 침낭을 매트리스 위에 얹었다. 오전 중에 호수에서 노느라 갈아입을 옷을 가져온 사람도 있지만, 나는 땀이 밴 등산복 차림으로 자는 수밖에 없다.

형광등을 끄려고 하는데 갑자기 내 스마트폰이 진동했다. 무슨 알림이 왔다.

인터넷이 안 되는데 알림이 올 리가? 그렇게 생각하며 화면을 보자 무전기 앱 알림이었다. 통화권 이탈 상태라도 단말 간 통신으로 수십 미터 이내라면 앱 사용자끼리 통화가 가능하다.

접속을 요구하는 건 마이의 스마트폰이었다.

"여보세요?"

―앗, 연결됐네. 슈이치 군? 미안. 시험 삼아 한번 해본 거야. 다른 애들은 앱을 지운 걸까.

이 무전기 앱은 대학생 때 산에서 유용하겠다며 동아리원 모두가 깔았던 앱이다. 하지만 의외로 사용할 기회가 없어서 아직 앱을 지우지 않은 사람은 나와 마이뿐인 듯하다.

"류헤이는?"

―지금 화장실. 배탈이 났다고 했어. 그럼 내일 보자.

마이는 그렇게 말하고 통화를 끝내려 했다. 하지만 끊기 전에 빠르게 말했다.

―신경 많이 쓰이지? 우리는 오지 말 걸 그랬네. 미안해.

"아니, 전혀. 지금은 그런 걸 따질 상황도 아닌걸. 류헤이는 괜찮아?"

—응. 지금은 괜찮아. 그럼.

접속이 끊겼다.

돌아보자 매트리스에 누운 쇼타로가 사정을 전부 꿰뚫어 본 것처럼 실실 웃었다.

"야, 슈이치. 이토야마 부부와 무슨 일이 있었는지 슬슬 털어놔봐."

"뭐, 그렇게 재미있는 일은 아닌데."

하지만 계속 얼버무리고 넘어갈 수도 없다. 나는 목소리를 조금 낮추어서 이야기했다.

"얼마 전에 마이가 류헤이 일로 나한테 상의했어. 1년쯤 전부터인가, 기분이 안 좋으면 식단 관리가 어쩌니저쩌니하며 요리에 생트집을 잡고, 시골에서는 운전할 때 안전벨트를 안 한다나. 그 두 사람, 제대로 사귀어 보지도 않고 결혼부터 한 느낌이라 안 그래도 좀 불안하긴 했거든."

"흐음, 그래?"

같은 동아리인데도 나는 두 사람이 어떤 경위로 결혼하기에 이르렀는지 잘 모른다. 졸업을 앞두고 교제를 시작했으니, 취직이니 뭐니 정신이 없었던 나는 두 사람이 사귀는 줄도 몰랐을 정도다. 류헤이가 먼저 고백했다는 이야기는 나중에 들었다.

그로부터 몇 달 후, 두 사람은 결혼했다. 마이 말로는 연애가 귀찮아졌던 터라 이 정도면 괜찮겠다고 생각했다고 한다.

"난 류헤이와 중학교 때부터 친구였으니까 뭐, 류헤이 성격은 잘 알아.

그렇지만 나라고 뾰족한 수가 있겠어? 확실히 걔는 그런 녀석이지, 라는 식의 대답밖에 못 했어.

그런데 내게 이것저것 상담했다는 걸 최근에 류헤이에게 들켰나 봐. 그 후로는 깜깜무소식이었지. 그러다 이번에 유야의 연락을 받고 두 사람도 오기로 했다길래, 분위기가 어떨지 좀 걱정되긴 했어."

"그랬군. 그래서? 유부녀를 가로채기 위한 계획에 도움을 받으려고 일부러 나를 부른 거야?"

"어휴, 남의 속도 모르고 그런 소리 하지 마. 그런 거 아니야. 그냥 엄청 무서웠어. 류헤이가 무슨 생각일지 통 감이 안 잡혔단 말이야. 뭐랄까, 여러 사람 앞에서 망신을 당해서 정신적으로 너덜너덜해지면 어쩌나 싶었어."

류헤이와 싸움이 벌어져 결과적으로 자존심이 상한다, 그런 사태가 벌어질까 봐 걱정된 건 사실이고, 사촌 형을 데려와서 여차할 때 방파제로 삼으려고 생각한 것도 사실이었다.

쇼타로는 실실거리는 웃음을 거두지 않았다.

"뭐, 그런 걱정은 할 필요 없었던 것 같지만. 괜히 나 때문에 먼길 와서 미안하네."

"괜찮아. 덕분에 재미있는 건물을 봤으니까."

"그래? 그럼 다행이지만. 만나 보니 마이도 류헤이도 걱정했던 것보다 별 탈 없었어. 류헤이한테 좀 찍힌 것 같기는 하지만, 아무 일도 일어나지 않았지. 이제 내일 돌아가기만 하면 돼."

"뭐, 슈이치가 좋다면 그걸로 된 거지만. 아무 일도 없을 거라고 단정하기는 아직 일러."

쇼타로는 기대감을 부풀리는 건지 불길함을 조장하는 건지 모를 투로 말했다.

대화가 끊겼다. 나는 불을 끄고 침낭에 들어갔다.

복도 형광등은 켜놓았다. 새어드는 불빛 때문에 문이 직사각형 모양으로 잘린 것처럼 보였다.

내일 날이 밝으면 최대한 빨리 여기서 나가는 편이 좋으리라.

그리고 산길을 걸어 별장으로 돌아가, 차를 타고 도쿄로 돌아가야 한다. 아주 분주한 하루가 될 것이다.

2

천재지변과 살인

1

금속끼리 찰카닥찰카닥 부딪치는 소리에 잠이 깼다.

그것은 들릴 리 없는, 그야말로 흉조라고 해야 할 소리였다. 몸을 일으켜 주변을 둘러보며 소리가 나는 곳을 찾았다. 그러자 벽앞에 줄지은 철제 선반이 덜덜 떨리고 있었다.

그 모습이 눈에 들어오는 것과 동시에, 나는 방 전체가 흔들리고있다는 사실을 깨달았다.

"지진? 갑자기 이게 무슨."

아직 잠이 덜 깬 나는 서서히 우리가 지금 어디에 있는지 깨달았다. 우리는 평범한 건물에 있지 않다. 여기는 산속의 지하 건축물이다.

"슈이치, 위험해! 떨어져."

먼저 깨어난 쇼타로가 멍하니 있는 내 팔을 잡고 철제 선반 곁에서 떼어놓았다.

다음 순간 나는 균형을 잃고 바닥에 넘어졌다.

쇼타로는 문고리를 붙잡고 간신히 자세를 유지했다. 철제 선반이 잇달아 바닥에 쓰러졌다. 진동이 단숨에 심해졌다. 건물 여기저기서 뭔가가 쓰러지고 부서지는 소리가 들렸다. 그리고 하나의 목소리인 듯한 비명이 작게 울렸다.

지하 건축물 자체도 녹슨 톱으로 톱질하는 것 같은 소리를 내며 삐걱거렸다. 함정을 밟은 것처럼 이대로 건물 자체가 아래로 쑥 꺼지는 건 아닐까. 그런 상상이 머리를 스쳤다.

진동은 좀처럼 잦아들지 않았다. 한 5분 정도 흔들리지 않았을까?

그리고―, 진동이 더는 못 견딜 만큼 강해졌을 때였다.

거대한 징을 때린 것 같은 이상한 소리가 울려 퍼졌다. 소리는 바로 사라지지 않고 〈방주〉 전체에 메아리쳤다.

"무슨 소리야! 대체 뭐야?"

"이 소리만큼은 나지 않길 바랐는데."

지금까지 평정심을 유지하던 쇼타로가 처음으로 약간 당황한 기색을 보였다.

진동이 멎었다. 건물은 무너지지 않았다. 하지만 쇼타로는 안심한 기색이 아니었다. 그는 뻑뻑해진 문을 발로 차서 열고 부리나케 출입구 쪽으로 향했다.

복도 안쪽에서 사람들이 비틀비틀 모여들었다. 계단 부근에 일곱 명이 자리를 잡고 섰다.

"아! 하나, 괜찮아?"

유야가 물었다. 하나는 뒤편의 사야카에게 몸을 기대고 있었다.

"머리를 엄청 세게 부딪쳤어. 아파 죽겠네."

다들 잠든 와중에 지진이 덮친 듯하다. 기묘한 지하 건축물에 있다는 사실도 한몫해서인지, 모두 방금 일어난 일을 현실로 받아들이지 못하겠다는 듯한 표정이었다.

식당의 대각선 맞은편에 위치한 103호실에서 야자키 가족이 나왔다.

"저어, 아까 어마어마한 소리가 났죠? 괜찮으십니까? 어쨌거나 밖으로 나가는 게 좋을 것 같은데요?"

야자키가 이쪽에 대고 큰 소리로 말했다. 야자키 가족은 당장이라도 여기서 달아날 생각인 듯, 아내도 아들도 배낭을 메고 나왔다.

쇼타로가 대답했다.

"그러게요. 빨리 나가는 게 좋겠죠. 나갈 수 있다면."

─나갈 수 있다면?

쇼타로의 말에, 정신이 얼떨떨하던 나는 드디어 징을 때린 듯한 그 거대한 소리의 정체를 알아차렸다.

철문 너머 동굴 같은 통로에는 거대한 바위가 있었다. 여차할 때 바리케이드로 사용하기 위한 물건이다. 그 바위가 방금 지진으로 굴렀다면? 아까 들린 소리는 바위가 철문에 충돌하는 소리 아니었을까?

쇼타로가 서둘러 철문으로 향했다. 모두 사태가 얼마나 심각한지 인식하고 얼른 뒤따라갔다.

쇼타로는 문고리를 돌리고 철문에 힘을 주었다.

그래도 열리지 않자 이번에는 몸을 던져 어깨로 부딪쳤다.

철문은 몇 밀리밖에 움직이지 않았다. 바위가 반대쪽에서 거의 빈틈 없이 철문을 꽉 누르고 있는 모양이다.

"잠깐만, 내가 해볼게."

류헤이가 문고리를 잡고 힘을 끙 쓰며 문짝을 밀었다.

나도 가세해서 셋이 함께 철문에 손을 대고 밀기 연습을 하는 스모 선수처럼 온 힘을 다해 밀었다.

철문은 꿈쩍도 하지 않았다. 사람의 힘으로는 도저히 움직일 수 없다는 것을, 우리의 갖은 노력에도 무반응인 철문의 감촉으로 알 수 있었다. 힘없이 팔을 내리자 다들 초조함이 가득한 얼굴로 이쪽을 보았다.

우리 열 명은 이 지하에 갇히고 말았다.

"어떻게 할 거야? 이대로 못 나갈지도 모른다는 거야? 그게 말이 돼?"

하나가 원망스럽다는 듯이 중얼거렸다.

"아니, 일단 아래로 가보자. 거기서 뭔가 할 수 있을지도 몰라."

앞장선 쇼타로를 따라 우리는 지하 2층으로 내려갔다.

2

상황은 아까 이해했다.

그리고 이제야 공포가 뒤따라왔다.

산속의 지하. 우리가 여기 있다는 것을 바깥의 그 누구도 모른다. 스마트폰은 당연히 불통이다.

이대로 바위를 치우지 못한다면?

물론 우리는 〈방주〉에서 나가지 못하고 죽는다.

어릴 적에 곤충 채집통을 책상 서랍에 넣어놓고 깜박해서 사마귀가 죽은 게 생각났다. 죽은 사마귀를 발견했을 때, 나 때문에 사마귀가 끔찍하게 죽었다는 생각에 더럭 겁이 나서 공원에 사마귀를 묻어주러 갔었다. 그래도 기껏해야 곤충이라 나쁜 뒷맛은 2, 3일 만에 잊어버렸다.

지금 지하 건축물의 복도를 걷고 있는 사람들 모두, 각자 인생을 반추하며 자신만의 공포를 맛보고 있을 게 틀림없었다.

지하 2층의 철문 앞까지 왔다.

출입구 바로 아래, 동굴 같은 방으로 통하는 철문이다.

좁아서 모두는 못 들어간다. 일단 쇼타로, 이어서 나, 류헤이, 그리고 야자키가 문턱을 넘었다.

들어가 보자 천장에 이변이 생겼다.

철문 부근의 낮은 천장은 가느다란 철골에 널빤지를 댄 구조인데, 위층의 거대한 바위가 널빤지를 뚫고 노출되어 있었다. 그리고 가느다란 철골도 휘었다.

"으어! 단단히 막혔네—"

류헤이가 철골에 들러붙다시피 해서 위층을 올려다보았다.

갈라진 널빤지 사이로 지하 1층의 철문이 어떻게 막혀 있는지 보인다. 쇠사슬이 감긴 거대한 바위는 철문에 딱 달라붙어 있었다.

야자키가 천장 상태를 찬찬히 관찰하며 말했다.

"여기 이 철골을 제거하고 바위를 이쪽으로 가져올 수는 없을까요? 그러면 위쪽 통로가 트일 것 같은데."

천장을 뚫어서 바위를 지하 2층으로 떨어뜨릴 수 없겠느냐는 말이다. 가느다란 철골을 고정하는 볼트는 아래쪽에 드러나 있다. 뺄 수 있을 듯했다.

쇼타로가 대답했다.

"철골을 제거하는 것만으로는 안 됩니다. 바위가 철문 쪽 벽면과 동굴 쪽 바닥 사이에 꽉 꼈어요. 철골을 제거한 후 바위를 아래로 잡아당겨야 합니다. 어지간한 힘으로는 안 될 거예요."

바위를 지하 2층으로 세게 잡아당긴다.

그렇다면 안성맞춤인 설비가 있지 않은가. 바위에 감긴 쇠사슬은 닻감개에 연결돼 있다. 닻감개의 손잡이를 돌리기만 하면 된다.

그렇지만 나는 닻감개를 사용하기 위한 순서에 큰 문제가 있다는 걸 바로 알아차렸다.

내가 방 안쪽에 시선을 주자 쇼타로는 말없이 고개를 끄덕였다.

"즉, 철골을 제거하고 이 방의 닻감개를 돌려서 바위를 아래로 떨어뜨리면 되는 거지? 하지만 그러면 닻감개를 돌리는 사람이 여기에 갇힌다는 건가."

1층의 큰 바위를 이 작은 방으로 떨어뜨리면 이번에는 이쪽 출입구가 바위에 막힌다. 철문 근처는 병목처럼 좁다. 떨어뜨린 바위는 거기에 끼고 만다.

닻감개는 당연히 이 작은 방에서만 조작할 수 있다.

따라서 우리가 이 지하 건축물에서 빠져나가려면 누군가 한 명이 지하 2층의 작은 방에 남아야 한다는 뜻이다.

쇼타로가 입술을 일그러뜨리며 말했다.

"그런 셈이야. 바위를 지하 2층으로 떨어뜨리면 이 방의 출입구가 막히도록 과격파가 의도적으로 설계한 거겠지. 바위 크기가 너무 절묘해."

요컨대 바위를 지하 1층의 철문을 막는 바리케이드로 사용한 후, 아래층으로 떨어뜨려서 지하 2층과 지하 3층을 분단하는 바리케이드로 사용하는 것이다.

지하 1층의 철문을 봉쇄해도 밖에서는 시간만 있으면 바위를 치우고 진입할 수 있다. 그러므로 일단 지하 1층을 막아놓고 사람들은 지하 3층으로 물러난다. 그리고 바위를 지하 2층으로 떨어뜨린다. 여기에 바위를 떨어뜨리면 그렇게 쉽게는 진입할 수 없다. 과대망상적인 목적으로 만든 듯한 지하 건축물에 어울리는 장치이기는 했다.

이 작은 방에는 지하 3층으로 통하는 유일한 계단이 있다. 원래 같으면 바위를 떨어뜨린 후 지하 3층으로 내려갈 수 있겠지만, 현재 지하 3층은 침수 상태다. 따라서 닻감개를 돌리면 그 사람은 동굴 같은 이 방에 자기 자신을 감금하는 셈이다.

아무튼 상황은 이해했으므로 우리는 작은 방을 나서서 복도로 돌아갔다.

류헤이가 고민에 찬 목소리로 말했다.

"그럼 어떻게 해야 하나? 누군가 닻감개를 돌려서 바위를 떨어뜨리는 거지? 그리고 다른 사람들은 탈출해서 최대한 빨리 구조대를 데리고 돌아오는 건가?"

모두 몸을 부르르 떨었다. 그 역할을 맡은 사람은 혼자 이 좁은 방에 갇혀 오로지 구조되기만을 기다려야 한다. 누구든 그런 역할은 거절하고 싶을 것이다.

유야가 허세를 부리며 말했다.

"뭐, 그렇게 초조해할 것 없잖아? 일단 어떻게 나갈 수 있는지는 알았으니까 천천히 잘 생각해서 행동하는 편이 좋겠지."

지하 건축물에는 통조림이 대량 보관되어 있고, 물론 물도 있다. 2, 3주는 굶주릴까 봐 걱정하지 않아도 된다.

"일단 건물을 탐색해보는 게 어때? 뭔가 적당한 도구가 있으면 저 닻감개를 사용하지 않고도 바위를 떨어뜨릴 수 있을지 몰라. 아무도 여기에 남지 않고 탈출하는 게 최상의 선택이잖아.

그리고 뭘 어쩌든 육각 렌치는 꼭 필요해. 철골을 제거해야 하니까. 일단 그걸 찾자."

유야의 말은 정론이었다. 최소한 육각 렌치를 찾아야 일을 진행할 수 있다.

건물을 탐색하자는 제안에 모두 찬성했다.

누가 지하에 남느냐는 문제는 뒤로 미루고 싶었다.

207호실이 공구실 같은 곳이었다. 톱이며 쇠망치 같은 공구가 철제 선반에 많았다. 육각 렌치가 제일 있을 법한 방이다. 일단 모두 함께 지진으로 어질러진 방을 치우며 육각 렌치를 찾았다.

하지만 렌치는 어디에도 없었다.

이 건물에는 창고가 몇 군데 있다. 엄밀하게 정리해놓지는 않은 듯하니 공구실 말고 다른 곳에 있을지도 모른다.

분담해서 찾기로 했다. 열 명이 건물 여기저기로 흩어졌다. 하나는 머리가 아프다며 탐색에 참여하지 않았다. 방은 지진으로 난장판이니 식당에서 쉬겠다고 했다.

나는 쇼타로와 함께 공구실 옆 205호실을 살펴보았다. 여기는 자재 보관실인 듯 단열재며 철물들이 놓여 있었다.

"혹시 육각 렌치가 없으면 끝장이지? 그 볼트 맨손으로는 절대로 못 돌릴 거야."

"그러게. 그래도 렌치 정도는 있겠지. 건물을 지을 때 필요했을 테니까."

렌치는 어딘가 다른 곳에서 사용한 후, 거기 방치됐는지도 모른다.

"유야가 말한 적당한 도구는 뭘까? 닻감개를 사용하지 않고 그 커다란 바위를 움직일 수 있는 도구라니."

"글쎄."

"난 다이너마이트 정도밖에 생각이 안 나는데. 있어도 이상할 것 없지 않아?"

"다이너마이트는 안 돼. 건물이 허물어져서 전부 죽을지도 몰라."

그건 그렇다.

"그럼 역시 누군가 여기 남아야 한다는 거네. 어떻게 정하지?"

자원하려는 사람은 없을 것 같다.

그럼 제비라도 뽑아야 할까? 야자키 가족은 받아들일까. 고등학생인 아들도 제비뽑기에 참가시켜야 하나?

쇼타로가 못마땅한 듯한 표정을 지었다.

"기껏 뒤로 미룬 일을 지금 고민해서 뭐해? 어차피 결국은 정할 텐데 뭘."

쇼타로는 부스럭부스럭 뒤지던 골판지 박스를 닫았다. 검 테이프와 비닐 테이프가 든 박스였던 듯하다.

"이 방에는 없는 모양이네. 슈이치, 굳이 둘이서 같은 방을 살펴볼 필요 없잖아? 찾아볼 곳은 얼마든지 있어. 따로 살펴봐야 효율적이겠지."

"어—, 응, 뭐. 그렇긴 하지만."

지하에 남을 사람을 어떻게 정할지가 걱정이었던 나로서는 대화 상대가 간절했지만, 쇼타로는 아랑곳없이 먼저 방을 나섰다.

나는 침대가 놓인 주거용 방을 잠시 어정거렸다.

육각 렌치가 있을 법한 방은 어디든 누군가 살펴보는 중인 듯했다. 농땡이를 부리는 것 같은 기분이 들었지만, 의외로 이런 곳에 있을지도 모른다는 생각에 침대 밑을 들여다보거나 했다. 오래된 빈 담뱃갑밖에 못 찾았다.

복도로 나가서 다음은 어떤 방을 살펴볼까 생각하며 계단을 올라 기계실 앞까지 왔다.

문득 떠오른 생각에 기계실로 뛰어들었다.

맞다, 지상은 어떤 상태일까?

감시카메라가 망가지지 않았다면 확인할 수 있을 것이다.

스마트폰을 들여다보았다.

오전 6시 13분. 이미 해는 떴다.

모니터 두 대를 켰다. 애타는 한순간이 지나고 영상이 비쳤다.

"오오? 다행이다. 멀쩡하네."

출입구와 비상구 쪽 카메라 둘 다 망가지지 않았다.

출입구 모니터를 보자 지진 피해가 그리 크지 않아 덮개 근처에 돌이 조금 널브러져 있는 정도였다.

하지만 비상구 쪽은 상황이 딴판이었다.

대량의 흙과 모래에 묻힌 들판의 모습이 모니터에 비쳤다. 흙과 함께 쓰러진 나무와 거대한 바위가 두두룩하게 쌓여 있었다. 사람의 힘으로는 도저히 치울 수 없을 듯했다.

비상구 덮개는 파묻히고 말았다. 지하 3층이 수몰돼서 어차피 비상구를 사용할 수 없으니까 그건 문제가 아니지만, 곤란한 점이 있었다.

비상구가 있는 저 일대는 우리가 이 지하 건축물에 올 때 통과한 장소다.

거기가 무너져서 흙과 모래에 묻혔으니 무사히 여기서 탈출한들 오도 가도 못 할 상황에 빠질 가능성이 크다. 나무다리도 무너졌을지 모른다. 하산하려면 반드시 거기를 지나가야 하는데 말이다.

스마트폰이 불통이니 나가자마자 구조를 요청할 수도 없다.

그렇다면 우리가 지상에 나가더라도 지하에 남겨진 한 명은 꽤 오랫동안 그 좁은 방에서 버텨야 하는 것 아닌가? 더더욱 제비에 당첨되고 싶지 않았다.

아무튼 이 사실은 빨리 모두에게 알리는 편이 좋겠다.

그런 생각으로 복도에 나갔을 때, 비명과 성난 고함의 중간 같은 목소리가 멀리서 울려 퍼졌다.

"여기! 다들 잠깐 와봐! 큰일 났어, 큰일."

류헤이의 목소리였다. 지하 2층, 닻감개가 있는 작은 방 근처에서 들려왔다.

여기저기 흩어져 있던 사람들이 지하 2층의 철문으로 모여들었다.

내 앞에는 쇼타로가 있었다. 나는 그를 따라 좁은 철문을 통과했다.

류헤이는 오른손에 육각 렌치를 쥔 채 작은 방의 제일 안쪽에 쪼그려 앉아 있었다. 뭘 하는가 싶었는데, 그는 지하 3층으로 이어지는 계단을 들여다보고 있었다.

우리 발소리를 듣고 일어선 류헤이가 육각 렌치로 발치를 가리키며 말했다.

"물이 불었어. 분명 어제보다 수위가 높아졌다고."

"뭐? 정말이야?"

지하 3층을 가득 채운 물. 오랫동안 조금씩 차오른 것으로 보였다.

그런데 어제와 비교해 분명 물이 불어났다고 한다. 나와 쇼타로는 계단 쪽에 무릎을 꿇고 아래쪽을 들여다보았다.

"이거, 불어난 건가?"

"아무래도 그런 것 같네."

쇼타로가 대답했다.

인정하지 않을 수 없었다. 어제는 수면이 계단 네 번째 단을 넘어 세 번째 단을 스칠 정도였는데, 지금은 세 번째 단이 완전히 물에 잠겼다.

돌아보자 사람들이 복도에서 이쪽을 유심히 지켜보고 있었다. 어쩐 일인지 유야가 오지 않았지만, 다른 사람들은 모두 다 모였다.

사야카가 매달리는 투로 말했다.

"정말로 물이 불어났나요? 지진으로 계단이 꺼진 건 아니고요?"

"응 그건 아닌 것 같아. 수면이 흔들려. 분명 흐름이 있어. 물이 흘러들고 있다는 뜻이지."

지층이 영향을 받은 것이다. 지진 때문에 지금까지는 조금씩 흘러들던 물의 기세가 강해진 모양이다.

쇼타로는 방에서 나가서 곱자를 들고 돌아왔다. 그리고 곱자를 계단 세 번째 단에 딱 수직으로 댔다.

모두 마른침을 삼키며 5분쯤 기다렸다. 류헤이가 눈금이 잘 보이도록 스마트폰 손전등으로 수면을 비추었다.

잠시 후 쇼타로가 곱자의 눈금을 확인했다.

"수위가 올라갔어. 틀림없군. 이대로 가면 곧 이 지하 건축물은 완전히 수몰될 거야."

쇼타로는 그렇게 선언했다.

류헤이가 엉겁결에 스마트폰을 물속에 떨어뜨렸다.

3

우리는 작은 방에서 나와 복도에서 이마를 맞대고 의논했다.

스마트폰이 방수였는지 류헤이는 계단에서 주운 스마트폰을 옷에다 닦았다.

"렌치는 찾았는데."

류헤이가 상심한 목소리로 말했다. 그는 렌치가 철골의 볼트에 맞는지 확인하려고 작은 방에 왔다가 문득 아래층을 보고 수위가 높아졌다는 걸 알아차렸다고 한다.

"그런데 아무도 갇히지 않고도 바위를 떨어뜨릴 방법 생각난 사람 없어? 뭔가 쓸 만한 도구는 찾았고?"

류헤이가 물었지만 다들 묵묵부답이었다. 아무도 그런 방법이나 도구는 찾아내지 못했다.

"그럼 역시 여기에 누군가 남아야 한다는 거잖아."

그래야 할 것이다.

하나가 입을 열었다.

"저기, 잘 모르겠지만 뭔가 하려거든 빨리 하는 게 좋지 않을까? 최악의 시나리오로 누군가 여기 남더라도 다른 사람들이 재빨리 산을 내려가서 구조대를 불러오면 되는 거잖아. 물이 차오르기 전에."

"하지만 그랬다가 제때 도착하지 못하면—"

마이가 불길한 소리를 했다.

그들에게 알려줘야 할 사실이 있다.

나는 복도에 있는 사람들을 기계실로 데려갔다.

감시카메라 영상을 보고 모두 탄식했다.

비상구 주변에 산사태가 발생했다. 쇼타로는 〈방주〉 도면을 끄집어내서 비상구 위치와 영상 속 산사태 상황을 견주어 보았다.

"이 정도면 그 나무다리도 산사태에 휩쓸려서 무너졌겠는데."

그리고 설령 나무다리가 무사하더라도 도중에 험한 산길이 많았으니, 지진으로 어딘가 지나가지 못하게 됐을 수도 있다. 그 길을 지나갈 수 없다면 지상으로 나가더라도 하산하는 데 애먹을 것이다.

"이래서야—, 밖으로 나가더라도 구조대를 불러오려면 시간이 걸리겠지? 게다가 금방 구조대를 부른다고 해도 그 방에 갇힌 사람을 구해내기는 몹시 힘들 거야. 바위는 간단히 치울 수 없을 테고, 비상구도 파묻혔으니 거기로도 금방은 못 들어오겠지."

하나가 한탄했다.

지진은 그저 바위를 굴린 것에 그치지 않고, 실로 교묘한 방법으로 우리를 이 지하 건축물에 가두었다.

지진이 나면 흔히 연쇄적인 재해가 발생한다. 진동이 덮쳐온 후 해일이 발생하기도 하고, 화산이 분화할 때도 있다고 한다. 이 지하 건축물은 그러한 2차 재해의 실례 중 하나로 변했다.

쇼타로가 말했다.

"요컨대 이런 거지? 여기를 탈출하려면 누군가 한 명이 곧 수몰될 이 지하 건축물에 갇혀야 해.

그리고 밖에 나가더라도 구조를 요청하려면 시간이 많이 걸려. 그동안 남은 사람은 건물이 물에 잠기는 모습을 잠자코 바라볼 수밖에 없어. 다시 말해—

우리가 살아남기 위해서는 여기 있는 사람 중 한 명의 목숨을 희생해야 해. 누가 지하에 남을지 결정해야 하는 거야."

뒤로 미루어놓았던 걱정거리가 훨씬 심각해진 모습으로 우리의 가슴을 짓눌렀다.

이 건물에 있는 사람 중 한 명은 죽어야 한다!

그것도 평범한 죽음이 아니다.

어두운 동굴 같은 공간에 홀로 남겨져, 물이 가득 차오르기를 기다릴 수밖에 없다.

나는 사람들의 얼굴을 한 명씩 유심히 바라보았다. 쇼타로는 탐탁지 않은 표정이다. 류헤이는 무슨 공격에라도 대비하는 것처럼 긴장감을 풍겼고, 마이는 고개를 숙인 채 입술을 깨물고 있었다. 사야카는 울음을 터뜨릴 것 같았고, 하나는 아직 현실을 받아들이지 못한 듯 어리벙벙한 표정이었다.

야자키 가족은─, 고타로는 어쩐지 화난 표정이었다. 아내 히로코는 겁을 먹었다. 아들 하야토만은 왠지 남의 일이라고 받아들이는 것처럼 보이기도 했다.

야자키 가족은 셋 다 아무 말도 없었다. 섣불리 입을 열었다가 자신들이 지하에 남게 되지 않을까 두려워하는 듯한 기색이었다.

이 가운데 한 명, 어쩌면 나? 누가 지하에 남을 것인가?

"그러고 보니 유야는? 그 자식은 어디로 갔어?"

류헤이가 생각난 것처럼 말했다.

맞다. 이변이 연속돼서 신경 쓸 틈이 없었는데 아까부터 유야의 모습이 보이지 않는다. 육각 렌치를 찾으러 간 뒤로 못 봤다. 류헤이의 고함소리가 들리지 않은 걸까.

"일단 유야 군을 찾으러 갈까. 이 이야기는 다 같이 해야 하니까."

쇼타로를 선두로 우리는 줄줄이 기계실을 나섰다.

다들 적극적으로 유야를 찾았다.

희생자를 뽑기 전에 아직 할 일이 있어서 안심이기도 했지만, 다들 속으로 유야에게 화가 났기 때문이기도 했다.

애당초 여기 갇힌 건 유야가 길을 잃은 탓이다. 길을 잃지 않았다면 이런 곳에서 하룻밤 머물 이유가 없다. 다들 유야에게 따끔하게 한두 마디 해주고 싶으리라.

유야도 알고 있을 것이다.

어쩌면 그 때문에 우리와 얼굴을 마주칠 용기가 나지 않는 건지도 모른다. 어느 방에 틀어박혀 머리를 감싸 안고 있는 유야를 억지로 끌어내게 되려나?

육각 렌치를 찾을 때처럼 분담해서 건물을 수색했다. 목표물은 육각 렌치보다 훨씬 크다. 오래 걸리지는 않으리라.

한동안 아홉 명의 거친 발소리가 지하 건축물에 울려 퍼졌다. 유야를 부르는 성난 목소리가 여기저기서 들렸다. 폭풍우를 만난 배에서 승조원들이 여기저기로 흩어져 분투하고 있는 것 같은 느낌이었다.

나는 고문실인 209호실을 보러 갔다. 방구석에 쌓여 있었던 고문 기구는 지진으로 바닥에 어지러이 흩어져 있었다. 유야는 없었다.

나는 왜 이 방에 제일 먼저 왔을까? 그 의문의 답을 찾았다. 가장 불길한 장소를 제일 먼저 확인해야 할 것 같기 때문이다.

마침내 유야가 발견됐다.

찾아낸 사람은 야자키 가족의 아들 하야토였다. 그의 비명이 지하 건축물에 쩌렁쩌렁 울려 퍼졌다.

"찾았다! 찾았어요! 죽어—, 돌아가셨어요! 살해당했다고요!"

4

지하 1층 120호실, 동쪽 제일 끝부분에 있는 좁은 방이었다.

지하 동굴에 만든 건축물이라 그곳은 갓 만든 롤케이크의 끄트머리 부분처럼 거칠거칠 투박했다. 창고로 사용된 방이었다.

시체는 방 안쪽에 엎드린 상태로 쓰러져 있었다. 목에 감긴 지저분한 로프는 등 쪽에 단단히 매듭이 묶여 있었다.

쇼타로가 통나무를 굴리듯이 힘을 주어 시체를 뒤집었다.

"유야 군이군. 죽은 게 확실해."

유야의 표정은 처참했다. 입도 두 눈도 찢어질 것처럼 크게 벌어졌다. 피부는 검푸르게 변색되기 시작했다.

모두 차례대로 방에 들어가서 유야의 시체가 맞다는 걸 확인했다. 죽은 사람에 대한 예의상, 누구도 지척에서 시체를 관찰하려고는 하지 않았다.

우리는 복도에 우두커니 모여 섰다.

"왜? 왜 여러 가지 일이 이렇게 동시에 일어나는 건데?"

하나가 신경질적으로 소리쳤다.

하나의 말대로였다. 두세 시간 사이에 너무 많은 일이 벌어졌다. 지진이 나서 지하에 갇혔고, 물이 불어나서 누군가 한 명을 희생시켜야 지상으로 돌아갈 수 있다는 사실이 분명해졌을 때, 유야가 살해당했다.

"유야는 언제 당한 거지?"

"물론 모두가 육각 렌치를 찾아다니는 동안이었겠지. 그때 말고는 기회가 없었어."

류헤이의 질문에 쇼타로가 대답했다.

"누가 그런 거야?"

이번에는 아무도 대답하지 않았다.

물론 우리 중 누군가가 그런 것이다.

그때 다들 지하 건축물 여기저기에 흩어져 있었으니 사람을 죽이기에 좋은 기회이기는 했다. 범인은 육각 렌치를 찾는 유야의 뒤로 몰래 다가가, 어디선가 발견한 로프로 목을 졸라 유야를 살해했다.

그나저나 살인은, 끔찍하기는 하지만 발생해도 이상할 것 없는 일이기는 하다. 친한 사람들 사이에서 말썽이 생겨 살인으로 발전하는 이야기를 직접 경험하지는 못하더라도 뉴스로 심심치 않게 듣는다.

하지만 지금 이런 상황에서 살인이 일어나는 건 아무리 생각해도 이상하다.

우리는 이제부터 지하에 남아 목숨을 희생할 사람을 결정해야 한다. 그런 와중에 노린 것처럼 유야가 살해당했다.

"누굴까요? 유야 선배한테 원한이 있었던 걸까요?"

사야카가 중얼거렸다.

그러자 마이가 내 머릿속에 어렴풋이 윤곽이 잡혀가던 생각을 입 밖에 꺼냈다.

"원한이 있었다면 지금 이런 짓을 하는 건 이상하지 않을까? 저기, 우리는 누군가 한 명을 여기 남겨놔야 하잖아? 다들 그 사람을 어떻게 정할 생각이었어?"

너무나 무서운 의문이었다.

만약 유야가 살해당하지 않고 열 명이 의논해서 희생자를 뽑았다면, 어떤 결론이 나왔을까?

모두가 10분의 1 확률의 죽음을 받아들이고 목숨을 건 제비뽑기를 했을까?

그렇게 됐을지도 모르지만, 그렇게 되지 않았을 수도 있다. 제비뽑기가 아니라면 예를 들어 무기명 투표를 했을지도 모른다.

한 사람씩 지하에 남아야 한다고 생각하는 사람의 이름을 쓴다. 그리고 득표수가 가장 많은 사람이 그 역할을 맡는다.

만약 그렇게 정했다면 대체 누가 뽑혔을까?

유야가 뽑혔어도 이상할 것 없다.

유야 탓에 여기 갇혔다는 마음을 다들 가슴속에 숨기고 있을 테니까.

어쩌면 무기명 투표니 뭐니 귀찮은 짓은 하지 않았을 수도 있다. 모두 함께 너 때문에 이런 꼴을 당했다며 유야에게 윽박지르고, 동굴 같은 작은 방에서 바위를 떨어뜨리라고 위협한다. 그래도 지시에 따르지 않으면 유야가 고통에 견디다 못해 스스로 목숨을 포기할 때까지 폭행을 가했을지도 모른다.

사촌 형이, 대학 시절 친구들이, 어제 처음 만난 야자키 가족이, 그리고 나 자신이 그런 짓을 하는 모습은 도저히 상상되지 않았다. 하지만 그 외에는 살아날 길이 없다면? 물이 차오르고 있다. 누군가 한 명을 선택하지 않으면 모두 지하에서 죽는다.

쇼타로가 마이의 의문을 정리했다.

"즉, 가령 유야 군에게 원한을 품고 범행을 저질렀다면, 완전히 손해를 보는 범죄였을지도 모른다는 거로군. 어차피 내버려두면 유야 군은 목이 졸리는 것보다 훨씬 비참한 최후를 맞을 가능성도 있었으니까.

원한이 있었느냐 없었느냐를 제쳐놓고 생각해도 그래. 단순하게 설명해서 제비뽑기를 할 경우, 유야 군을 죽이면 분모가 줄어드니까 자기가 당첨될 확률을 높이는 짓이야."

"쇼 형, 범인은 지금 우리가 얼마나 궁지에 몰렸는지를 정말로 이해한 걸까? 우리가 렌치를 찾으러 다녔을 때는 그저 바위가 문을 막아서 지하에 갇혔다고만 생각했잖아. 비상구 쪽에서 산사태가 발생했고, 지하수가 쭉쭉 차오르는 걸 몰랐을 수도 있지 않을까?"

"그건 뭐라고도 할 수 없겠네. 모르고 그랬을 수도 있지만, 타이밍상 이 지하 건축물이 위기에 처했다는 사실을 범인이 누구보다도 먼저 알아차렸기 때문에 범행을 저지른 것처럼 보이기도 해. 둘 다 일리 있다고 봐."

범인이 나보다 먼저 감시카메라 영상을 확인하고, 류헤이보다 먼저 지하 3층의 수위가 높아졌다는 사실을 알아차렸을 가능성은 충분하다.

"뭐, 어느 쪽이든 이런 상황에서 살인을 저지름으로써 범인이 무슨 이득을 얻으려 했는지가 수수께끼인 건 변함없어. 범인은 아무래도 냉정한 상태로 살인을 저지른 것 같지?"

범행 현장인 방은 로프를 보관해놓는 곳이 아니니까, 범인은 다른 방에서 로프를 가져와서 범행을 저지른 셈이다. 충동적으로 죽였다고는 볼 수 없다.

"맞아, 범인이 깜짝 놀랄 만큼 냉정한 건 틀림없어. 목숨이 걸린 절체절명의 상황에서 사람을 죽였는데도 무고한 사람들과 구분이 안 되는 얼굴로 시치미를 뚝 떼고 여기 서 있으니까 말이지."

그렇다.

다들 비상사태에 처해 절박한 표정이기는 하지만, 죄가 폭로될까 봐 겁먹은 듯한 사람은 보이지 않는다.

류헤이가 재촉하듯 말했다.

"저기, 이 판국에 왜 죽였는지는 별문제 아니지 않나?"

"뭐, 그렇지. 확실히 동기는 아무래도 상관없어. 모른다고 곤란할 것 없지. 우리가 당장 알아내야 하는 건 유야 군을 죽인 범인이야. 여기가 물에 잠기기 전에 어떻게든 범인만큼은 밝혀내야 해. 류헤이 군이 하고 싶은 말은 그거지?"

류헤이, 아니 그렇다기보다 범인 이외의 모두가 당연히 그러기를 바랄 것이다.

누군가 한 명을 희생하지 않으면 이 〈방주〉에서 탈출할 수 없다.

누가 희생양이 될 것인가?

그야 물론 살인을 저지른 사람이어야 한다.

5

제한 시간은 약 일주일일 것이라고 쇼타로가 말했다.

아까 곱자로 잰 결과를 바탕으로 대충 계산하면, 그 정도 지나서 지하 2층에 1미터 높이로 물이 찬다. 수위가 그보다 높아지면 닻감개를 조작하기가 힘들어진다. 덧붙여 딱 그즈음에 발전기 연료가 떨어진다. 컴컴해진 지하 건축물에서 냉정하게 지내기는 어려울 것으로 보인다.

그 전에 우리 아홉 명 사이에 섞여 있는 살인자를 찾아내야 한다. 범인에게는 작은 방에 남아 닻감개를 돌리는 역할을 맡긴다.

"범인을 알아낸들 시키는 대로 하겠어?"

하나가 누구에게랄 것도 없이 중얼거렸다.

범인을 밝혀내도 희생양이 되라는 지시를 순순히 받아들일 리 없다. 그건 그렇다.

"그건 범인부터 찾아내고 나서 상의해보는 수밖에 없지 않을까요? 범인이 닻감개를 돌려준다면, 십시일반으로 그 사람의 유족에게 보상금을 준다든가—"

사야카는 자기 말에 담긴 잔혹함과 위선을 견디다 못했는지 말끝을 얼버무렸다.

한편 류헤이는 다들 입 밖에 꺼낼 용기가 없는 대목을 당장이라도 확실히 하고 싶은 모양이었다.

"어차피 체포되면 인생 종 치는데, 범인이 다른 사람들을 구해주겠느냐는 말이지? 아무리 설득해도 말을 안 들으면 그때는 어떻게 할 거야? 다 함께 여기서 죽을 거야? 아니면 강제로?"

그렇다. 아까 유야에게 지하에 남는 역할을 억지로 떠맡길 가능성을 따져보았는데, 이 경우도 마찬가지다. 다른 점은 상대가 살인자이냐 아니냐 뿐이다.

유야에게는 강제로 닻감개를 돌리게 할 수 있을 것 같지 않았지만, 만약 상대가 살인범이라면? 그때는 죄악감을 억누르고 범인을 고문할까? 행인지 불행인지 여기에는 갖가지 고문 기구가 많다.

마이가 남편을 타박했다.

"왜 지금 그런 소리를 하는 거야? 꼭 싸움을 거는 것 같잖아."

"응. 범인도 이 이야기를 듣고 있으니까 강제라느니 그런 말은 안 하는 게 좋겠어."

하나도 마이를 거들고 나섰다.

원만하게 이야기를 진행하려고 하는 말처럼 들리기도 한다. 하지만 진짜로 사태가 절박해졌을 때는 범인에게 폭력을 행사하는 것도 한 가지 방법임을 인정한다는 뜻이었다. 그렇기에 지금 그걸 의논하지는 말자는 뜻이다.

나도 두 사람의 의견에 동의했다. 범인이 누군지도 모르는데 궁지에 모는 말만 해봤자 아무 소용없다. 이런 식으로 생각하다니, 여차하면 역시 나도 범인에게 폭력을 행사하려는 걸까?

논의하는 사람들을 담임 선생님 같은 표정으로 바라보던 쇼타로가 마지막으로 입을 열었다.

"죄가 드러났을 때 범인이 어떻게 나올지 지금 고민해봤자 아무 소용없어. 그건 범인이 누구냐에 달렸지.

현재 한 가지 확실한 점은 범인을 모르고서는 지하에 남을 사람을 정할 수 없다는 거야. 이것만큼은 다들 같은 생각일 것 같은데."

모두 얌전히 고개를 끄덕였다.

이렇게 된 이상 반드시 범인을 찾아내야 한다.

무엇보다 무서운 건ㅡ, 범인의 정체를 밝혀내지 못하고 제한 시간이 끝나는 것이다. 우리 아홉 명 중 누가 범인인지 모르고 지하에 남을 한 명을 선택해야 한다면?

우리는 그 사람이 살인범이 아닐지도 모른다는 마음을 품은 채강제로 바위를 떨어뜨리는 역할을 떠맡겨야 한다. 그런데 밖으로 나온 후 살아남은 사람 중에 진범이 있다는 사실이 밝혀진다면?

무고한 사람을 지하에서 끔찍하게 죽게 했다면, 그때는 우리야말로 살인범이다.

물론 내가 선택돼서 끔찍하게 죽을 수도 있다.

또는 범인이 누군지 모르면 우리는 희생양을 선택하지 못할지도 모른다.

과연 범인이 아닐지도 모르는 사람에게 그 역할을 강제할 용기가 있을까. 그렇게 되면 우리 아홉 명 전원이 지하에서 몰살될 수도 있다.

"그럼 일단 모두 양 손바닥을 확인해볼까. 로프를 쥔 흔적이 남아 있을 가능성도 있으니까. 어떻습니까?"

그렇게 말하고 쇼타로가 제일 먼저 지목한 건 야자키 가족이었다.

지금까지 쭉 침묵을 지키던 그들 세 명은 유야가 살해당한 사건이 자신들과 무관하게 처리되기를 바라며 상황을 관망하고 있었던 듯했다.

야자키가 아내와 아이를 감싸듯이 말했다.

"아니, 이런 일에 말려든 것도 모자라서 당신들과 함께 의심받아야 한다는 겁니까? 우리 가족은 살해당한 그 사람과 어제 처음 만났고, 말도 제대로 안 해봤다고요."

"그건 그렇죠. 하지만 지금 상황에서는 대학 시절 친구가 유야 군을 죽이는 거나 우연히 같은 곳에서 하룻밤을 지낸 생판 남이 유야 군을 죽이는 것, 둘 다 기묘하기는 마찬가지예요.

물론 야자키 씨가 이번 사건과 무관하고 어쩌다 보니 말려들었다면 참 안된 일이지만, 현재 시점에서는 저희 모두 평등하게 용의자입니다."

"우리도 똑같이 취급하겠다고요?"

"그렇습니다. 이 지하에서 아무 여한도 없이 탈출할 방법은 한 가지뿐입니다. 모두가 수긍할 만한 논리를 바탕으로 살인범을 지목하는 거죠.

경찰이 과학 수사를 하면 사건이 간단히 해결될지도 모릅니다. 범인은 급하게 서둘렀을 테니 유류품에 신경 쓰지 못했겠죠. 하지만 저희는 여기를 벗어나서 경찰을 부르기 전에 어떻게든 범인을 잡아야 해요.

따라서 번거롭고 케케묵은 아날로그 방식으로 범인을 밝혀내는 수밖에 없습니다."

경찰을 부르려면 자력으로 범인을 찾아내야 한다. 그런 딜레마

속에 우리는 갇히고 말았다.

야자키는 쇼타로의 온몸을 매섭게 훑어보았다.

"그, 추리소설 같은 짓을 당신이 하겠다는 겁니까?"

"꼭 저만 하겠다는 건 아니고요. 범인이 아니라면 여러분이 하셔도 상관없습니다. 모두가 인정할 논리를 구축해야겠지만요.

그러니까 일단 손바닥을 보여주십시오. 별 의미는 없지만 아무 확인도 안 해보는 것보다는 낫겠죠."

야자키 가족은 꾸물꾸물 손바닥을 이쪽으로 향했다.

셋 다 손바닥이 더러웠다. 육각 렌치를 찾으러 다녔으니 당연하다. 로프를 움켜쥐었던 흔적은 없었다.

이어서 우리도 손바닥을 서로 보여주었다. 모두 먼지가 묻어서 더러웠다. 머리가 아프다며 유일하게 렌치를 찾으러 다니지 않았던 하나의 손만 깨끗했다.

아무튼 수상한 사람은 없다.

장갑을 끼고 죽였을지도 모르고, 맨손으로 로프를 잡았더라도 시간이 많이 흘렀다. 흔적은 사라졌을지도 모른다.

"알리바이도 들어는 볼까. 자기가 범인이 아니라고 증명할 수 있는 사람은—"

"우리는 계속 함께 있었어. 셋이서 렌치를 찾아다녔다고."

야자키가 대드는 투로 대답하자 류헤이가 답답하다는 듯한 표정으로 대꾸했다.

"참나, 가족끼리 알리바이를 증명하는 건 말이 안 되죠. 그리고 난 당신이 혼자 있는 모습을 봤는걸요? 2층 복도를 혼자 걸어갔잖습니까. 왜 거짓말해요?"

야자키는 입을 꾹 다물었다. 의심으로 가득한 시선이 가족에게 집중되자 세 사람은 움츠러들었다. 잠시 후 아내 히로코가 감정을 억누른 목소리로 국어책 읽듯 말했다.

"함께 렌치를 찾다가 딱 한 번 흩어졌어요. 고작 5분 정도요."

"아니, 그러니까 지금 그 5분이 문제라는 이야기를 하는 거잖습니까. 이걸 하는 거, 5분이면 충분하잖아요?"

류헤이는 시체를 가리켰다.

"당신들이 범인이라는 게 아니에요. 나도 쥐뿔도 모르겠다고요. 다만 그렇게 안일한 말로 시간을 낭비하지 말자는 거죠."

아무리 발버둥 쳐도 이 사건을 방관할 수는 없다는 현실을 야자키 가족은 받아들이기 힘든 듯했다.

모두의 알리바이를 확인했지만 범인이 아니라고 증명할 수 있는 사람은 없었다. 나도 도중에 쇼타로와 헤어졌으니 유야를 죽일 기회가 있었다. 하나는 식당에서 혼자 쉬고 있었지만, 물론 살인을 저지르지 못할 만큼 두통이 심했는지는 알 수 없다.

"나도 용의자에 포함해도 상관없어. 엄청 힘들었지만 그런 말 해 봤자 소용없잖아."

하나가 선수를 치듯 말했다.

"알았어. 모두 용의자야. 아무도 소외되지 않아서 다행이군."

아무도 소외되지 않아서 다행이라는 쇼타로의 말은 말장난도 농담도 아니었다. 범인을 모르는 것도 무섭지만, 인간관계에 균열이 생겨서 냉정하게 의논할 수 없는 것 역시 위험한 일이다.

누군가의 무죄가 먼저 판명된 후 범인이 누군지 모르는 채 시간이 계속 흘러가면, 그 사람과 남은 용의자들 사이에 어떤 말썽이 생길지 모른다. 그럴 바에야 모두가 동등한 입장에 있는 편이 나을 수도 있다.

"범인은 무슨 생각일까? 이대로 시간이 흘러서 누군가 한 명을 선택해야 할 때가 오기를 기다리려는 걸까. 그때 자기 말고 다른 사람이 당첨돼서 여기 남으면 된다는 거야? 그거, 유야뿐만 아니라 그 사람도 죽이는 셈이잖아."

"마이, 아까 네 입으로 그런 말은 하지 않는 게 좋겠다고 하지 않았어?"

류헤이가 나무랐지만 이번에는 사야카가 입을 열었다.

"이 중에 정말로 그런 몹쓸 사람이 있다고요? 왜 유야 선배를 죽였는지는 모르겠지만, 이유를 낱낱이 말해주면 되잖아요. 그럼 저희도 그 사람을 위해서 뭔가 해줄 수 있을지도 모르는데—"

사야카는 필사적이었다.

물론 범인을 동정하는 것은 아니다. 이런 식으로 말하면 범인이 자수해서 무난하게 사건이 해결되고 지하에서 탈출할 수 있다, 그런 희망의 끈을 끝까지 놓지 못하는 것이다.

나도 누군가 자신이 범인이라며 손을 들지는 않을까 내심 기대했다.

우리 아홉 명은 아무 말도 없이, 범인의 얼굴만 안색이 변하지는 않을까 확인하듯 오랫동안 서로의 얼굴을 바라보았다.

6

지하 1층 복도에 모여 있던 우리는 아래층으로 이동했다.

범인이 즉시 밝혀지지는 않을 것이라고 모두가 단념했다는 뜻이었다. 제한 시간인 일주일 동안 이 지하 건축물에서 지낼 각오를 해야 한다.

그렇다면 범인을 찾아내는 것 말고도 해야 할 일이 있었다.

쇼타로가 총괄하는 역할을 맡아 할 일을 정했다.

"야자키 씨. 전기 배선을 정리해주셨으면 하는데요. 누전되면 큰일이니까요."

지하 2층의 벽에는 수많은 전기 배선이 깔려 있다. 낮은 곳에 설치된 배선은 사나흘 안에 물에 잠긴다.

주로 콘센트 관련이다. 그 배선을 미리 끊어놓아야 한다.

전기공사기사인 야자키가 그 일을 맡기로 했다.

"대형 니퍼와 전기를 절연하는 데 쓸 수 있는 테이프가 필요한데요."

야자키의 요구에 나와 쇼타로는 필요한 물건을 가지러 갔다.

렌치를 찾다가 비닐 테이프를 공구실 옆 205호실에서 발견했다. 그걸 전기 절연에 사용할 수 있으리라. 우리는 널찍한 검은색 비닐 테이프와 공구실에 있는 큼지막한 니퍼를 챙겼다.

하지만 야자키에게 돌아가자 그는 이미 필요한 물건을 마련한 뒤였다.

야자키는 감색 도료로 칠해진 공구함을 들고 있었다. 공구함은 플라이어와 니퍼 등 전기공사용 공구로 가득했다. 절연 테이프도 있었다.

"이거 아까 제가 발견했는데요—"

사야카가 말했다. 복도 동쪽 215호실에 있던 공구함을 본인이 들고 왔다고 한다.

공구함의 도구가 사용하기 더 편해 보여서 우리가 가져온 도구는 필요 없었다.

기계실로 간 야자키는 분전반을 보고 필요한 곳의 차단기를 내린 후 작업에 들어갔다. 콘센트 배선은 대부분 드러난 상태였으므로 공사치고는 아주 간단했다. 야자키는 니퍼로 배선을 절단하고 끝부분에 절연 테이프를 감았다. 야자키 가족, 나, 쇼타로, 그리고 사야카가 스마트폰 손전등을 켜고 야자키가 작업하는 모습을 지켜보았다.

콘센트는 스무 개 정도나 되었다. 절연 처리를 마치자 야자키는 다시 차단기를 올리러 갔다.

작업이 끝난 후 야자키 가족 세 명은 원칙이라는 듯 215호실에 공구함을 돌려놓으러 갔다.

그 외에 해야 할 일은 지하 2층에서 필요한 물건을 옮기는 것이었다. 우리가 배선 절연 작업을 하는 동안, 하나, 마이, 류헤이가 그 일을 맡았다.

주로 식료품 통조림과 물, 그리고 아홉 명분의 장화 따위다. 수위가 높아지면 지하 2층에 드나들기가 힘들어질 테니 지금 옮겨놓는 편이 낫다.

통조림은 생선찜, 채소 조림, 과일 등이고, 전부 유통기한이 지난 지 4년쯤 됐다. 시험 삼아 몇 개 따보니 상하지는 않았다. 당장의 허기를 달래기에는 충분하다.

나는 창고에서 낚시용 가슴장화를 발견했다. 한 벌뿐이지만 이게 있으면 수위가 허리 높이를 넘어도 젖지 않고 지하 2층에 드나들 수 있다.

물건을 대충 다 옮긴 후, 또 필요한 게 없을까 싶어 지하 2층을 살펴보고 있을 때였다. 이런저런 물건이 보관된 204호실에서 사야카가 괴상한 소리를 질렀다.

"앗, 이런 게 있었네요."

복도에 있던 나와 쇼타로는 사야카가 뭘 발견했나 궁금해서 방을 들여다보았다.

스쿠버다이빙에 사용하는 공기통이었다. 워낙 넓은 건물이다 보니, 지금까지 내 눈에도 쇼타로의 눈에도 띄지 않았던 듯하다.

공기통은 둘 다 용량이 10리터였다. 근처를 더 찾아보자 공기통 옆의 플라스틱 박스에 공기를 흡입하기 위한 호흡기 두 개와 수중용 마스크도 들어 있었다. 하지만 공기통을 메는 데 사용하는 하네스와 잠수에 필요한 잠수복은 없었다.

공기통 두 개에 잔압계를 부착하자, 둘 다 공기가 3분의 1쯤 남아 있는 듯했다.

"이거 사용할 수 있을까요?"

사야카가 약간 흥분한 건 물이 서서히 우리를 궁지로 몰고 있는 현재, 공기통이 어쩐지 든든한 존재로 느껴졌기 때문인 듯했다.

"고장 나진 않은 것 같네. 하지만—"

차분히 생각해보면 지금 상황에서 이 스쿠버다이빙용품은 거의 도움이 안 된다.

하네스가 없으니 공기통을 메고 물속에 들어갈 수 없다. 하네스가 있어도 잠수할 곳은 지하 3층뿐이고, 잠수한들 비상구 위에 산사태가 발생했으니 탈출은 불가능하다.

따라서 이 공기통은 이곳이 물에 잠겼을 때 십수 분쯤 목숨을 연장해주는 용도로 사용하는 것이 고작이다.

"그런데 왜 이런 산속의 지하에 스쿠버다이빙용품이 있는 걸까?"

"둔한 소리를 하는구나, 슈이치. 지하 3층이 물에 잠겼으니 거기서 물건을 꺼내오거나 할 때 필요했겠지."

"아―, 응, 그건 그러네. 맞아."

쇼타로의 말을 듣고 이해했다.

그러고 보니 비품 중에 묘하게 녹이 많이 슨 물건들이 있었다. 물에 잠긴 지하 3층에서 건져 올린 물건일지도 모르겠다.

"공기통을 메는 기구가 왜 없는지는 모르겠지만, 어쩌면 여기를 떠날 때 물건을 옮기느라 사용했는지도 모르겠군."

하네스에 공기통 말고 다른 물건을 쌓아서 지게 대용으로 사용한 건가. 그랬대도 이상한 일은 아니다.

스쿠버다이빙용품은 204호실에 놔두기로 했다.

지하 1층으로 올라가자 누가 그랬는지 209호실에 있던 고문 기구를 복도 모퉁이에 숨기듯이 놓아두었다.

확실히 필요해질 수 있을 만한 물건이기는 했다.

필수품을 다 옮긴 후 우리는 지하 1층의 식당에 모였다.

식료품은 기다란 테이블의 구석에 쌓아놓았다. 알아서 먹으라는 뜻이지만 식욕이 있는 사람은 없었다.

"일단 유야 군의 유품을 살펴보기로 할까."

쇼타로의 말에 모두 동의했다.

지진이라는 뜻밖의 사태에 때맞추어 일어난 사건이니만큼, 예전부터 계획했다고 보기는 힘드니까 유야의 소지품에서 단서가 발견될 가능성은 아주 작다. 그래도 달리 할 일도 없고, 뭔가 도움이 될 물건이 나올 수도 있다.

유야는 노란색 배낭을 메고 왔다. 처음부터 자고 갈 생각은 아니었으므로 크기는 작다. 유야가 밤을 보낸 109호실에서 배낭을 들고 와서 식당 바닥에 내용물을 펼쳐놓았다.

대학교 1학년 때부터 사용한 단지갑. 록 밴드 스티커를 붙인 보조 배터리. 난잡하게 뭉쳐져 있는 케이블류. 얼마 전에 20만 엔쯤 주고 샀다는 일안 리플렉스 카메라. 그 밑에는 갈아입을 속옷. 면봉과 손톱깎이 등을 넣어둔 작은 지퍼백. 삼각형으로 접힌 영수증 몇 장. 그밖에는 어제 편의점에서 산 감자칩 한 봉지가 뜯지 않은 채 남아 있었다.

그런 물건이 배낭에서 하나씩 나올 때마다 가슴이 꽉 조여드는 기분이었다.

유야의 시체를 봤을 때는 이렇게 동요하지 않았다. 배낭에 든 물건에는 유야라는 인간이 살아온 인생의 냄새가 그의 몸보다 훨씬 강하게 남아 있었다. 자신의 인생이 앞으로 몇십 년은 더 이어지리라 믿어 의심치 않았다는 걸, 소지품을 보면 알 수 있었다.

점점 가슴이 답답해졌지만, 유야의 죽음을 애도하느라 그렇다기보다 좀 더 단순한 공포 때문이었다.

앞으로 나도 유야 같은 운명을 맞을지 모른다.

어제까지만 해도 이런 지하 건축물에 갇힐 줄은 상상조차 하지 못했다. 그 점은 나나 유야나 똑같다.

유야를 잘 아는 사람은 역시 그의 유품을 똑바로 보기 힘든 모양이었다. 야자키 가족은 무감정하면서도 조심스러운 눈길로 쇼타로가 배낭에서 꺼내는 물건들을 바라보았다.

배낭 주머니를 두드려 아무것도 남아 있지 않다는 걸 확인한 후 쇼타로는 말했다.

"예상은 했지만 별 수확이 없네. 이것만 여기 놔두도록 할까. 아마 유야 군도 화내지는 않겠지?"

쇼타로는 감자칩을 통조림 무더기 위에 얹었다. 그리고 펼쳐놓은 물건을 배낭에 다시 담았다.

"이건 내가 보관하려고 하는데, 괜찮을까?"

이의를 제기하는 사람은 없었다.

7

배낭을 확인한 후 일단 각자 자유로이 행동하기로 했다.

이럴 때 무슨 태평한 짓이냐는 기분은 든다. 하지만 자유로이 지내는 것 외에는 할 일이 떠오르지 않았다.

식당에 모여 서로 눈싸움을 계속해도 제한 시간만 줄어들 뿐, 상황은 호전되지 않는다. 그렇다면 차라리 여관에라도 묵는다는 심정으로 다들 평범하게 지내야 범인이 방심하고 뭔가 허점을 드러낼지도 모른다.

그러한 쇼타로의 주장에 아무도 반대하지 않았다. 그런다고 범인이 밝혀질지는 모르겠지만, 다들 서로 안색만 살피는 상황에 지쳐가고 있었다.

"최대한 침착하게 지내자. 적어도 침착하게 지낼 수 있는 동안은 말이야."

쇼타로의 말에 야자키 가족은 짧은 인사를 건네더니 잽싸게 자신들이 사용하는 103호실로 물러갔다.

우리는 말도 안 되는 이유로 학생들을 야단치다가 교실에서 나가는 선생님을 째려보는 듯한 시선을 야자키 가족에게 던졌다.

그러한 반응에 대해 의논하고 싶기도 하고, 언급 없이 넘어가고 싶기도 하다는 껄끄러운 감정을 느꼈지만, 뭔가 말하기 전에 쇼타로가 내 어깨를 두드렸다. 재촉에 못 이겨 나는 사촌 형과 함께 야자키 가족에 이어 식당을 뒤로했다.

"뭐 하려고?"

"현장을 한 번 더 관찰하러 갈 거야. 혼자서 보면 심심하니까 같이 가자."

지하 1층 제일 끝부분에 있는 120호실을 향해 복도를 나아갔다.

여러 번 보고 싶은 광경은 아니다.

하지만 못 보고 놓쳤던 증거가 눈앞에 쑥 나타나지는 않을까 하는 기대도 버릴 수 없었다.

다른 방보다 폭이 조금 좁은 창고 문을 열었다.

현장은 시체를 발견한 당시 모습 그대로였다. 위로 뒤집었던 유야의 시체는 얼굴을 보기가 괴로워서 다시 엎드린 상태로 되돌려 놓았다. 시체의 매무새를 가다듬어서 어딘가로 치우자는 생각은 아무도 하지 않았다.

"유야 군은 여기서 뭘 할 생각이었을까? 여기는 렌치를 찾으러 올 만한 곳이 아니잖아."

플라스틱 파이프 등이 보관된 창고다. 아무리 봐도 공구류는 없다.

"음. 뭐, 유야는 마음이 아주 급했을 거야. 자기 때문에 이런 상황에 빠졌다는 걸 유야도 분명 염두에 두고 있었을 테니까. 그리고 적당한 도구가 있으면 아무도 지하에 남을 필요 없다고 했지만, 그런 도구를 찾지 못해서 이거 큰일 났다고 생각한 거 아닐까?

그래서 혼자 속을 썩이다가 렌치를 찾는 척하며 우리를 피했던 것 아닐까 싶어.

그럼 범인에게는 유리한 상황이었겠지? 죽이고 싶은 상대가 다른 사람과 떨어져 혼자 있었으니까."

"글쎄. 물론 죽이고 싶은 유야 군이 마침 혼자 있어서 행운이었을지도 몰라. 아니면 마침 죽이기 쉬운 상대가 유야 군이었을지도 모르고."

그 말에 나는 가슴이 철렁했다. 마침 죽일 수 있었던 사람이 유야였다?

"그건—, 범인 입장에서는 누굴 죽이든 상관없었다는 뜻?"

그렇다면 내가 살해당했을 가능성도 있다.

"응. 그럴지도 몰라. 하지만 죽이기 쉽다고 해도 모두가 렌치를 찾아서 여기저기 돌아다니고 있었으니, 누군가 이 방을 보러 올 수도 있었어. 들킬 위험성이 있었던 거지. 그런데도 범인은 그 타이밍에 살인을 저질러야 했어.

그런 고로 이 사건의 동기가 뭘지 몹시 궁금하지만, 동기를 밝혀낸들 무슨 의미가 있을까. 고민스럽군."

"고민스럽다니 왜?"

"동기를 알아봤자 그건 그저 개연성이 높은 설명에 지나지 않아. 요컨대 이렇다고 하면 이치에 맞는다는 것뿐이잖아? 동기란 그런 거야. 우리 스스로 납득할 수 있을지는 모르지만, 그 외에는 아무 도움도 안 되지. 아무리 그럴듯한 가설을 떠올린들 그런 동기가 있는 사람은 너뿐이라는 식으로 누군가를 몰아붙일 수는 없어.

지금 이 상황에서 필요한 건 누가 범인인지를 증명할 명쾌한 논리야. 동기는 범인을 알아낸 후 본인한테 직접 물어보는 게 확실하지.

슈이치 너도 괜한 망상을 입 밖에 꺼내지 않도록 조심해. 섣부른 억측 때문에 전부 죽을 수도 있으니까."

"알았어. 아니, 그 정도는 나도 알아."

제대로 된 증거도 없이 누군가를 범인으로 규탄하면 수습이 안 된다는 건 상상이 가고도 남는다. 혹시 의견이 갈리면 서로 죽이려 들 수도 있을까?

지금은 그게 무슨 말도 안 되는 소리냐는 생각이 앞선다. 어쩌면 물이 차오른다는 무시무시한 현실이 아직 실감 나지 않기 때문인지도 모른다. 제한 시간이 일주일이나 남았으니 어떻게든 될 거라는 낙관적인 마음을 나는 버릴 수가 없었다.

"빨리 범인을 알아내면 좋겠다."

"그야 그렇지. 빠르면 빠를수록 좋아. 하지만 어떻게 되려나."

현장에는 목에 로프가 감긴 시체가 있을 뿐, 바닥을 아무리 기어다녀도 범인이 떨어뜨린 단추나 머리카락, 하물며 유야가 남긴 다잉메시지 같은 단서는 전혀 눈에 띄지 않았다.

"로프 매듭으로 오른손잡이인지 왼손잡이인지 알아낼 수 없을까?"

"알아낼 수 있을지도 모르지. 여기 있는 아홉 명은 모두 오른손잡이지만."

"그럼 목에 남은 흔적으로 범인의 키를 알아낸다든가?"

"우리가 아니라면 가능하겠지. 그야말로 경찰이라면."

"여자도 유야를 죽일 수 있었을까?"

"범인은 불시에 뒤에서 목을 졸랐어. 유야 군은 체격이 그렇게 좋은 편도 아니고, 슈이치 말처럼 책임감에 해쓱해져 있었을지도 모르니까 죽일 수 있지 않을까? 장담할 수는 없지만."

이렇게나 아무 도움도 안 되는 현장 검증이 있을까?

물론 쇼타로도 나도 전문가가 아니니까 아무것도 모르는 게 당연하다. 하지만 이래서야 논리적인 절차를 밟아 범인을 지목하기는 불가능에 가깝다.

범인은 어디선가 로프를 조달해서 유야의 등 뒤로 몰래 다가가 목을 졸랐다. 그리고 소생할 수 없도록 로프를 목에 꽉 묶어놓고 천연덕스러운 얼굴로 현장을 떠났다. 범인의 행동은 대체로 그랬을 것이다. 문제는 그 일련의 행동에 수수께끼가 일절 없다는 점이었다.

살인이라는 행위를 제쳐놓는다면, 범인은 기묘한 짓을 하나도 하지 않았다. 현장을 밀실로 만든 것도 아니고, 피해자의 옷을 가지고 가거나 가구와 물건을 전부 위아래 반대로 뒤집어놓지도 않았다. 보통은 하지 않을 뭔가를 한 흔적이 남아 있다면 그게 단서가 되겠지만, 수수께끼가 없으면 풀어낼 방도가 없다.

결국 범인이 왜 비상사태가 발생한 와중에 살인을 저질렀느냐는 막연한 수수께끼만 우리 앞에 버티고 있다. 풀어낸들 과연 의미가 있을까 싶은 수수께끼다.

"어쩔 수 없군. 아직 일주일 남았으니 그사이에 상황이 달라질 수도 있겠지."

상황이 달라지다니 무슨 뜻일까? 쇼타로는 어젯밤과 비슷하게, 희망하는 건지 더 큰 불상사를 예언하는 건지 모를 투로 말했다.

현장 검증은 이렇듯 아무 도움도 안 되게 끝났다. 아무 말도 없이 바닥에 누워 있는 유야에게 그럼, 하고 작게 인사한 후 우리는 창고를 나섰다.

8

오후 5시가 지났다.

지상에서는 슬슬 날이 저물 무렵이다. 지하 건축물의 광경은 아무 변화도 없다. 하지만 이 시간이 되자 환풍구로 희미하게 스며드는 바깥 공기가 조금 차가워졌다.

나는 식당에 멍하니 앉아 있었다.

나 말고 두 명이 더 있다.

테이블의 대각선 맞은편에는 하나, 하나와 조금 떨어진 곳에 사야카가 앉아 있었다.

두 사람은 너덜너덜한 베니어합판에 팔꿈치를 댄 채 스마트폰만 만지작거렸다. 아무래도 하나는 퍼즐게임을 하는 듯했고, 사야카는 옛날 사진을 들여다보는 것 같았다.

"쇼 씨는 어디 갔어?"

하나가 갑자기 물었다.

"물이 얼마나 불었는지 다시 재어보러 갔어. 얼마 만에 물이 찰지 좀 더 정확하게 계산해보겠대."

"그렇구나."

관심 없는 듯한 대답이 돌아왔다.

류헤이와 마이는 117호실에서 뭔가 이야기를 나누고 있다고 한다. 야자키 가족도 자기 방에 틀어박혔다.

두 사람이 스마트폰 화면을 건드릴 때마다 손톱이 유리에 탁탁 닿는 소리가 났다. 평소 같으면 이렇게 짜증을 부리듯 거슬리는 소리는 내지 않는다.

"이러고 있어도 되는 걸까. 뭔가 이건 절대로 아닌 것 같은데."

화면에 시선을 고정한 채 하나가 중얼거렸다.

얼핏 보기에 식당은 한가로웠다. 단체 여행 마지막 날 호텔 로비에 앉아 있을 때 같은 나른함이 느껴졌다.

절박한 상황임을 잊어버린 건 아니다. 하지만 흘러드는 물과 살인사건, 이 두 가지 요소가 서로를 중화한 것 같았다. 살인사건이 해결되지 않으면 밖으로 못 나간다, 그러니 해결되길 기다릴 수밖에 없다. 그렇게 생각하자 현실 도피 말고 달리 할 일이 없었다.

하나의 기분은 이해가 간다.

정말로 범인을 찾아내는 것이 지금 해야 할 일일까?

한시라도 빨리 밖으로 탈출해야 하지 않을까.

물론 한 명을 희생하지 않고서는 지하를 탈출할 방법이 없다는 건 안다. 그러니 살인사건을 내버려둘 수 없는 건 당연하다.

하지만 사건은 전혀 해결될 낌새가 없다. 하나도 사야카도 분명 속으로는 이런 곳에 있기 싫다고, 빨리 집에 돌아가고 싶다고 고함을 지르고 싶은 기분이리라.

이러고 있을 때가 아니다.

다들 그러한 불안감을 느끼고 있다.

하지만 사건 해결보다 탈출을 우선해야 한다고 주장하려면 용기가 필요하다. 그건 그야말로 범인이 할 만한 주장이니까.

하나는 모두가 모여 있는 곳에서는 진심을 가슴속에 담아두었던 모양이다. 나와 사야카밖에 없는 지금, 진심을 조금 털어놓고 싶어진 듯했다.

"하나, 넌 뭔가 할 일이 생각나?"

"아니, 전혀. 그런데 할 일이 없다는 건, 그만큼 위태롭다는 뜻이잖아."

하나는 별로 재미없다는 듯 만지작거리고 있던 스마트폰을 테이블에 내려놓았다.

그리고 복도에 발소리가 나지 않는지 귀를 기울인 후 목소리를 낮추어 말했다.

"있지, 저 가족 좀 이상하지 않아?"

"야자키 씨네?"

"응."

"왜?"

공감해줄 거라고 기대했는지 하나는 되묻는 나를 못마땅하게 바라보았다.

"버섯을 따러 왔다가 길을 잃었다는데, 그럴 수가 있나? 여기 엄청 산속이잖아. 길을 잃어도 굳이 이쪽으로는 안 올 것 같은데? 보통은 산기슭 방향으로 내려가겠지."

"뭐, 일리 있는 말이지만 그게 철칙은 아니잖아? 지도를 보고 이쪽으로 오면 등산로가 나올 거라 생각했을 수도 있지 않겠어?"

"그럼, 고등학생 아들과 버섯을 따러 왔다는 건?"

"그야 올 수도 있지. 사춘기 시절 나였다면 절대로 안 왔겠지만. 아니, 난 지금도 싫어. 뭐, 가족이 화목하다는 증거 아니겠어?"

하나는 납득이 안 되는 듯 안타까운 표정을 지었다.

"나도 무슨 기분인지는 알아. 저 가족, 확실히 뭔가 좀 이상한 느낌이 들어. 하필이면 이런 사람들과 이런 곳에서 마주친다고? 그런 느낌이랄까."

"아, 맞아! 그런 느낌. 어젯밤에 마주쳤을 때도 진짜 놀랐어. 게

다가 이렇게 희한한 건물에 왔는데 셋 다 비교적 반응이 평범했고. 차라리 우리랑 마주쳤을 때 더 놀랐던 것 같아. 그치?"

하나의 말에 사야카가 대답했다.

"아, 확실히 그랬죠. 뭐, 저희랑 마주쳐서 놀라는 건 당연하지만요. 한밤중에 숲속에서 마주쳤으니까."

돌이켜보면 어젯밤 하나, 사야카, 유야와 함께 여기 들어온 야자키 가족에게서는 위화감이 조금 느껴졌다. 우리가 여기에 왔을 때를 돌이켜보면 위험한 곳이 많았으니 길을 잃었다고 쳐도 굳이 선택하지 않을 만한 길을 지나온 것 아닐까 싶었고, 전혀 모르는 곳에 온 것치고는 참 침착하다는 생각이 들기도 했다.

"그럼 하나는 그 세 사람이 길을 잃고 우연히 여기로 온 게 아니라, 뭔가 목적이 있어서 이 지하 건축물에 왔다고 생각하는 거야?"

"슈이치는 아니야?"

어쩌면 그럴 수도 있겠다 싶기는 하다.

하지만 설령 그 생각이 맞더라도, 살인사건과 무슨 관계가 있느냐가 문제다.

"본인들 의도로 여기 왔다고 해도 오늘 아침에 지진이 일어난 거랑, 그 때문에 여기 갇힌 건 완전히 우연이잖아. 그런 의미에서는 야자키 씨네가 이번 일에 우연히 휘말린 건 변함없다고 보는데."

과연 야자키 가족이 여기 온 이유와, 유야가 살해당한 일은 관계가 있다고 볼 수 있을까?

"그런 건 잘 모르겠지만. 그래서 그냥 좀 이상하다고 한 거잖아."

분명 하나는 야자키 가족 중에 범인이 있다고 믿고 싶은 것이다. 그러면 오래 알고 지낸 동아리 친구 중 누군가가 유야를 죽였다고 생각하는 것보다 훨씬 마음이 편하다.

하지만 잘 생각해보면, 정말로 야자키 가족 중에 범인이 있다면 일이 더 복잡해질지도 모른다.

야자키 가족이 서로를 어떻게 생각하는지는 아직 잘 모르겠다. 하지만 가족 중에 범인이 있다면 분명 감싸고 돌 것이다. 범인으로 인정되면 법률에 따라 처벌받는 것이 아니라 너무나도 무서운 방법으로 죽기를 강요당할 테니까.

아니면 가족이 모두 공범일 수도 있다. 어쨌거나 그때는 우리와 야자키 가족의 대립 구도가 성립된다.

그러면 그야말로 전쟁에 가깝다. 쇼타로는 아무도 부정할 수 없는 논리로 범인을 지목해야 한다고 했지만, 그런 논리는 날아가 버리리라. 물이 차오르는 이 지하 건축물에서 게릴라전이 벌어질지도 모른다.

"야자키 가족 중 한 명이 유야를 죽였다 치고, 그럼 이유는 뭘까, 하나?"

"글쎄? 뭐랄까."

하나는 잠시 생각에 잠겼다.

"이쪽 무리 중 한 명을 죽이면 범인이 우리 가운데 있다고 추정돼서 자기들은 지하에 남지 않아도 된다든가? 그런 느낌 아닐까?"

하나는 아무렇지도 않게 무서운 소리를 했다.

과연 그렇게까지 할까? 이쪽 무리 중 한 명이 살해당했으니 범인은 이쪽에 있다는 단순한 논법으로 이 궁지를 빠져나가려고 했을까?

아무래도 무리가 있고, 실제로 야자키 가족도 용의자에 포함됐다. 하지만 야자키가 그걸 이유로 자신들은 무관하다고 주장하는 말도 분명 들었다.

"하나, 야자키 씨네는 계속 방에 있어?"

"응? 아마도. 그 후로 셋 다 방에만 있는 것 같아. 적어도 나랑은 안 마주쳤어."

그러자 옆에서 스마트폰을 만지고 있던 사야카가 감색 스마트폰 케이스를 덮고 말했다.

"좀 전에 야자키 씨네가 식당에 나왔던 것 같지 않아요? 목소리가 들렸던 것 같은데요."

"어? 난 몰랐는데. 정말이야?"

나도 눈치채지 못했다. 식당에는 온 건가.

그때 하나와 사야카는 115호실에 있어서 가족의 모습을 본 건 아니라고 한다.

"하나 선배는 이어폰을 끼고 있었으니까요. 저도 목소리가 어렴풋이 들린 것 같았을 뿐이에요. 아무튼 역시 저희를 피하고 있네요."

사야카가 작심한 듯 말했다.

"저어, 야자키 씨네가 범인인지 아닌지는 제쳐놓고 이러면 곤란한 것 아닌가요? 이대로 제한 시간이 끝날 때까지 되도록 방에 틀어박혀 지낼 작정이려나. 제한 시간이 끝나기 전에 이쪽에서 일을 해결하면 된다는 마음일까요? 그건 뭔가 좀—"

남에게 다 떠맡기다니 그건 너무 뻔뻔한 것 아닌가? 확실하게 말하지는 않았지만 사야카는 그런 기분인 듯했다.

"범인을 찾으려면 협력을 받아야 할지도 모르는데. 그리고 저쪽에 대해 아무것도 모르는 채로 지내면 찜찜하잖아요."

야자키 가족의 이름 외에는 그들이 이 지역 사람이라는 것, 그리고 직업과 학년 정도밖에 못 들었다. 저쪽도 우리에 관해서 잘 모를 것이다.

"정기적으로 다 함께 얼굴을 보는 게 낫지 않을까요? 아니면 점점 분위기가 안 좋아질 것 같은 느낌이—"

복도에서 발소리가 났다. 사야카는 얼른 입을 다물었다.

문을 열고 식당에 들어온 사람은 야자키 고타로였다.

"저기—, 저녁밥을 좀 가지러 왔어요. 다들 잘 지내고 계시죠? 그럼 실례하겠습니다."

혼자다. 아내와 아들은 방에 남아 있는 모양이다. 정중한 말투와는 달리 야자키는 몹시 미심쩍은 눈빛으로 우리를 둘러보고 나서 통조림을 쌓아놓은 테이블 가장자리로 다가갔다. 세 사람이 먹을 식료품을 잘 살펴보지도 않고 대충 고르더니 슈퍼에서 받은 듯한 나일론 에코백에 넣었다.

그리고 냉큼 방으로 돌아가려는 야자키를 사야카가 바로 불러 세웠다.

"아, 야자키 씨. 괜찮으시면 저녁 같이 드실래요? 가족분들도 함께요. 큰일이 벌어졌으니 서로 이것저것 상의하는 편이 좋을 것 같은데, 어떠세요?"

"어―, 그게."

야자키는 아주 성가시다는 듯한 표정을 지었다.

"지금은 좀. 아내도 아들도 놀란 가슴이 진정되질 않아서요. 나중에 한번."

야자키는 이쪽 대답을 기다리지 않고 식당에서 나갔다.

아내와 아들이 놀란 가슴을 진정시키지 못했다는 건 그럴듯한 이야기다. 사야카의 제안은 현재의 심각한 사태에 비해 너무 천연덕스러운 느낌이었지만, 나도 그 이상으로 좋은 말은 떠오르지 않았다.

어쩐 일인지 야자키의 태도는 오전에 전기 배선을 처리했을 때보다 더 서먹서먹했다. 그 모습에 더욱 마음이 무거워진 우리는 별대화도 없이 통조림으로 깨작깨작 저녁을 먹었다.

9

밤 10시가 지났다.

하나와 사야카는 식당에서 계속 이야기를 나누고 있었다. 다른 사람들은 전부 각자 방으로 돌아갔다.

지하 건축물에 발전기 소리만 귀에 거슬리게 울려 퍼졌다. 배짱이 두둑한 사람은 자고 있을지도 모른다. 아니면 가만히 무릎을 끌어안은 채 자꾸 솟아오르는 불안감을 억누르고 있으리라.

나는 지하 1층의 복도를 천천히 걸었다.

아무래도 마음에 걸리는 일이 있었다.

유야의 배낭을 확인한 후로 류헤이와 마이의 모습을 거의 보지 못했다.

두 사람은 줄곧 방에 틀어박혀 있다. 뭔가 상의하는 기척은 전해지지만, 너무 오랜 시간 그러고 있어서 아무래도 싸우는 게 아닐까 짐작됐다.

통조림을 가지러 오는 모습도 못 봤다. 어쩌면 식사도 하지 않고서 계속 싸우고 있는지도 모른다.

두 사람의 방은 117호실이다. 운동화 발소리가 나지 않도록 조심스레 문 앞까지 가서 귀를 기울였다.

여기까지 오자 마이와 류헤이의 목소리가 똑똑히 잘 들렸다.

—류헤이, 왜 그런 소릴 한 거야. 도무지 이해가 안 되네. 좋을 것 하나 없는데.

—뭐? 결국 넌 그래서 화가 난 거야? 내가 화난 건 아무렇지도 않고? 이상한 건 분명 저쪽인데?

—아니, 그렇게 이상하지 않아. 애당초 그게 문제가 아니라는 걸 모르다니, 정말 말이 안 통해.

무슨 이야기인지는 모르겠다. 하지만 이 비상사태에 어울리지 않는 평범한 부부싸움같이 들렸다.

결혼한 지 고작 2년 남짓이니 우리와 함께 있을 때는 옛날 동아리 시절 분위기가 되살아난다. 그래서 나는 지금까지 마이와 류헤이의 부부다운 모습을 본 적이 없었다.

싸우고 있는 건 사실이지만, 그건 두 사람이 틀림없이 부부가 되었다는 증거이기도 했다. 나는 뜻밖에 동요했다. 비상사태다 보니 마이 일로 마음이 흐트러질 각오는 되어 있지 않았다.

대화가 끊겼다. 우당탕거리는 소리가 잠시 들렸다.

갑자기 문이 열리는 기척이 났다. 엿듣고 있던 나는 허둥지둥 뒤로 물러났다.

"아, 슈이치."

문을 연 건 마이였다.

자루 모양의 작은 배낭을 어깨에 멨다. 마이는 난처한 표정으로 나를 보았다.

마침 지나가는 길이었다고 핑계를 대는 것이 더 어색할 정도로 문 가까이 있었다. 뭐라고 인사를 해야 할까 망설이고 있자니 바로 류헤이가 뒤따라 나왔다.

"아, 슈이치? 뭐야, 너 우리 이야기를 엿듣고 있었던 거야?"

류헤이는 마이에게 내던 짜증을 고스란히 내게로 돌렸다.

이렇게 되자 오히려 나도 마음이 가라앉아서 대답이 술술 나왔다.

"엿들었으니 화나겠지만 평소 같았으면 나도 이런 쓸데없는 짓은 안 해. 하지만 지금 같은 상황에서 누군가가 싸우면 그야 당연히 신경 쓰이지. 오히려 안 들으면 안 될 정도잖아. 무슨 일이 생길지 모르니까."

"응. 그건 그렇지. 미안해."

마이가 편들어주어서 나는 힘이 났다. 류헤이보다는 마이가 다른 사람이 상관할 일 아니라며 내 행동을 은근히 비난할까 봐 겁이 났다.

"그런데 무슨 일이야? 물어봐도 될까?"

"응. 실은—"

마이는 오히려 들어주길 바란 듯이 이야기를 시작했다.

일의 발단은 유야의 유품인 감자칩이라고 한다. 감자칩은 통조림 등의 식료품과 함께 식당에 놓아두었다.

분명 나와 쇼타로가 현장을 다시 검증하러 간 사이에 벌어진 일일 것이다. 하나와 사야카도 자리를 비워서 식당에는 아무도 없었다. 그 틈에 야자키 가족의 아들 하야토가 감자칩을 가져가려 했다고 한다.

그런데 그때 마침 마이와 류헤이가 나타났다. 류헤이는 하야토에게 고함을 질렀다.

"그게 누구 건 줄 알고 가져가느냐면서. 딱히 누구 것도 아니잖아. 그런데 류헤이가 느닷없이 어깨까지 붙잡고 화를 내더라니까."

"아니, 자기 혼자 독차지하는 건 이상하잖아? 그래서 함께 나누어 먹어야 하지 않겠느냐는 뜻으로 한 말이야, 그건. 멋대로 가져가는 건 자기밖에 모르는 짓이라고. 보통 그 정도는 다 알잖아?"

남편의 반론에 마이는 지긋지긋하다는 표정을 지었다.

"그러니까 그런 문제가 아니래도. 상황이 이러니까 감자칩 정도는 먹게 놔둬도 되잖아. 류헤이, 감자칩을 그렇게 먹고 싶었어?"

"아니라니까."

"아니지? 그럼 먹고 싶어 하는 애가 딱하잖아. 다들 꼭 먹어야 하는 건 아니니까 제일 어린 하야토가 먹어도 될 걸 가지고."

"그래서 결국 어떻게 됐어?"

나는 이야기를 재촉했다.

"하야토가 울었어. 감자칩을 통조림 있는 곳에 놔두고 방에 돌아가려고 했는데, 부모님이 상황을 보러 왔지. 엄청 민망했어. 내가 사정을 설명했더니 야자키 씨 부부가 미안하다고 머리 숙여 사과하고 갔어."

저녁에 통조림을 가지러 온 야자키는 무턱대고 아들에게 고함을 지르는 모습을 봤기에 경계심이 강해진 것이다. 함께 식사하자는 제안을 거절한 그의 태도도 이해가 갔다.

"그러니까 이거 먹고 싶은데 괜찮을까요, 하고 한마디 양해를 구하면 아무도 뭐라고 안 한다니까. 아니야?"

물론 어제 안면을 튼 사람의 유품을 양해도 구하지 않고 독차지하려는 건 약간 몰상식한 짓이다.

하지만 이야기를 듣고 나자 가슴속에서 부풀어 오르던 야자키 가족에 대한 의혹은 오히려 작아졌다. 제 나이보다 약간 어려 보이는 그 고등학교 1학년의 행동은 살인에 비하면 훨씬 인간미가 넘친다. 이럴 때 아무것도 먹을 생각이 없는 사람도 있고, 감자칩 같은 과자가 당기는 사람도 있으리라.

"벌써 몇 번째 말하는지 모르겠지만, 하야토가 아직 철이 덜 든 건 딱히 상관없어. 느닷없이 고함을 지르는 게 잘못이라고. 그게 몇십 배는 더 이상해.

아직 범인을 찾지도 못했는데 싸움을 걸어서 어쩌자는 거야? 앞으로 함께 협력해야 할 일이 생길지도 모르는데."

"맞아, 그건 그래."

나는 가세하기 쉬운 부분을 발견하고 끼어들었다.

"범인을 찾기 위해 야자키 가족에 관해서도 이것저것 알아야 할지 모르니까, 굳이 관계를 망치는 건 바람직하지 않아.

그나저나 그런 짓을 하다니 애초에 범인을 찾아낼 확률이 낮다고 생각하는 거 아니야, 류헤이? 어차피 일이 잘 마무리될 리 없다고 여긴달까."

"바로 그거야."

그것이 마이가 류헤이에게 하고 싶었던 말의 핵심에 제일 가까운 듯했다.

"난폭하게 굴면 어떻게든 될 거라는 생각이니? 혹시 범인을 찾아내지 못해도 자기는 절대로 희생양이 되지 않을 거라면서, 지금부터 모두를 위협할 작정인 거야? 무서워. 그랬다가는 우린 끝이야."

나와 마이는 류헤이에게 비난 어린 시선을 던졌다.

순간적으로 나온 내 말에 마이가 바로 동조하자 류헤이는 깊은 상처를 받은 듯했다. 문틈으로 몸을 반쯤 내밀고 있던 류헤이는 인상을 찡그리며 방 안으로 한 발짝 물러났다.

"그래서 어쩌려고?"

"응? 다른 방에서 잘 거야. 아까 꺼지라고 했잖아. 아무래도 그게 낫겠네."

"어느 방? 슈이치랑 같이 잘 거야?"

"뭐? 무슨 헛소리야?"

처음으로 마이의 말투가 거칠어졌다.

"너희 결국 뭐야? 몰래 연락을 하질 않나. 진짜 기분 더럽거든."

"봐, 그런 소릴 하는 게 틀려먹었다는 거야. 지금은 누가 어떻게 봐도 그런 걸 신경 쓸 상황이 아닌데. 그럼 내일 보자."

마이가 문을 꾹 밀자, 류헤이는 그보다 빨리 문고리를 잡아당겼다.

"내내 싸운 거야?"

"응. 아무 말도 안 한 시간이 더 길지만."

"하야토 일로?"

"그뿐만이 아니야. 지금까지도 이런저런 일이 있었어. 말했잖아. 아무래도 계속 함께 있으면 야단나겠다 싶어서."

조용한 복도를 마이와 함께 터벅터벅 걸었다.

싸우는 현장을 들켰는데도 마이는 부끄러워하는 기색이 없었다. 지금은 그런 감정이 마비되는 게 당연한지도 모르겠다.

"류헤이는 평소 꼬장꼬장하게 바른말을 늘어놓지만, 곤란해지면 결국 어떻게 해야 좋을지 모르고 성질만 부려. 쭉 그런 식이었는데, 비상사태에 빠지자 더 심해진 것 같네. 좀 더 듬직하면 얼마나 좋을까."

"음―, 그렇구나."

나는 동감을 하는 둥 마는 둥 얼버무리고 넘어갔다. 더 이상은 위험할 것 같았다.

지하 1층을 오간 끝에 마이는 116호실을 선택했다.

"여기로 해야겠다."

거기는 류헤이가 있는 117호실의 대각선 맞은편 방이었다. 결국 류헤이와 별로 떨어지지 않았지만, 지하 1층의 다른 방은 전부 지진으로 어질러진 상태라 정리하지 않고서는 사용할 수 없었다.

"혼자서 괜찮겠어?"

"응. 잠깐은 혼자 있는 게 낫겠어. 무슨 일이 생기면 부를게. 바로 들릴 테니까."

나는 다른 방에서 매트리스를 가져오는 걸 도와주었다.

"그럼 갈게. 내일도 있으니."

"음—"

역시 이대로 잠자리에 드는 것 말고 해야 할 일이 있지 않을까? 그런 망설임 때문인지 마이는 잠시 문간에 서서 나를 바라보았다. 지하에 갇히는 바람에 모두가 품고 있는 애타는 기분을 물론 마이도 느끼고 있을 것이다.

둘이서 마주 보고 있으니 공포를 비롯한 다양한 감정이 뒤섞였고, 지하 건축물이 점점 수축돼서 짓눌릴 것 같은 착각이 들었다. 하지만 이윽고 마이가 말했다.

"그럼, 잘 자."

그리고 마이는 방문을 살짝 닫았다.

마이와 단둘이 있었던 건 얼마 만일까?

마이가 결혼한 후로도 연락은 했지만, 다른 사람 없이 단둘이 약속을 잡은 적은 없었다.

동아리 시절에는 전철을 기다리거나 할 때 패밀리 레스토랑에 같이 들어가 있곤 했다. 한 번은 등산용품을 고르는 걸 도와주려고 단둘이 쇼핑하러 간 적도 있다. 어쩐지 사귀는 듯한 기분이 들었던 시기도 있었다.

그때에 비하면 아주 짧은 시간이었다.

하지만 이만큼 분명하게 마이와 같은 감정을 공유한 적은 일찍이 없었다. 그것이 마이의 남편을 향한 감정이라는 점은 별로 건전하지 않았지만.

쇼타로와 함께 쓰는 방으로 향하며 달아오른 머리로 생각에 잠겼다.

극한에 가까운 이 상황에서 내 머릿속은 마이 생각으로 가득 채워지는 중이었다.

현실 도피가 아니었다. 오히려 반대다.

왜냐하면 마이를 생각할수록 죽기가 무서워지니까.

10

지하에 갇히고 첫 번째 밤이 아무 일 없이 지나갔다.

나는 잠을 이루지 못하고 새벽녘까지 음악을 들었다. 쇼타로는 아무 걱정하는 낌새 없이 밤새 푹 잔 듯하다.

닻감개가 있는 방에 수위를 확인하러 가자 계단 두 번째 단이 물에 잠겼다.

내일 오후에는 지하 2층에 조금씩 물이 올라오기 시작할 것이다.

우리는 아침 8시쯤 식당으로 갔다. 쇼타로가 통조림을 세 개나 열었지만, 나는 먹을 기분이 아니어서 쇼타로 옆에 잠자코 앉아 있었다.

잠시 후 하나와 사야카가 일어나서 나왔다.

하나는 찌뿌드드한 표정으로 하품을 삼키면서 말했다.

"어젯밤에 마이랑 류헤이한테 무슨 일 있었어?"

나는 야자키 가족의 아들 하야토와 류헤이 사이에 무슨 말썽이 있었는지 설명했다. 두 사람은, 특히 사야카는 몹시 납득한 눈치였다.

"그럼 아무래도 야자키 씨네와 대화할 자리를 얼른 만드는 편이 좋겠죠? 더 틀어지기 전에요."

"뭐, 그렇지. 할 수 있다면. 다만 마이와 류헤이는 우리가 사이좋게 지내라고 해도 소용없을 것 같지만."

나도 모르게 남의 일 대하는 투로 말하고 말았다.

"그래도 둘 다 여기 있는 동안은 사이좋게 지낼 수 있겠죠? 철모르는 어린애가 아니니까요."

"응, 그렇겠지만—"

사야카는 어쩐지 모두가 원만한 관계를 유지하는 것이 문제 해결로 이어지는 길이라고 믿는 듯 보이기도 했다. 그건 필요한 일일지도 모르지만 결국 대증요법에 지나지 않는다. 이건 무작정 힘을 합친다고 해결할 수 있는 문제가 아니다.

야자키 가족은 나타나지 않았지만 어쩌면 벌써 아침을 먹었는지도 모른다.

나는 식당에서 나가기로 했다. 막 일어나서 부스스한 지금, 마이를 만나려니 어쩐지 내키지 않았고 류헤이와도 아직 얼굴을 마주치고 싶지 않았다.

나와 쇼타로는 방으로 돌아갔다. 졸렸다. 쇼타로도 딱히 할 일이 없는지 가져온 문고본을 팔락팔락 넘겼다.

"사야카는 한 번 더 모두를 모아놓고 화해의 자리를 만들려는 것 같은데, 어떻게 생각해? 하는 게 좋을까."

"괜찮지 않을까? 결단을 내릴 때까지는 서로 원만하게 지내는 편이 좋으니까."

쇼타로는 별로 흥미가 없는 듯했다.

류헤이와 있었던 일은 어젯밤에 쇼타로에게 이야기했다. 여느 때처럼 그냥 방관자 같은 말투로 설명했지만, 내가 마이에게 완전히 신경을 껐다고 쇼타로가 생각했을 리 없다.

화해의 자리는 생각했던 것보다 빨리 마련됐다.

그날 낮, 지하 건축물에 있는 아홉 명 모두 식당에 모였다. 사야카가 미리 야자키 가족에게 제안했고, 그들도 참석하기로 동의했다.

야자키 가족도 무서울 터였다. 요구를 계속 거절하면 우리가 집단으로 습격할지도 모른다—, 그런 걱정 정도는 했더라도 이상할 것 없다.

나는 긴 테이블의 제일 앞쪽에 앉았다. 내 옆은 쇼타로, 그다음은 마이였다. 사야카, 하나, 그리고 제일 안쪽은 류헤이였다. 어제 그 일이 있은 후로 나는 류헤이와 눈을 마주친 적이 없다.

맞은편에 앞쪽부터 하야토, 히로코, 고타로 순서로 야자키 가족이 앉았다. 각자 앞에 칠리 콘 카르네와 과일 통조림, 그리고 물컵을 놓아두었다. 일단 오찬회 비슷한 형식은 갖추었다.

사야카가 입을 열었다.

"야자키 씨, 어제 하야토가 속상한 일을 겪었죠. 이런 곳에 갇힌 것도 모자라 그런 일을 당하다니, 정말 죄송해요."

"아니요. 뭐, 통조림과 함께 놓여 있어서 먹고 싶은 사람은 들고 가도 된다고 생각한 모양이에요. 여러분 친구의 유품에 함부로 손을 댈 생각은 아니었어요. 저희야말로 실례했습니다."

야자키는 이런 판국에 감자칩 사건을 매듭짓느라 시간을 할애해야 하는 것이 어쩐지 불만인 듯했다.

물론 지금 우리가 처한 심각한 상황에는 비할 바가 못 되는 일이었지만 어깨를 움츠린 채 떨고 있는 하야토를 보자, 그를 안심시킬 필요는 있는 듯했다.

"네. 저희 선배도 좀 발끈했을 뿐 위협할 생각은 아니었어요."

이쯤에서 류헤이가 하야토에게 한마디 사과함으로써 전부 원만하게 수습됐다는 식으로 끝내는 것이 사야카의 원래 계획이었으리라.

하지만 류헤이는 형식적인 사과조차 하려는 낌새 없이 나와 마이를 향해 악의만 뿜어내고 있었다. 입을 반쯤 벌린 채 허공을 노려보는 류헤이의 모습을 보고 사정을 모르는 하야토는 역시 겁을 먹었을 것이다.

그래도 사야카의 목소리가 상냥했던 덕분에 하야토는 점차 고개를 들었다.

식사를 하면서 어색하게나마 잡담을 나누었다.

야자키 부부는 동갑이고 서른두 살 때 결혼했다는 것, 집을 비운 사이에 반려견인 시바견을 이웃 사람이 돌봐주고 있을지 조금 걱정이라는 것, 아들 하야토는 현립 고등학교에 다니고 연극부라는 것 등등의 이야기를 들었다.

나는 어제 하나가 언급했던 의혹이 마음에 걸렸다. 야자키 가족이 혹시 이 지하 건축물과 무슨 관련이 있는 것 아니냐는 의혹이다.

하지만 이쪽에서 떠보기 전에 야자키가 선수를 쳤다.

"여러분, 정말로 여기에 뭔가 목적이 있어서 온 건 아닌 거죠? 그냥 담력 테스트하러?"

"네? 아, 네. 그런데요. 어, 아니지, 담력 테스트는 아니고요. 재미있는 곳이 있다고 해서요."

이쪽에서 하려던 질문이 오히려 날아들자 사야카는 얼떨떨한 표정을 지었다.

"여기를 알고 있던 분은 그, 돌아가신 니시무라 유야 씨?"

"네."

"유야 씨만 알고 있었습니까?"

"음. 다들 몰랐죠?"

사야카가 모두에게 물었다. 물론 유야 말고는 이런 지하 건축물이 있을 거라는 상상조차 하지 못했다.

그런 줄 알았는데 사야카가 기억 속에서 뭔가 찾아낸 듯했다.

"아, 하지만―, 그러고 보니 반년쯤 전에 유야 선배가 이곳 사진을 저한테 보냈어요. 그러니 저는 알고 있었다면 알고 있었던 셈이죠."

"뭐? 그런 이야기 한 적 없잖아."

하나가 톡 쏘아붙였다.

나도, 다른 사람들도 처음 듣는 이야기였다. 긁어 부스럼 만든 격으로 자신에게 미심쩍은 시선이 쏟아지자 사야카는 허둥지둥 설명했다.

"어, 별건 아니고요. 전에 유야 선배한테 요즘 어떻게 지내느냐고 연락이 왔는데요. 그냥 무난하게 대답했더니, 요전에 기묘한 곳을 발견했다면서 이 지하 건축물의 출입구며 비상구 등등의 사진을 보내더라고요.

너무 생뚱맞길래 뭔가 대단한 곳이네요, 하고 대답하고 치워서 전혀 기억이 안 났는데, 잘 생각해보니 이곳 사진이었다는 걸 방금 알아차렸어요."

들어보니 확실히 별것 아니었다.

덮개 부근 말고 실내 사진은 어두침침하니 잘 보이지도 않았고, 다른 풍경 사진도 함께 보냈길래 별생각 없이 넘어간 모양이다. 그래서 여기에 와서도 사진에 관해서는 잊어버리고 있었다고 한다.

사진을 받은 사람은 사야카뿐이었다.

유야는 사진 촬영을 좋아하는 사야카를 콕 집어서 지하 건축물 사진을 보여준 걸까?

깊은 의미는 없었을지도 모른다.

야자키는 대체 뭐가 신경 쓰이는 걸까?

사야카가 물었다.

"저기, 야자키 씨는요? 혹시 여기랑 뭔가 인연이 있으시다거나?"

"아니—, 설마요. 저희는 길을 잃고 헤맸을 정도인걸요."

야자키는 딱 잘라 부정했다.

더 추궁해야 할까?

야자키는 동요한 것처럼 보이기도 했다. 하지만 자칫하면 수라 장이 펼쳐질 걸 각오하고 밀어붙이려는 사람이 아무도 없었기에, 우리는 서로 눈치만 볼 뿐 그 이상은 묻지 않았다.

잠시 후 야자키가 답답하다는 듯 말했다.

"그런데 사건은요? 뭐 좀 알아냈습니까?"

모두 침묵을 지켰다.

마침내 쇼타로가 대답했다.

"특별한 건 전혀."

야자키는 고개를 설레설레 내저었다.

그걸 끝으로 오찬회는 마무리됐다.

야자키 가족이 방으로 돌아가려 할 때 사야카가 생각난 것처럼 말을 걸었다.

"아, 하야토! 괜찮으면 감자칩 가져갈래?"

하야토는 갈등의 불씨가 되살아나는 게 싫은 듯 말했다.

"아니요, 됐어요."

야자키 가족은 아들의 퉁명스러운 반응에 송구스러워하며 식당을 나섰다.

모임이 끝난 걸 알자 이번에는 류헤이가 자리를 박차듯이 일어
나서 나갔다.

"잘 안 풀렸네요."

사야카가 지친 목소리로 중얼거렸다.

결국 근본적인 문제인 살인범 찾기가 제자리걸음 중이다. 그런
상황에서 실은 전부터 여기를 알고 있지 않았느냐는 둥 의혹을 꺼
내는 건 상책이 아니라는 사실을 알았다.

"저 사람들 역시 뭔가 이상해. 우리가 어째서 여기 왔는지 왜 자
기들이 신경 쓰는 건데? 딱히 오고 싶었던 것도 아닌데 말이야."

하나가 불쑥 말했지만 아무도 말을 받아주지 않았다.

결국 친목을 다지기 위한 모임은 한 시간도 안 돼서 끝났다.

아홉 명이 한자리에 모이자 다들 어쩐지 위기감을 느낀 게 아닐
까 싶었다.

적은 인원끼리 얼굴을 마주할 때는 그래도 냉정함을 유지할 수
있었다. 하지만 모두 함께 모이자 누가 범인이냐, 어지간히 해라, 얼
른 정체를 밝혀라, 그렇게 난리를 치고 싶은 충동을 느꼈다. 분명
나만 그런 게 아니다. 범인을 제외한 모두가 흥이 나지 않는 잡담
을 하면서 그런 생각을 했으리라. 거울을 마주 놓으면 반사되는 빛
이 증폭되는 것처럼 아홉 명이 모이자 각자의 공포가 증폭되는 것

만 같았다.

모두가 고함을 지르며 날뛰는 사태가 발생하지 않았다는 점에서 오히려 사야카가 기획한 모임은 잘 풀린 것 아닐까? 그런 기분도 들었다.

11

오후 3시쯤이었다.

어제처럼 자유로이 행동하는 시간이었다. 화장실에 갔다가 내 방으로 돌아가는 길에, 115호실에서 나오는 사야카와 마주쳤다.

어째선지 사야카는 자기 배낭을 메고 있었다. 마치 가출하는 모습처럼 보였다. 사야카는 나를 보고 깜짝 놀랐는지 몸을 뒤로 젖혔다.

"어? 무슨 일 있어?"

"아, 슈이치 선배? 네. 좀."

복도에 다른 사람은 없었다.

"하나 선배랑 상의해서 각자 다른 방을 쓰기로 했어요. 선배가 신경이 곤두서서 편하게 못 잤다고 하니까 저도 어쩔 수 없죠."

"아아, 그렇구나. 뭐, 그럴 수도 있지."

어젯밤 두 사람은 평소 그랬듯이 같은 방을 썼지만 마음이 달라졌어도 이상하지 않다.

사야카는 서운한 듯했다. 하나와 방을 따로 써야 해서 서운한 게 아니라 아무리 발버둥 쳐도 우리가 직면한 사태를 원만하게 해결할 방법이 없다는 사실을 받아들일 수 없는 것이다.

"아, 좀 도와줄까? 매트리스 옮길래?"

"네? 아, 괜찮아요. 제가 할게요."

시무룩해 보였던 사야카는 내 제안을 듣고 갑자기 정신을 차린 것 같았다. 그리고 계단에 가까운 108호실을 새 방으로 정하고 냉큼 들어갔다.

108호실은 어질러져 있다. 한동안 사야카가 방을 정리하는 소리가 들렸다.

오후 8시가 되기 조금 전. 나와 쇼타로는 식당에서 함께 저녁을 먹었다.

통조림은 뭘 먹어도 별맛이 없었다. 차가운 음식만 먹는 것이 슬슬 힘들어지기 시작했다. 식당에 가스레인지는 있었지만 불을 켜는 손잡이가 망가졌다. 조금 만지작거려 보았지만 쉽게 고쳐질 것 같지 않았다. 담배를 피우는 사람도 없어서 아무도 불을 붙일 물건을 가지고 있지 않았다.

식사를 마칠 무렵 사야카가 식당에 들어왔다.

"앗, 안녕하세요. 저녁 먹으려고요."

사야카는 긴 테이블에 쌓인 통조림 더미를 살펴보았다. 그러다 칠리 콘 카르네 통조림을 집어서 우리에게 보여주었다.

"이거, 제가 먹어도 괜찮을까요? 한 개 남았는데요."

"아, 그랬어? 괜찮지 않을까? 아무도 화 안 낼걸."

사야카가 들고 있는 것이 마지막 칠리 콘 카르네다. 감자칩 소동 때문에 귀중한 물건을 독점하지는 않을까 예민해진 듯하다.

"그럼 내가 먹어야겠다. 이거 꽤 맛있더라고요."

"아아, 그래? 그럼 다행이네."

사야카는 조금이라도 즐거운 화제를 찾아내려고 애쓰는 것 같았다. 하지만 나는 통조림 맛에 관해 열 올려 이야기할 기분이 아니어서 그렇게 적극적으로는 대답하지 않았다.

조금 아쉬운 표정이던 사야카는 혼자 식사를 하기로 한 듯했다. 통조림과 물이 든 컵을 들고 식당을 나서서 새로운 거처인 108호실로 향했다.

그 후로 나와 쇼타로는 가스레인지를 수리할 수 없을까 싶어 한동안 또 끙끙댔다.

다른 사람들은 뭘 하고 있는지 모른다. 야자키 가족은 7시가 되기 전에 통조림을 가지러 왔다가 다시 방에 틀어박혔다.

9시쯤에 우리는 가스레인지를 수리하기를 포기하고 112호실로 돌아가기로 했다.

복도로 나가자 108호실 앞에 사야카와 하나가 있었다. 사야카가 뭔가 거무스름한 물건을 하나에게 건넸다.

뭘까?

손수건이라도 빌린 걸까. 우리가 다가가기 전에 두 사람은 헤어졌다.

별일 아닌 듯하길래 그렇게 깊이 생각하지는 않았다. 내일 물어봐도 된다.

방으로 돌아와 나는 한쪽 귀에만 이어폰을 꽂고 멍하니 음악을 들었다. 쇼타로는 오늘 아침처럼 매트리스에 한쪽 무릎을 세우고 앉아 문고본을 읽었다. 외국 여행기인 듯하다.

사건이 발생하고 이틀이 지났다. 제한 시간이 끝나기까지 앞으로 닷새밖에 안 남았다.

물이 차오르고 있건만 우리는 스마트폰이며 책으로 심심풀이나 하고 있다.

이제껏 이렇게까지 찜찜하고 불안한 시간을 보낸 적은 없었다. 앞으로도 절대 없으리라.

나는 몇 번이나 했는지 모를 질문을 던졌다.

"범인이 누구일지 정말로 아무 짐작도 안 가, 쇼 형?"

"응, 모르겠어."

여느 때와 다름없이 단조로운 대답이 돌아왔다.

증거다운 증거가 전혀 없는 사건이다. 계속 고민한다고 언젠가 정답에 다다를 수 있는 건 아니다.

그럼 마치 휴일 밤처럼 빈둥거리는 우리는 대체 뭘 기다리고 있는 걸까?

쇼타로가 나를 달래듯이 말했다.

"현재 우리가 할 수 있는 일은 전혀 없다고 해도 과언이 아니야. 그렇다면 조급하게 구느니 느긋하게 지내는 편이 낫겠지."

"그럼, 범인을 알아내지 못하고 제한 시간이 끝날 수도 있다는 거네."

"물론 그럴 수도 있어. 그럼 어떻게 할지는 그때 생각하는 수밖에 없겠지. 어쨌든 지금 고민할 필요는 없어. 어차피 모두가 수긍할 만한 좋은 방법은 없으니까."

쇼타로는 문고본을 매트리스에 내던졌다. 그리고 크게 기지개를 켠 후 다시 한쪽 무릎을 세운 자세로 되돌아갔다.

"그러고 보니 하나 양과 사야카 양이 방을 따로 쓰기로 했댔지."

"아아, 응. 맞아."

복도에서 사야카와 마주쳤을 때 있었던 일은 이미 이야기했다.

마이와 류헤이는 어제 싸운 후로 냉전 상태고, 나와 쇼타로 그리고 야자키 가족 외에는 다들 방을 혼자 쓰고 있다.

"둘이 딱히 싸운 건 아니지?"

"응. 하나가 어젯밤에 신경이 예민해서 잠을 편하게 못 잤다고 하길래 그러기로 했나 봐. 뭐, 그러는 것도 이해는 가지만."

"혹시 범인 아니냐고 둘 중 한 명이 의혹을 품기 시작했다거나?"

"음, 그럴 수도 있겠지만, 설령 그렇더라도 아주 구체적으로 의심하는 건 아닐걸."

하나도 사야카도 누가 범인이냐를 따진다면 우리와 가장 거리가 있는 야자키 가족을 의심할 것이다. 그야말로 사태가 극단으로 치닫지 않고서는 서로를 의심하지 않을 듯하다. 그렇기에 살인사건이 벌어진 후에도 두 사람은 사이좋게 같은 방을 썼다.

그렇게 위험하지 않다. 만에 하나 한쪽이 범인이더라도, 이런 상황에서 같은 방을 쓰는 사람을 죽이면 본인이 범인이라는 게 들통나기가 십상이다. 범인도 자기 목숨이 달렸다. 그런 짓을 할 리 없다.

하지만 그런 줄 알고 있어도 사야카와 하나는 서로에 대한 의혹을 완전히 버리지는 못했으리라. 하룻밤이 지나자 역시 따로 지내기로 결심한 두 사람의 심리는 알고도 남는다.

그렇게 말하자 쇼타로는 고개를 끄덕였다.

그러면서도 불신감과는 조금 다른 점을 문제로 여기는 듯했다.

"두 사람의 행동은 이해가 가. 슈이치가 지금 한 말도 일리 있다고는 생각해. 하지만 그뿐만이 아니야.

예를 들어 우리가 이런 지하 건축물이 아니라 눈보라에 휩싸인 산장 같은 곳에 있다고 치자. 구조대가 오기까지 일주일이 걸려. 그럴 때 한 명이 목 졸려 살해당했다면 슈이치는 어떻게 할래?"

"어? 그럼 모두 한자리에 모여 있자고 제안하려나. 서로 감시할 수 있도록 말이야."

"그렇겠지. 분명 그러는 편이 좋아. 잠은 절반씩 교대로 자고, 화장실에도 한 번에 한 명씩만 가는 거지. 불평해도 들어주지 않고 말이야. 철저히 그렇게만 하면 백 퍼센트 안전해.

하지만 실제로는 그와 정반대로 하고 있어. 모두가 한자리에 모이는 건 아주 잠깐뿐이고, 지금까지 함께 지냈던 사람조차 방을 바꿔서 따로 지내려고 해.

이게 무슨 뜻이냐 하면, 음, 만약 범인이 살인을 계속할 작정이라면 이보다 더 좋은 상황은 없는 셈이야."

쇼타로는 한숨을 섞어 말했다.

그 가능성을 지금까지 생각해보지 않았던 건 아니다. 하지만 쇼타로의 무기력한 태도와 심각한 이야기가 너무 큰 대조를 이루어서 당황스러웠다.

"쇼 형, 유야가 살해당한 것만으로는 사건이 끝나지 않는다는 거야?"

"그게 아니야. 그건 나도 모르지. 아니, 순리를 따지면 범인이 또 살인을 저지를 리 없어."

그야 그렇다.

범인임이 밝혀지면 고문을 당하는 것이나 다름없는 방식으로 지하에서 죽는다. 첫 번째 사건은 운 좋게 증거를 남기지 않고 넘어갔다. 왜 굳이 지금 여기서 위험을 무릅쓰고 또 사람을 죽일 필요가 있겠는가? 그런 생각이기에 우리는 서로를 지나치게 경계하지 않는다.

"그럼 뭔데?"

"요컨대 그만큼 특수한 상황이라는 거야. 우리 중에 살인범이 있어. 그런데도 우리는 사건의 진전을 막으려는 마음이 없어. 오히려 범인이 다음 범행을 저지르기 쉽도록 배려하는 느낌마저 들어."

범인이 두 번째 사건을 일으키도록 부추기기 위해 마이와 류헤이, 하나와 사야카가 방을 혼자 쓰기로 했다는 건가?

너무 많이 나간 게 아닐까 싶었다. 설마 다들 그렇게까지 확고한 의지는 없을 것이다.

하지만 빨리 무슨 일이 일어나지 않을까, 우리 마음속에 그런 조바심이 있다는 사실은 부정할 수 없었다.

"옳은지 그른지를 떠나, 범인이 누군지 모르는 상태로 희생양을 선택할 바에야 한 명이 더 죽더라도 살인범이 밝혀지는 게 낫다는 생각이 우리 머릿속 한구석에 자리 잡고 있는 거야."

이 지하 건축물에는 살해당하는 것보다 더 큰 공포가 도사리고 있다. 지하에 서서히 차오르는 물에 잠겨 끔찍하게 죽을지도 모르는데, 누군가 한 명 더 살해당하는 게 대수겠는가.

"어떻게 하면 좋을까."

"어떻게 안 해도 돼. 할 수도 없을 테고. 설령 우리가 양심의 가책을 저버리고 '범인아 힌트를 줘, 누군가 한 명을 더 죽여' 하고 부탁해도 범인이 그런 짓을 해줄 것 같지는 않으니까."

그야 그렇겠지.

하지만—, 애당초 유야를 살해한 것이 이런 상황에서 굳이 저질러야 할까 싶은 일이었다. 두 번째 사건이 일어나지 않는다고 어떻게 단정하겠는가?

생각하기가 싫어졌다. 살인이 일어나기를 기대하는 마음이 점차 커졌기 때문이다.

그럼 누가 다음 희생자지?

나는 누가 죽어주길 바라지?

쇼타로가 달래는 듯한 눈빛으로 나를 보았다.

"뭐, 무슨 걱정을 해도 상관없지만, 다음에 슈이치가 죽을 걱정은 안 해도 돼. 내가 있으니까.

그걸 다행이라고 할 수 있을지는 모르겠지만. 아무튼 일단 푹 쉬는 게 좋겠다. 어제 별로 못 잤지?"

그 말대로였다.

나는 빼놓았던 이어폰을 오른쪽 귀에 꽂고 매트리스에 드러누워 눈을 감았다. 확실히 쇼타로와 같은 방이니까 밤중에 살해당할 걱정만큼은 하지 않아도 된다.

출렁거리는 불안에 몸을 맡긴 채, 나는 서서히 잠에 빠졌다.

3

절
단
된 목

1

잠에서 깨어나자 오전 7시였다. 갇힌 지 사흘째다.

어젯밤에 음악을 끄지 않고 잠들었다. 이어폰을 빼고 고개를 흔들자 나와 동갑인 여자 가수의 노래가 부슬부슬한 귀지처럼 빠져나올 것 같은 기분이 들었다. 아침이 되자 기분전환 삼아 들었던 음악이 너무 귀에 거슬렸다.

예상치 못하게 푹 잠든 모양이었지만, 피로가 풀린 느낌은 전혀 없었다.

"깼어?"

한참 전에 일어난 듯한 쇼타로가 이쪽을 보지 않고 말했다.

"응. 물은 어떻게 됐어? 벌써 보고 왔어?"

"보고 왔어. 거의 계산한 대로더라. 오늘 오후쯤부터 지하 2층에 물이 차기 시작할 거야."

데드라인은 착실하게 다가오고 있었다.

"남은 시간만 좀 더 줄어든 건가."

"그런 셈이지. 난 수위만 확인하고 왔으니까, 잠든 사이에 시간이 줄어든 것 말고 또 무슨 일이 일어났는지는 몰라. 일단 아침을 먹을까."

식욕은 없었지만 혼자 남아 있고 싶지 않아서 얼른 옷매무새를 고치고 방을 나서는 쇼타로를 따라갔다.

식당에는 아무도 없었다.

물러서 무슨 맛인지도 모를 지경인 생선찜 통조림을 기계적으로 입에 넣었다.

다 먹기 전에 하나가 식당에 왔다.

"어, 안녕."

"아? 응."

금방 일어나서 잠긴 목소리로 대답하자, 하나는 과일 통조림을 고르면서 느닷없이 우리에게 물었다.

"저기, 사야카는 아직 자나?"

"응? 자고 있지 않을까? 나는 못 봤어."

"그렇구나."

하나는 우울한 표정으로 통조림을 열었다. 방으로 가져갈지 망설이다 결국 우리처럼 테이블 앞에 앉아 과일을 우물우물 먹었다.

"사야카랑 무슨 일 있었던 건 아니지?"

"응. 굳이 함께 지내지 않는 게 서로 좋잖아. 보통은 그럴걸."

하나는 내가 생각했던 대답을 그대로 내놓았다.

그나저나 사야카는 아침잠이 없는 줄로 아는데, 하나가 먼저 일어나다니 의외였다.

하기야 지금 같은 상황에서 평소 생활습관을 운운하는 것도 이상하다. 사야카도 불안감에 잠을 설쳐서 늦잠 정도는 잘 수 있다.

하지만 하나는 그렇게 간단히 넘어갈 수 없는 걱정거리가 있는 듯했다.

과일 통조림을 다 먹은 하나가 한차례 주저하다가 말을 꺼냈다.

"어젯밤에 사야카 못 봤어?"

"뭐? 아니. 못 봤지?"

쇼타로에게도 확인했지만, 어젯밤에 식사한 후 우리는 내내 방에 틀어박혀 있었으므로 사야카가 뭘 어쨌는지는 알 길이 없다. 사야카가 하나에게 뭔가 건네주는 모습을 본 것이 마지막이었다.

"그나저나 하나, 어제 사야카한테 뭔가 받았잖아. 그거 뭐야?"

"어? 아, 그거? 테이프. 잠깐 빌렸어."

들어보니 다음과 같은 일이 일어난 모양이다. 우리가 식당에 있던 사이에 있었던 이야기다.

사야카가 108호실에서 식사를 하다가 컵을 바닥에 떨어뜨려서 깼다고 한다. 깨진 컵 조각을 치우기 위해 사야카는 지하 2층에서 절연 테이프를 가져왔다. 테이프의 끈적한 부분으로 바닥을 꾹꾹 눌러서 자잘한 유리 조각을 치우려 한 것이다.

마침 청소가 끝났을 때 하나가 사야카의 방을 들여다보았다. 그리고 사야카가 가지고 있던 테이프를 빌렸다고 한다.

"지금 입고 있는 언더웨어에 보풀이 많이 일었거든. 갈아입을 수가 없으니 기분 나빠도 참았는데, 마침 사야카가 테이프를 가지고 있길래 그걸로 떼면 되겠다 싶어서."

보풀을 떼기 위해 곧장 절연 테이프를 빌렸다고 한다. 어젯밤에 우리가 본 건 테이프를 주고받는 모습이었다.

드디어 이해했지만 하나는 그다음에 있었던 일이 마음에 걸리는 듯했다.

"그러고 나서 사야카가 좀 이상했어. 자기 전에 복도에서 봤는데 여기저기 방을 들여다보고 다니더라고. 마치 뭔가 찾는 것처럼."

"그랬구나. 테이프를 빌린 후에?"

"응. 9시 반쯤이었나? 그랬을 거야."

뭔가 필요했거나, 아니면 워낙 넓은 곳이다 보니 뭔가 잃어버렸어도 이상하지 않다. 물건을 찾아다녔어도 수상쩍게 볼 일은 아니다.

하지만 하필 오늘 아침에 사야카가 좀처럼 일어나서 나오지 않는 걸 생각하자 어쩐지 불안감이 커졌다. 그저 밤늦게까지 물건을 찾느라 늦잠을 자는 거라면 걱정할 필요 없지만.

하나는 다급한 걸음걸이로 식당을 나섰다. 사야카의 방을 확인하러 가는 모양이었다.

겨우 몇십 초 만에 하나가 식당으로 뛰어왔다.

"사야카가 없어!"

"없다고?"

"그렇다니까! 방이 비었어!"

108호실이 빈껍데기처럼 텅 비어 있다고 한다.

하나는 어쩔 줄 몰라 했다. 불길한 상상을 멈출 수 없는가 보다.

우리는 자리에서 일어나 문간에 서 있는 하나와 함께 사야카의 방으로 향했다.

지하 2층으로 내려가는 계단 근처에 있는 방이다. 문은 활짝 열려 있었다. 아까 하나가 확인했을 때 열어놓고 왔다고 한다.

방 안에는 분명 아무도 없었다. 방 한복판의 매트리스에는 개켜진 침낭이 얹혀 있었다.

"진짜네. 짐도 없어."

본인뿐만 아니라 사야카의 배낭도 보이지 않았다.

짐까지 없어졌으니 사야카가 마음을 바꾸어 다른 방에서 지내기로 한 것처럼 보이기도 했다. 하지만 그렇다면 침구류도 함께 옮기는 게 자연스럽지 않을까? 사야카는 그럴 것 같았다.

"야, 무슨 일이야?"

돌아보자 류헤이가 서 있었다.

나는 사야카가 없다고만 말했다. 류헤이는 캐묻거나 하지 않고 생침만 꿀꺽 삼켰다.

"얘들아, 괜찮아?"

뒤이어 방에서 나온 마이가 이쪽으로 다가왔다.

식당 앞에서 하나가 크게 떠든 통에 이변이 발생했음이 온 건물에 전해졌다. 잠시 후 야자키 가족 세 명도 나타났다. 여덟 명이서 지하 건축물을 수색하기로 했다.

이런 일이 이틀 전에도 있었다.

그때는 모습이 보이지 않는 유야를 분담해서 찾아다녔다.

우리 여덟 명은 한 덩어리로 뭉쳐서 지하 1층의 번호가 작은 방부터 순서대로 문을 하나씩 살그머니 열어보았다. 이틀 전에는 유야가 살해당했을 줄 꿈에도 몰랐지만 이번에는 사정이 다르다. 아까부터 우리가 아무리 목소리를 높여도 사야카는 통 모습을 드러낼 낌새가 없었다.

사야카는 소동이 벌어진 줄도 모른 채 어느 방에서 쿨쿨 자고 있다. 그런 평화로운 결말이 기다리고 있을 것이라 생각하는 사람은 아무도 없었다.

지하 1층 제일 안쪽은 유야의 시체를 놓아둔 창고다. 그 방을 확인할 때는 약간 긴장감이 감돌았다. 사건 현장이기도 하다.

하지만 실내는 이틀 전과 달라진 점이 없었다. 그저 유야의 시체에서 썩는 냄새가 희미하게 풍기기 시작했다.

우리는 지하 2층으로 내려갔다.

이번에는 반대로 방 번호가 큰 동쪽부터 철문 쪽으로 나아가며 복도 좌우에 줄지은 문을 하나씩 열어보았다. 철문 쪽은 조명이 꺼져 있어서 뒤로 미룬 것이다.

다들 점차 말이 없어졌다. 지금까지는 문을 열 때마다 "사야카?" 하고 이름을 불렀지만, 점점 그럴 기력을 잃었다. 그리고 아무 말도 하지 않음으로써 사야카가 생명 없는 물체로 변해버렸다는 사실에 우리 모두 암묵적으로 동의한 셈이었다.

계단 부근으로 올수록 기계 소리가 귀에 거슬렸다. 지하 1층의 발전기 소리다.

마침내 사야카를 발견했다.

모두 사야카의 모습을 제각각 상상했을 터였다. 살아 있을 거라고는 생각지 않았으니 유야처럼 목이 졸렸다든가 아니면 머리를 얻어맞았다든가, 그런 상상이 머릿속을 차지했으리라.

모두 어렴풋이 예상했던 대로 사야카는 살아 있지 않았다.

하지만 그 모습은 그 누구의 상상보다 처참했다.

현장은 206호실이었다. 공구실인 207호실의 맞은편 방이다.

쇼타로가 문고리를 잡고 문을 조금 열자마자 살면서 처음 맡아보는 강렬한 피 냄새가 코를 찔렀다.

쇼타로는 문을 활짝 열고, 벽의 스위치를 눌러 불을 켰다.

"으악! 말도 안 돼. 뭐야 이게!"

내가 그렇게 소리친 후, 짧은 비명이 몇몇 사람의 입에서 터져
나왔다.

실내 상황을 본 순간, 심한 욕지기가 올라왔다. 토할 것 같은 기
분을 간신히 참았다.

방에는 여자가 쓰러져 있었다.

죽었다는 사실을 한눈에 알 수 있었다.

시체에는 머리가 없었다.

2

쇼타로는 발아래를 관찰하며 조심스럽게 방으로 들어갔다.

나도 소맷자락으로 입을 누르고 조심조심 뒤따라갔다.

머리가 없는 시체는 다리를 문 쪽으로 뻗은 채, 방 한복판에 천
장을 보는 자세로 쓰러져 있었다.

"이거—, 사야카 맞지?"

"다른 가능성이 있을까?"

쇼타로는 냉정한 목소리로 대꾸했다.

물론 사야카 말고 다른 사람의 시체라고는 볼 수 없다. 입고 있는 청바지와 마운틴 파카도 사야카의 옷이고, 체격도 일치한다. 그런 점을 제외하더라도 이 자리에 없는 사람은 사야카뿐이다. 뺄셈을 하면 시체의 정체는 명확하다.

하지만 그 참혹한 모습을 보고 있으니 우리가 모르는 누군가의 시체이길 바라는 마음이 샘솟았다. 더구나 이게 사야카의 시체라고 하기에는 현실감이 너무 없었다. 가까이에서 보고도 이 시체가 가짜 아닐까 의심스러웠다.

돌아보자 나와 쇼타로 말고는 전부 복도에 멈춰 서서 실내를 들여다보고 있었다. 다들 넋이 나간 표정으로 잠꼬대 같은 소리를 중얼거리면서.

하나는 토하고 있었다. 다른 사람들도 속이 매스꺼운 듯했지만 아침을 먹지 않은 덕분인지 토할 것이 없는 듯했다.

쇼타로는 쪼그려 앉아 시체를 살펴보았다.

"응? 찔린 상처가 있는데."

쇼타로가 가슴 한가운데쯤을 가리켰다.

파카가 암갈색이라 알아보기 힘들었지만 분명 예리한 물건으로 찌른 듯한 흔적이 있었다.

"그럼 찔려 죽었다는 거야?"

"그런 것치고는 피가 별로 안 났어. 그런 건가? 칼 같은 흉기로 찌르고 심장이 멎은 후에 뽑으면 이렇게 된다든가―"

쇼타로는 그렇게 말하며 시체의 목 부분으로 눈을 돌렸다.

다른 부분은 어떻게든 참으면서 봤지만, 목 부분은 도저히 똑바로 볼 수가 없었다. 창백한 피부가 거기서 싹둑 잘려 나가고, 이미 썩기 시작한 듯한 살덩이가 드러났다.

쇼타로는 시체의 옷깃에 손가락을 걸고 잘린 부분 근처를 유심히 관찰했다.

"어, 아니네. 목이 졸린 것 같아. 아주 약간이지만 목 아래쪽에 흔적이 있어."

목은 절단됐지만 몸뚱이에 가까운 쪽에도 끈 모양의 자국이 남아 있는 듯했다.

"그럼 사야카는 유야와 같은 방법으로 살해당한 건가?"

"그럴 거야. 불시에 로프 같은 걸로 목을 졸랐겠지. 하지만 죽인 후에 취한 행동이 유야 군 때와는 완전히 달라."

유야를 죽인 후 범인은 시체의 목에 로프를 묶고 그냥 방치해 두었다. 하지만 이번에는 상상도 못 할 만큼 공들여 사야카의 시체를 훼손했다.

"일단 일부러 가슴을 날붙이로 찔렀어. 숨통을 완전히 끊을 작정이었을지도 모르지만 지나친 감이 드는군."

유야 때도 만에 하나 소생하지 않도록 목에 로프를 묶어놓긴 했는데 사야카 때는 일부러 칼 따위를 들고 온 셈이다.

"그리고 목을 절단했지. 톱을 사용했을 거야."

쇼타로는 그렇게 말하고 방을 둘러보았다.

이 방은 망가진 양동이 정도밖에 없을 정도로 물품은 적고, 바닥은 넓다. 게다가 위층이 발전기 근처니까. 톱질하는 소리도 발전기 소리에 지워졌으리라. 사람을 죽이고 시체를 처리하기에 실로 적합한 장소였던 셈이다.

피가 흐른 흔적이 바닥 여기저기에 남아 있었다.

범인이 청소는 한 모양이었지만, 그렇게 꼼꼼하지는 않아서 다 닦이지 않은 피가 물결 같은 무늬를 이루었다. 피를 밟은 신발 자국도 군데군데 보였다.

쇼타로는 다른 창고에서 팔토시가 달린 기다란 고무장갑을 가져왔다. 고무장갑을 낀 후 쓰레기통 뚜껑을 두 손가락으로 집어서 들어 올렸다.

"오오? 이것저것 들어 있네—"

그렇게 말하고 쇼타로가 꺼낸 물건은 작업용 앞치마였다. 곳곳에 피가 튀었다. 그다음은 고무장갑. 쇼타로가 낀 것과 같은 종류로, 역시 피에 물들었다.

다음으로 나온 것은 장화였다. 미끄러짐 방지용 밑창을 확인하자 바닥에 남은 발자국과 일치했다. 쓰레기통에 들어 있던 물건은 그게 전부였다. 혹시나 사야카의 머리가 나오지는 않을까 싶었지만 그러지는 않았다.

쇼타로는 모두에게 보이도록 증거품을 바닥에 늘어놓았다.

"다들, 이것들 본 적 있어?"

"음. 앞치마, 고무장갑, 장화 전부 지하 2층에 있던 거네요."

마이가 그렇게 대답했다. 다른 사람들도 동의했다.

나도 건물을 탐색할 때 전부 본 물건들이다. 원래부터 지하 2층에 있던 물건이 틀림없었다.

"범인 입장에서는 목을 자르기에 안성맞춤이었다는 거야? 이런 물건이 갖추어져 있었으니—"

"그런 셈이지. 톱이고 칼이고 지하 2층에 있던 걸 사용하면 됐을 테니까."

"흉기는 안 보이네."

"응. 그리고 안 보이는 걸로 치면 무엇보다 머리가 안 보여."

이 방 어디에도 사야카의 머리는 분명 없었다.

당연한 결과이기는 하다. 현장에 내버려 둘 거면 굳이 머리를 자를 이유가 없다. 그냥 자르고 싶어서 잘랐다고 하기에는, 이런 상황에서 그런 쾌락 살인을 저지를 리 없다.

그렇다고 머리를 가져간 범인의 행동이 이해가 가느냐 하면 그렇지도 않았다.

애당초 유야에 이어 사야카까지 죽인 이유를 모르겠다. 범인 입장에서는 위험하기 짝이 없는 짓이다. 그런데 죽인 것도 모자라 목까지 절단했다. 지금 같은 상황에서 할 리가 없는 짓을 범인은 보란 듯이 하고 있다.

"범인은 사야카의 머리를 어떻게 했을까?"

"지하 3층에 던져 넣었겠지. 감추기 위해 머리를 잘라냈다면 말이야. 여기 없는 흉기도 머리와 함께 처분했을지 몰라."

"아아―, 그런가."

물에 잠긴 지하 3층은 머리를 처리하기에 딱 좋은 장소다. 던져 넣기만 하면 들킬 걱정은 없다. 살해에 사용한 로프며 칼이며 톱을 무게 추 삼아 같이 버리면 일석이조다.

한편 고무장갑, 앞치마, 장화는 부피가 크니까 방에 남겨두었을 것이다. 우리에게는 지문 등을 검출할 기술이 없으니 증거품을 내버려 놓아도 문제없을 것이라고 여겼으리라.

쇼타로는 피로 물든 물건들을 다시 유심히 관찰하다가 오른쪽 장화 뒤축 부분에서 뭔가를 발견했다.

"어, 뭐지?"

쇼타로가 장화에서 조심스레 떼어낸 것은 피에 젖어 갈색으로 변한 뭔가의 얇은 조각이었다. 종이로 만든 물건 같았다.

"뭘까. 티슈인가?"

"아니야. 좀 더 두꺼워. 종이 타월이로군."

자세히 보니 종잇조각에는 키친 타월처럼 엠보싱이 들어가 있었다. 윤활유 등을 닦아낼 때 사용하는 기계용 종이 타월 조각이었다.

범인은 바닥에 흐른 피를 닦아냈다. 그때 사용한 종이 타월 조각이 장화에 들러붙은 줄 몰랐던 것이리라.

"그런데 종이 타월이 있었나? 난 본 기억이 없는데."

"응, 있었어. 지하 1층의 118호실에. 2백 장 들이가 다섯 갑 놓여 있었지."

몇 명이 고개를 끄덕였다. 지하 1층이라는 말에 나도 기억났다. 118호실에 들어가서 바로 왼쪽에 보이는 철제 선반의 제일 윗단, 거기 놓인 플라스틱 바구니에 종이 타월이 들어 있었다.

바닥 상태를 보건대 피를 닦는 데 종이 타월이 꽤 많이 필요했을 것이다. 하지만 장화에 붙어 있던 것 외에 피가 묻은 종이 타월은 눈에 띄지 않았다. 분명 사용한 종이 타월도 사야카의 머리와 함께 처분했으리라.

쇼타로는 장화를 바닥에 내려놓고 고무장갑을 벗었다. 그리고 모두에게 말했다.

"나중에 사진도 찍긴 하겠지만, 만약을 위해 모두 이 증거품과 시체의 상태를 똑똑히 확인해 두도록 하자. 범인을 지목할 때 시체 발견 당시의 상황에 관해 의견이 갈리면 곤란하니까."

사건 현장의 상황을 머릿속에 똑똑히 새겨두라는 뜻이다.

모두 잠깐은 꼼짝도 하지 않았다.

하지만 결국 쇼타로의 냉혹한 제안을 받아들여 장례식장에서 향을 피워 올릴 때처럼 한 명씩 차례대로 206호실에 들어가서 사야카의 시체와 증거품을 확인했다.

확인이 끝나자 다 함께 복도로 나왔다.

둘러서 있는 여덟 명의 중심에서 쇼타로가 말했다.

"이제부터 각자의 방으로 가서 짐을 검사하고 싶은데, 불만인 사람 있어?"

"없겠지. 빨리 끝내자."

류헤이가 제일 먼저 대답했다.

쇼타로는 사람들의 마음이 진정되기를 기다리지 않고 수사를 진행해 나갔다. 그래도 이의를 제기하는 사람은 없었다.

사야카의 죽음은 너무나 끔찍하고, 그 의미가 불투명하다.

하지만 이해하지 못하면서도 우리 가슴속에는 기대의 싹이 텄다.

첫 번째 사건과는 달리 이번에는 범인이 살인에 노력을 많이 들였고, 수많은 증거를 남겼다.

범인은 분명 우리 여덟 명 중에 있다.

이렇게나 대담한 범죄를 저지른 살인범을 못 찾아낼 리가 있을까?

우리는 조만간 이 지하에서 탈출할 수 있지 않을까?

3

우리는 한 줄로 늘어서서 각자의 방을 차례대로 돌아다녔다.

짐 검사는 그야말로 철저했다. 모두가 보고 있는 앞에서 짐을 펼쳐놓고 갈아입을 속옷까지 자세하게 확인했다.

어쩌면 목을 자를 때 범인의 소지품에 피가 묻었을지도 모른다. 물론 증거는 처분했을 가능성이 크지만, 그렇다면 뭔가 분실한 사람이 수상한 셈이다.

덧붙여 범인은 무슨 이유인지 사야카의 짐을 가져갔다. 누군가의 방에서 사야카의 짐이 발견될 가능성도 없지는 않다.

하지만 우리가 바랐던 신속한 사건 해결은 실현되지 않았다. 가지고 있어야 할 물건이 없는 사람도, 가지고 있으면 안 될 물건을 가진 사람도 없었다.

범인이 가장 초보적인 실수를 범하지는 않은 듯했다.

"사야카 양의 방에 다시 가볼까."

모두의 방을 확인한 후 쇼타로가 말했다.

물적 증거는 발견되지 않았다. 이번에는 피해자와 범인의 행동을 순서대로 검토해야 한다.

아까는 그저 사야카가 없다는 걸 확인했을 뿐이었다. 방에 사건과 관련된 단서가 아직 남아 있을 가능성이 있다.

계단 근처에 있는 문을 열자 텅 빈 방에 매트리스와 침낭만 놓여 있었다. 아까 본 광경이었지만, 사야카가 무참히 살해당했다는 사실을 알고 나서 다시 보자 끝없는 절벽을 내려다보는 것처럼 등골이 서늘해졌다.

쇼타로는 매트리스를 질질 끌어서 이동시켰다. 그러자 검은 물체 두 개가 바닥에 떨어져 있었다.

"오? 뭐지?"

쇼타로가 주워든 것은 검은색 테이프 조각이었다. 약 10센티 길이로 자른 테이프의 양 끝을 접착면이 바깥쪽으로 나오도록 서로 붙여놓았다.

테이프 접착면에 가루 같은 것이 들러붙어 있었다. 아무래도 유리 조각인 듯했다.

쇼타로는 다시금 실내를 둘러보았다. 그러자 방구석에 깨진 유리컵 조각이 모여 있었다.

"과연. 사야카 양은 분명 테이프로 깨진 컵을 정리한 거로군. 야자키 씨, 이 테이프 본 기억 나시죠?"

야자키는 한순간 자기를 의심하는 줄 알고 깜짝 놀란 표정이었지만, 바로 쇼타로의 말이 무슨 뜻인지 알아차리고 테이프 조각을 받아들었다.

"아아―, 네. 기억납니다. 이건 절연 테이프네요."

이틀 전에 지하 2층의 전기 배선을 절연 처리했을 때 사용한 테이프다. 사야카는 아까 하나에게 들었던 대로 행동했던 듯하다.

"그런데 절연 테이프는 하나 양이 빌려 갔다고 했지?"

"응. 맞아요."

하나는 멍한 목소리로 그렇게 대답했다.

쇼타로가 하나를 대신해 어젯밤 사야카의 행동을 설명했다.

"그리고 사야카 양이 어젯밤에 뭔가 찾는 것 같았다고 했고."

하나는 고개를 끄덕였다.

"그밖에 어젯밤 사야카 양을 본 사람은?"

"저도 봤어요. 몹시 난감한 표정으로 복도를 이리저리 돌아다니던데요."

마이가 말했다.

"나도 사야카를 봤어. 식당 테이블 아래를 들여다보고 있더군. 듣고 보니 뭔가 찾는 것 같기도 했어."

류헤이도 나서서 말했다.

어제까지만 해도 마이와 류헤이는 도무지 평온하게 대화를 나눌 상태가 아니었지만 사야카가 기이한 죽음을 당한 탓에 감정이 마비된 것 같았다. 두 사람은 우연히 같은 사건에 맞닥뜨린 생판 남인 것처럼 행동했다.

어쨌든 사야카가 어젯밤에 뭔가 찾고 있었다고 세 사람이 증언했다.

"사야카 양을 몇 시쯤 봤는지는 기억해?"

"10시쯤 아니었나? 난 자기 전에 페트병에 물을 받으러 식당에 갔다가 봤는데."

류헤이가 다른 목격자들에게 물었다.

"난 9시 반쯤에 봤을 거예요."

"그 정도였으려나. 저는 시간은 잘 기억이 안 나네요."

하나와 마이가 각각 대답했다.

밤 9시 반부터 10시쯤까지 사야카는 뭔가를 찾고 있었다. 이건 확실한 듯했다.

"사야카는 뭘 찾고 있었을까?"

내 질문에 목격자 세 명은 애매한 표정을 지었다.

아무도 사야카에게 물어보지는 않은 모양이다. 마이와 하나는 멀리서 사야카의 모습을 보았을 뿐, 말을 걸 만한 거리는 아니었다고 한다. 류헤이는 어제의 태도를 돌이켜보건대 사야카와 그런 대화를 나눌 수 없었던 게 아닐까 싶다.

"컵을 깬 거랑 관계있을까?"

"글쎄. 직접적인 관계는 없을 것 같다만."

사야카는 자기 방에서 테이프를 사용해 바닥을 정리한 후, 무슨 이유로 뭔가를 찾기 시작했다. 그리고 살해당했다.

"살해당한 곳은 지하 2층이겠지?"

"뭐, 그럴 테지. 시체가 발견된 그 방 부근을 현장으로 봐도 무방할 거야. 사야카 양의 시체를 짊어지고 복도를 이동하는 건 위험성이 너무 높으니까."

생각해보면 피해자가 혼자 지하 건축물을 돌아다닐 때 정도밖에 범행을 저지를 기회가 없었으리라.

유야 때는 모두 여기저기 육각 렌치를 찾아다녔지만, 지금은 대부분 자기 방에서 지내므로 건물 안이 조용하다. 큰 소리가 날까 봐 더욱 조심해야 하는 상황에서 사야카의 방으로 쳐들어가 살해하는 건 너무 위험한 짓이다.

"그럼 사야카가 물건을 찾아 돌아다녀서 범인에게는 유리했던 건가? 죽이고 싶은 상대가 운 좋게 혼자 아무도 없는 곳을 어슬렁거렸다는 뜻? 아니면—"

혹시 범인은 아무나 죽여도 상관없었던 걸까? 마침 죽일 수 있었던 사람이 사야카였던 걸까. 하지만 이 〈방주〉에서 범인이 과연 '누구라도 상관없으니 죽이고 싶다'라고 생각할까? 범행에는 아주 강력한 동기가 필요할 것이다.

어쩌면 사야카의 행동과 살인에는 좀 더 명확한 인과관계가 있었는지도 모른다.

즉, 사야카가 찾던 물건이 동기와 관련됐을 경우다. 사야카가 뭔가를 찾으려고 지하 건축물을 돌아다니는 행동이 범인에게는 문제였을지도 모른다. 그렇다면 이 타이밍에 두 번째 살인사건이 발생한 것도 설명이 된다.

"아참, 범인이 사야카의 짐을 일부러 가져갔잖아? 역시 사야카의 소지품이 범행 동기와 관련 있을 거야."

"뭐, 그럴 수도 있고."

쇼타로는 나를 가볍게 노려보며 내 의견을 슬쩍 받아넘겼다.

범인이 듣고 있는 곳에서 동기를 검토해서는 안 될지도 모른다.

나는 더 이상 깊이 파고들지 않기로 했다.

"아무튼 피해자의 행동은 대충 알았어. 이쯤하고 물러가도 되겠지. 또 한 가지 마음에 걸리는 건, 범인이 피를 닦을 때 사용한 종이 타월이야. 그건 지하 1층 안쪽의 118호실 창고에 있었어."

우리 여덟 명은 줄지어 다음 현장으로 향했다.

118호실은 유야의 시체가 있는 방의 옆방이다. 들어가자 달라진 점이 바로 눈에 들어왔다.

철제 선반 제일 윗단에 있던 플라스틱 바구니가 바닥에 놓여 있었다. 바구니에는 기계용이라고 적힌 2백 장들이 종이 타월 갑이 들어 있었다.

"일단 물어는 보겠는데, 이 바구니를 내려놓은 사람 있어?"

아무도 대답하지 않았다. 당연히 범인 짓이다.

"내가 봤을 때는 다섯 갑이었어. 범인이 하나를 가지고 갔다고 봐도 무방하겠지."

종이 타월 갑의 개수까지 기억하고 있던 사람은 쇼타로뿐이었지만, 딱히 그 의견을 의심할 필요는 없을 듯하다. 정황상 누가 보기에도 어젯밤에 범인이 몰래 여기 숨어들어 종이 타월을 한 갑 가져간 게 분명했다.

"좋아. 그럼 모두에게 묻겠는데, 이 창고에서 바구니가 선반에서 내려지고 종이 타월이 없어진 것 말고 어제와 달라진 점 있어?"

우리는 진지한 표정으로 창고 안을 둘러보았다.

종이 타월 외에는 화장실용 휴지와 티슈, 그리고 빗자루와 수세미 등 청소 도구가 보관된 창고다. 내가 기억하기로는 전에 왔을 때와 비교해 특별히 뭔가가 더 없어지거나 하지는 않았다.

뭔가 이상한 점이 있다고 지적하는 사람은 없었다. 쇼타로는 고개를 끄덕였다.

"알았어. 범인은 종이 타월을 가져가는 것 말고는 이 창고에 볼일이 없었던 모양이로군."

더는 볼 것이 없었다. 우리는 다시 지하 2층으로 내려갔다. 범행에 사용된 흉기의 출처를 확인하기 위해서다.

우리는 공구실인 207호실로 향했다. 육각 렌치를 찾을 때 다 함께 들어갔었기 때문에 모두에게 여기는 익숙하다.

쇼타로는 허름한 플라스틱 박스를 선반에서 내렸다.

공구별로 보관한 박스가 몇 개 있는데, 이건 날붙이가 담긴 박스다. 박스를 열자 실톱과 줄톱, 가지치기용 톱 등 다양한 톱이 가득했다.

"이렇게 많으니 아무래도 범인이 뭘 사용했는지는 모르겠군. 기억하는 사람 없겠지?"

렌치를 찾을 때 박스를 열어서 들여다보기는 했지만, 아무리 그래도 어떤 톱이 없어졌는지는 지적할 수 없다.

하지만 그건 별문제가 아니다. 중요한 점은 범인이 범행 현장 바로 근처에서 흉기를 간단히 조달할 수 있었다는 것이다. 다른 박스에서는 칼도 발견됐다. 조각칼 비슷한 칼이며 접이식 칼 등 여러 가지 칼 중에서 범인이 하나를 골라 사야카의 가슴을 찌른 것이 틀림없었다.

확인을 끝내자 쇼타로는 박스에 뚜껑을 덮고 다시 선반에 올려놓았다. 그리고 실내를 찬찬히 둘러보았다.

이 창고는 지하 건축물의 수많은 방 중에서도 비교적 잘 정돈된 편이었다. 물론 소리가 시끄러워서 사용할 수는 없었겠지만 낡은 전기톱과 원형 톱도 있다. 기계유 캔과 걸레 등도 선반에 가지런히 놓여 있다. 지진으로 어질러진 물건들을, 렌치를 찾으러 온 김에 선반에다 정리해둔 것이다.

쇼타로는 창고 한복판에서 모두에게 말했다.

"이제 범인이 사용한 물건에 관해 확인해야 할 점은 대충 다 확인했어. 그럼 지금까지 확인한 사실을 바탕으로 피해자와 범인의 행동을 검토해보도록 하자."

쇼타로는 손가락을 꼽으며 숫자를 헤아리듯 신중한 태도로, 어젯밤에 있었던 일을 짚어나갔다.

"일단 사야카 양은 바닥에 흩어진 유리 조각을 치운 후 뭔가 찾기 시작했어. 그리고 밤 10시 이후에 범인과 마주쳤지. 분명 지하 2층의 시체 발견 현장 부근에서 로프 따위에 목이 졸려 살해당했을 거야.

그 후, 범인은 사야카 양의 가슴을 칼로 찔렀어. 다만 이건 순서
가 확실치 않아. 어쩌면 살해 직후가 아니라 목을 절단하고 나서
찔렀을지도 몰라."

"그게 말이 돼? 칼로 찌른 건 숨통을 완전히 끊기 위해서겠지?
목을 절단하고 나서 찔러본들 별 의미 없잖아?"

"아니, 그건 아니야. 애당초 소생하지 못하도록 할 거면 유야 군
을 죽일 때 그랬듯이 목에 로프를 꽉 묶어두면 돼. 그런데 굳이 다
른 방법을 쓸까? 칼을 찾아서 찌르려면 훨씬 번거로울 텐데.

따라서 범인이 그런 짓을 한 데는 다른 이유가 있겠지. 다른 이
유가 있다면 목을 절단한 후에 그랬어도 상관없었을지 몰라.

칼로 찌른 게 목을 절단하기 전인지 목을 절단한 후인지는 전문
가가 검시해보면 알아낼 수 있을 것 같다만. 뭐, 찌른 이유가 문제
니까 그게 뭔지 판명되면 순서는 중요하지 않겠지.

아무튼 범인은 어째선지 사야카 양의 목을 절단하기로 결심하
고 지하 1층의 안쪽 창고에서 종이 타월을 가져왔어. 그리고 톱,
앞치마, 고무장갑, 장화를 준비해 작업에 들어갔지.

작업 자체에 걸리는 시간은 빠르면 20분 정도려나. 작업이 끝나
면 종이 타월로 바닥에 흐른 피를 닦아. 복도에 피 묻은 발자국이
남으면 곤란하니까 꼼꼼하게 닦는 게 좋겠지. 자기 옷과 피부에 피
가 묻지 않았는지도 단단히 확인했을 거야. 사용한 위생용 물품은

범행 현장의 쓰레기통에 버려.

그러고 나서 잘라낸 머리, 피 묻은 종이 타월, 흉기를 처분해. 현재로서는 지하 3층에 버린 걸로 추정돼."

지하 건축물 전체를 구석구석 수색한 건 아니니까 백 퍼센트 확신할 수는 없지만, 지하 3층 말고 다른 곳에 버렸을 가능성은 작을 듯하다.

"머리 등등을 지하 3층에 버리기는 아주 편할 거야. 저기서 할 수 있으니까."

쇼타로는 그렇게 말하고 드러나 있는 창고의 암석 벽을 가리켰다.

바깥쪽은 천연 암석이라 창고 벽은 평평하지 않다. 벽 쪽의 바닥 철판은 외벽의 형태에 맞추어 가공했지만, 외벽을 타고 흐르는 물 때문에 녹이 슬어서 일부에 틈새가 있다.

가장 심한 곳은 머리만이라면 통과할 수 있을 만큼 틈새가 벌어졌다. 지하 2층과 지하 3층 사이가 뻥 뚫린 모양새라, 필요 없는 것들을 그 틈으로 손쉽게 버릴 수 있다.

물론 지하 3층으로 통하는 철문 너머 작은 방에서 버리는 방법도 있지만 거기다 버리면 누군가가 잠수해서 버린 것들을 찾아낼지도 모른다. 바닥 틈새에 버려야 확실히 감출 수 있다.

나는 벽 앞의 바닥 틈새로 지하 3층을 조심조심 들여다보았다.

시커먼 수면이 지하 2층의 바닥에 닿을락 말락 할 만큼 수위가 높아졌다. 틈새가 아주 크지는 않아서 스마트폰 손전등으로 비춰

본 정도로는 물 밑의 상황을 파악할 수 없다.

정말로 사야카의 머리는 여기에 버려진 걸까?

쇼타로가 이야기를 다시 시작하길래 나는 벽 앞에서 물러나 원래 위치로 돌아왔다.

"그리고 범인은 사야카 양의 방에서 배낭을 훔쳤어. 하지만 이것도 어느 타이밍에 그랬는지는 불확실해. 종이 타월을 가지러 지하 1층에 올라간 김에 훔쳤을 수도 있고, 머리를 처분해서 한숨 돌린 후 훔쳤을 수도 있지. 현재로서는 짐도 보이지 않으니까 역시 머리와 같은 방법으로 지하 3층에 버렸다고 봐야 하려나.

이로써 범인이 할 일은 끝났어. 자기 방으로 돌아가서 어딘가 증거를 남기지는 않았을까 차분히 생각했겠지."

이야기가 끝나자 다들 암담한 표정으로 한숨을 내쉬었다.

돌아보자 범인의 행동은 그야말로 지리멸렬했다. 무슨 이유인지 사야카를 죽이고, 무슨 이유인지 시체의 가슴을 칼로 찌르고, 무슨 이유인지 머리를 절단하고, 무슨 이유인지 소지품을 처분했다.

"유야를 죽였을 때는 수수께끼가 너무 없어서 난처할 지경이었는데 말이야. 왜 사야카는 이렇게 상식 밖의 방법으로 죽여야 하는 거지?"

"그러게. 그런데 슈이치, 수수께끼를 하나 빼먹었어."

"뭐?"

수수께끼를 하나 빼먹었다고? 이게 전부가 아니란 말인가.

"음, 이건 어쩌면 아주 중요한 수수께끼일지도 몰라. 어디서부터 이야기할까? 그래, 슈이치, 이번 사건에서 범인에게 필요했던 물건을 하나씩 말해봐."

쇼타로가 무슨 소리를 하는 건지 아직 이해가 잘 안 됐지만 나는 순순히 그가 들려주었던 이야기를 되새겨보았다.

"어디 보자, 일단 목을 조를 흉기가 필요하려나. 로프 같은 거겠지? 그리고 칼. 톱. 피를 닦을 종이 타월. 앞치마. 장화. 고무장갑. 그 정도일까."

"맞아, 아까 내가 그런 물건들을 언급했지. 하지만 그밖에도 사용했을 물건이 있어.

예를 들면 머리를 버릴 때는 봉지에 넣었을 거야. 쓰레기 봉지 같은 거겠지. 머리를 그냥 들고 옮길 수는 없어. 피가 흐를 테니까. 종이 타월도 머리와 함께 봉지에 넣어서 처분했겠지.

그러고는 머리며 사야카 양의 짐을 지하 3층에 가라앉히기 위해 무게 추를 더했을 가능성이 있어. 뭐, 쇠망치 따위면 충분했을 테지.

그런데 말이야. 지금 말한 범행 필수품 목록에 있는 물건들을 갖추려면 어디를 살펴봐야 할까?"

"그야, 여기저기 창고를 찾아다니지 않았을까?"

"그렇지. 여기저기서 그러모았겠지만, 여기서 문제는 범인이 지하 2층에 있는 창고에서 필요한 물건을 전부 조달할 수 있었다는 거야."

그 말을 듣고 나는 생각에 잠겼다.

확실히 흉기와 피가 튀는 걸 피하기 위한 위생용품은 전부 지하 2층에 있었다고 추정되는 물건들이다. 그리고 방금 언급된 쓰레기 봉지와 무게 추도 지하 2층에서 조달할 수 있다.

"지하 2층에 필요한 물건이 갖추어져 있었다는 건 범인에게 호재였어. 사람들은 전부 지하 1층 방을 쓰니까 말이야. 들킬 위험성이 낮아지지.

그런데 범인이 사용한 물건 중, 지하 2층에 없었던 게 딱 하나 있어. 피를 닦을 때 사용한 종이 타월이야. 이것만큼은 범인이 지하 1층의 118호실까지 가지러 갔지."

"그런가. 그렇구나."

"범인 입장에서 118호실에 드나드는 건 위험한 짓이었어. 근처의 117호실, 115호실, 116호실에서 류헤이 군과 하나 양, 마이 양이 자고 있었으니까.

실제로 종이 타월을 꺼낼 때 범인은 소리가 나지 않도록 몹시 주의했어. 선반에서 내린 플라스틱 바구니를 바닥에 방치한 걸 보면 알 수 있지."

선반은 철제니까 조심하지 않으면 바구니를 돌려놓을 때 금속음이 난다. 그게 싫어서 범인이 바구니를 제자리에 정리하지 않았으리라는 말이다.

"한편 지하 2층에 있던 공구 박스는 뚜껑을 덮어서 선반에 올려놨어. 지하 1층에서는 소리에 그만큼 민감했다는 뜻이야.

그럼 범인은 왜 그렇게 하면서까지 118호실에 종이 타월을 가지러 갔을까? 그게 아무래도 이상해.

피를 닦을 물건이 필요했다는 건 알겠어. 그렇다고 굳이 지하 1층에 올라가지는 않아도 됐을 거야."

쇼타로는 박스 근처에 놓인 걸레를 집어 들었다.

나는 그제야 내가 빼먹은 수수께끼가 무엇인지 이해했다.

피를 닦을 물건이 필요했다면 이 공구실에 걸레가 있었다. 왜 걸레를 사용하지 않고 위험을 무릅쓰면서까지 종이 타월을 가지러 갔을까?

"범인은 여기에 걸레가 있는 줄 몰랐다거나ㅡ, 아니지, 그럴 리 없나."

"그건 아니야. 이게 눈에 띄지 않았을 리 없지."

걸레는 문을 열고 들어와서 정면에 해당하는 곳에 무더기로 놓여 있었다. 더구나 공구가 담긴 박스 바로 옆이라, 톱이며 칼을 꺼낼 때 걸레가 범인의 눈에 들어온다. 그게 아니더라도 얼마 전에 모두 함께 드나들었던 곳이니, 걸레가 여기 있다는 사실을 범인은 당연히 알고 있었을 것이다.

"범인이 종이 타월을 가지러 가는 것 말고 118호실에 다른 볼일이 없었다는 건 아까 확인했어. 종이 타월 외에 없어진 물건은 눈에 띄지 않았고, 범행 순서를 고려해도 종이 타월 외에 그 창고의 다른 물건이 필요하지는 않았을 거야.

범인은 사야카 양의 짐을 훔칠 때도 지하 1층에 가야 했지만, 오히려 그건 위험성이 낮지. 108호실은 계단에 가깝고 옆방을 사용하는 사람도 없었으니까.”

범인은 왜 걸레를 사용하지 않고 위험을 무릅쓰면서까지 종이 타월을 가지러 갔을까?

범인을 알아내기 위해서는 이 수수께끼가 의외로 중요할지도 모른다. 쇼타로는 그렇게 이야기를 마무리 지었다.

쇼타로가 말을 마치자 창고는 발전기가 가동되는 소리로 가득 찼다.

야자키가 천천히 입을 열었다.

“그래서 결국 범인은—?”

“범인은 아직 모릅니다.”

쇼타로는 담담하게 대답했다.

실망감이 모두에게 퍼져나가는 게 느껴졌다.

쇼타로가 워낙 자신만만한 투로 이야기해서, 이대로 사건의 수수께끼가 해명되는 것 아니냐는 기대가 싹튼 탓이다.

결국 상황을 정리했을 뿐 쇼타로의 이야기는 어정쩡하게 끝났다.

“그럼 앞으로 어떻게 합니까?”

“지금까지처럼 지내야죠. 범인이 누군지 죽어라 생각해보는 수밖에요. 다행이라고 해도 될지 모르겠지만, 유야 군 사건 때는 모자랐던 수수께끼가 이번에는 잔뜩 손에 들어왔어요. 어쩌면 명쾌한 논리를 세워서 범인을 지목할 수 있을지도 모릅니다."

야자키는 물러나지 않았다.

"이 마당에 와서도 아직 그 소리입니까? 너무 태평한 것 아니에요? 사람을 이토록 잔인하게 죽인 범인이 죄가 밝혀졌다고 지하에 남아 희생하는 역할을 맡아주겠습니까?

이 사건으로 확실해졌지 않습니까. 범인은 인격이 완전히 망가졌어요. 그러지 않고서야 왜 멀쩡한 머리를 잘라내겠습니까?

그런 인간이 저지른 짓을 논리적으로 설명해서 어쩌자는 거야? 시간 낭비할 때가 아니란 말이야. 범인을 찾아내서 어떻게든 설득하자는 헛소리는 집어치우고, 탈출할 방법을 고민해야 해. 아니면 우리 가족은 어쩌라고."

야자키의 말투가 점점 거칠어졌다.

히로코와 하야토는 야자키 뒤에 몸을 움츠린 채 가만히 서 있었다.

어쩌면 야자키의 주장이 지당한지도 모른다. 범인 찾기에 시간을 들인 탓에 살아날 사람도 살아남지 못했다, 그런 미래가 기다리고 있을지도 모른다는 생각은 나도 했었다.

하지만 아무도 야자키의 말에 공감하지 않은 건, 그가 우리에게 자신의 입장을 지나치게 강조하려는 느낌이 들었기 때문이다.

자신에게는 가족이 있다.

반면 이쪽은 아직 학생 물이 빠지지 않은 껄렁껄렁한 인간들이다. 자신들과는 목숨의 무게가 다르다. 어쩐지 야자키의 주장 속에 그런 생각이 담긴 것처럼 느껴졌다.

"제일 수상한 사람이 할 말은 아닌데."

하나가 불쑥 말했다.

긴장감이 흘렀다. 하나가 야자키 가족을 수상하게 여기는 건 알고 있었다. 하지만 하필 이럴 때 당사자 앞에서 속내를 꺼내놓을 줄은 몰랐다.

누군가가 뭐라고 말을 꺼내기 전에 쇼타로가 모두를 타일렀다.

"지금 냉정함을 잃으면 우리 자신이 잔인한 살인을 저지르는 당사자가 될지도 몰라. 그것만큼은 명심해."

그렇게 충고한 후 쇼타로는 하나의 말을 못 들었다는 듯한 표정을 지었다.

어쩌면 누가 지하에 남을지 선택하는 일이, 유야와 사야카를 죽인 것보다 훨씬 잔인한 살인일지도 모른다. 다만 꼭 누군가 한 명을 정해야 한다면, 살인을 저지른 자를 선택해야 한다. 괴롭지만 그것이 최선책이라고 우리는 결론을 내렸다.

그 일을 결말짓지 못해 〈방주〉에서 탈출할 수 없다면, 서로를 잔인한 방법으로 살해하는 것이나 마찬가지다. 쇼타로는 그러한 사실을 우리에게 상기시켰다.

"야자키 씨 말도 이해가 안 되는 건 아니고, 나도 아직 범인을 지목할 수 없어.

하지만 표면상 어떻게 보이느냐는 제쳐놓고 이 사건의 범인이 아주 냉정하며 정신 착란을 일으키지 않았다는 건 확실해. 그것만큼은 범인을 신용해도 된다고 봐. 여차할 때는 처우에 관해 본인과 차분하게 이야기를 나눌 수 있지 않을까 싶어.

야자키 씨. 만약 희생자 없이 다 함께 지하를 탈출할 방법이 생각나면 말씀해주세요. 저도 꼭 알고 싶네요. 현재 범인의 정체를 알아내는 것보다 더 고민할 가치가 있는 일은 그것뿐입니다."

물론 그런 방법이 없다는 건 안다.

지금까지 탈출할 방법을 얼마나 많이 생각했는지 모른다.

현장 검증은 그걸로 끝났다.

지금까지처럼 자유 시간이 돌아왔다.

머리 없는 시체가 뿜어내는 요사스러운 기운에서 달아나듯 모두 뿔뿔이 흩어졌다.

4

낮 12시가 지났다.

자유 시간이지만 나와 쇼타로는 제일 먼저 해야 할 일이 있었다.

더할 나위 없이 꺼림칙한 일이다. 달리 할 수 있을 만한 사람이 없어서 우리가 맡기로 했다.

사야카의 시체 수습이다.

유야의 시체는 그대로 놓아두었지만 이번에는 그렇게 안 된다. 지하 2층은 머지않아 수몰되기 때문이다.

머리 없는 사야카의 시체를 물속에 방치하면 어떻게 될까. 검붉게 물든 물이 지하에 차오른다. 그런 과장된 상상을 떨쳐낼 수가 없었다.

위안 삼아 나는 두건을 입가에 둘렀다. 일단 하나가 복도에 게운 토사물을 치웠다. 그 냄새를 맡으며 시체를 만지는 건 도저히 무리였다.

시체 앞에서 쇼타로가 스마트폰을 꺼냈다.

"만약을 위해 기록해둘까."

쇼타로는 머리가 없는 사야카의 시체를 다양한 각도에서 촬영했다. 물론 해두어야 할 일이긴 했지만 내 스마트폰에 그런 사진을 저장할 용기는 없었다.

유색 쓰레기 봉지나 비닐 시트가 있으면 좋겠지만, 지하 건축물에는 투명 쓰레기 봉지밖에 없었다. 그걸 몇 장 묶어서 사야카의 온몸을 감쌌다.

"좋아. 들 수 있겠어?"

"응."

쇼타로가 가슴 쪽, 내가 무릎 쪽을 끌어안고 사야카를 들어 올렸다. 우리는 천천히 지하 1층으로 향했다.

머리가 없는 만큼 무겁지는 않았지만 걸음을 옮길 때마다 온몸에 땀이 솟았다. 사야카의 시체가 역겨울 뿐이었다. 사야카에게 그런 마음을 품는다는 걸 견딜 수 없어서 얼른 시체를 내려놓고 싶었다.

계단을 올라갔다. 지하 1층의 제일 안쪽으로 나아갔다. 시체는 유야 옆에 눕혀놓기로 했다.

120호실의 문을 열자 썩는 냄새가 한층 강하게 코를 찔렀다. 썩어가는 유야 옆에 사야카를 나란히 내려놓으려 할 때, 더 참지 못하고 다리를 놔버렸다. 나는 제대로 돌아보지도 않고 방을 뛰쳐나왔다.

"역시 범인은 정신이 어떻게 된 거야. 들키면 파멸인 상황에서 이런 짓을 하다니 정상이 아니라고."

지친 몸을 웅크리며 쇼타로에게 말했다.

아직 바닥에 묻은 피를 완벽하게 닦아내고 장화 등의 증거품을 지하 1층으로 옮기는 작업이 남아 있었지만, 기력을 다 써버린 탓에 나머지 작업은 쇼타로에게 떠맡겼다.

작업이 끝나자 나와 쇼타로는 지하 2층의 철문 앞에 우뚝 섰다.

작은 방 안쪽의 계단을 가만히 바라보고 있으니, 이윽고 물이 조용하게 넘쳐 흘렀다.

의미도 없이 스마트폰으로 시간을 확인했다. 오후 2시 32분.

마침내 지하 2층이 침수되기 시작했다.

"그럼 돌아갈까."

물이 넘친 걸 확인한 쇼타로는 마치 불꽃놀이가 끝났을 때 같은 투로 말했다.

시체를 옮긴 후로 어쩐지 내 몸까지 썩어가는 듯한 기분이 들었다.

방에 돌아가서 조금 쉴 생각으로 지하 1층으로 올라가자, 반쯤 열린 기계실 문이 눈에 들어왔다.

어쩐 일인가 싶어 안을 들여다보자 하나가 있었다.

"와악—"

의자에 앉아 있던 하나가 작게 비명을 질렀다. 그리고 이쪽으로 몸을 돌려 적의 습격에 대비하듯 자세를 가다듬었다.

하나의 기분은 이해가 가고도 남았으므로 나는 더 이상 다가가지 않기로 했다.

상황이 어제까지와는 딴판으로 변했다.

사건이 연쇄살인으로 발전했다.

범인이 본인을 위험에 빠뜨릴 두 번째 사건을 저지를 것이라고 진심으로 걱정한 사람은 많지 않았으리라.

하지만 두 번째 사건이 발생했다.

그것도 하나와 제일 가까웠던 사야카가 살해당했다.

하나는 아무 말도 없이 잠깐 이쪽을 노려보았다. 그렇지만 폭력을 행사할 기운도 없이 새파랗게 질린 내 얼굴을 보고 경계를 조금 풀었다. 그리고 내 뒤에 쇼타로도 있다는 걸 알아차리고 드디어 안심한 듯했다.

"2층은?"

"응. 전부 정리했어. 사야카도 옮겼고."

"그렇구나. 고마워."

하나는 의자에 다시 앉았다. 신발을 벗고 발을 의자에 올리더니, 무릎을 끌어안고 몸을 웅크렸다.

발끝이 바르르 떨리고 있었다. 하나가 양말 위로 발을 문질렀지만 떨림은 좀처럼 잦아들지 않았다. 지금까지 별로 드러나지 않았던 공포심이 사야카의 죽음을 계기로 멍든 것처럼 겉으로 드러나기 시작했다. 그 모습을 보고 있으니 내게도 떨림이 전염될 것만 같았다.

하나 뒤편의 모니터는 둘 다 켜져 있었다. 하나는 감시카메라로 바깥 상황을 확인하기 위해 기계실에 온 모양이다.

아직 날이 저물려면 멀었다. 선명하지 못한 영상은 이틀 전과 전혀 달라진 점이 없었다. 시든 풀과 드문드문한 나무 사이로 비치는 출입구는 물론, 산사태에 파묻힌 비상구 영상만 봐도 지상의 공기를 그리워하는 심정이 가슴에 사무쳤다.

게다가 영상을 계속 보고 있으니 언젠가 구조대의 모습이 비치지 않을까 싶은 기분을 주체할 수 없었다.

물론 그런 일은 일어나지 않는다.

참새인지 뭔지 모를 새가 바쁘게 날아다니는 모습이 보일 뿐이다.

"하나, 뭐 좀 먹었어?"

"아니. 지금은 아무것도 못 먹겠어."

그렇게 말하며 하나는 젤리 봉지를 호주머니에서 꺼냈다.

여기로 오는 도중에 편의점에서 산 젤리를 지금까지 먹지 않고 가지고 있었던 모양이다. 통조림은 안 되더라도 이 정도라면 괜찮지 않을까 싶었지만, 역시 넘어가지 않았던 듯하다.

사야카가 죽은 후로 식사를 하지 않는 사람이 하나뿐만은 아니다. 어쩌면 다들 식사를 하지 않고 지내는지도 모른다. 그런 광경을 보았으니 식욕이 돌아오려면 시간이 좀 걸릴 것이다.

"이런 걸 보기도 괴롭네."

하나는 그렇게 말하며 젤리 봉지를 손가락으로 쓰다듬었다.

웃는 얼굴로 놀고 있는 애니메이션풍 동물 일러스트였다. 이걸 그린 디자이너는 물이 차오르는 지하에 갇혀 살인사건에 맞닥뜨린 사람이 이 제품을 가지고 있을 가능성은 전혀 고려하지 않고 디자인했을 것이다.

초등학교 시절을 돌이켜보면 캐릭터가 들어간 옷을 입은 날, 선생님에게 야단맞았을 때가 제일 비참했다. 그래서 야단맞을 것 같은 날에는 일부러 민무늬 티셔츠를 입고 등교했다.

"사야카는 그렇게 괴롭지 않았겠지? 몹시 무서웠겠지만 그리 긴 시간은 아니었을 거야. 1분 남짓 만에 ―, 목이 잘린 것도 죽은 후였고 말이야."

하나가 주눅 든 투로 말했다.

"응. 그랬을 거야."

망설인 끝에 나는 그렇게 대답했다.

사야카가 평안한 죽음을 맞았다고 보기는 어려우리라. 불시에 목이 졸린 사야카의 마지막 순간은 상상만 해도 무참했다.

하지만 누군가 한 명이 그보다 훨씬 공포스럽게 죽어야 하는 이 지하에서 사야카의 죽음은 최악이 아니었다. 사야카는 적어도 차오르는 물속에서 익사하기를 가만히 기다려야 하지는 않았다. 그게 그나마 위안일지도 모르겠다.

여기 온 날 어떻게 죽기 싫은지를 두고 서로 이야기를 나누었던 게 기억났다.

갑자기 엉뚱한 생각이 떠올랐다.

범인은 그 작은 방에서 비참한 최후를 맞지 않도록, 그보다 어느 정도 나은 방법으로 유야와 사야카를 죽인 것 아닐까?

물론 터무니없는 생각이다.

유야와 사야카가 지하에 남기로 결정된 것도 아니고, 어차피 그 역할은 누군가 맡아야 한다. 범인이 자기 자신을 위험에 빠뜨리면서까지 그런 짓을 할 이유는 어디에도 없다.

하나가 발끝을 양말 위로 만지작거리며 말했다.

"저기, 물은 어떻게 됐어?"

"몇 분 전에 아래층이 침수되기 시작했어. 이제 장화를 신지 않으면 돌아다니기 힘들지도 모르겠네."

"진짜? 뭐, 그렇겠지."

하나는 고개를 숙였다.

"앞으로 나흘이었던가?"

"응."

"범인이 누군지 정말로 몰라?"

나 대신 쇼타로가 대답했다.

"아직 몰라. 범인 후보를 몇 명으로 좁히는 것만으로는 아무 의미도 없잖아. 딱 한 명을 지목하기는 참 어려워."

"앞으로 나흘밖에 없는데 알아낼 수 있겠어요?"

"글쎄. 아무 약속도 못 해. 잘 안 될지도 모르지."

쇼타로의 솔직한 대답에 하나는 원망스러운 표정을 지었다.

어쩌면 하나는 야자키 가족 다음으로 쇼타로를 의심하고 있는지도 모른다. 친분이 없는 순서대로 의심한다면 그렇게 된다.

잠시 후 하나가 나지막이 말했다.

"만약 이대로 범인을 찾아내지 못하고 나흘이 지나면, 야자키네는 어떻게 나오려나."

"어떻게 나오다니?"

"그때는 부모 중 한 명이 지하에 남겠다고 하지 않을까? 자기 아들이 함께 있잖아. 가만히 있다가는 아들까지 꼼짝없이 죽을 지경인걸. 정말로 아슬아슬한 순간이 되면 그런 결단을 내릴 수도 있겠지—?"

하나의 말이 점점 간청하는 투로 바뀌었다.

나도 마음속 한구석으로 해본 생각이었다. 제한 시간이 다 끝나가는데도 범인이 밝혀지지 않아서 희생자를 한 명 선택해야 할 때 만약 그 역할을 자청할 사람이 있다면, 그건 야자키 하야토의 부모였다. 그 외에는 아들을 구할 방법이 없다고 체념한 두 사람이 결단을 내릴지도 모른다.

그리고 그때 우리는 목숨을 건진다.

아까 야자키는 자신에게 가족이 있다는 사실을 방패 삼아 범인 찾기보다 탈출을 우선해야 한다고 주장했다.

우리는 그 주장을 거꾸로 응용했다.

가족이 없다는 사실을 방패 삼아 살아남으려 한다. 야자키 가족의 아들인 하야토를 인질로 잡는 셈이다. 더구나 협박할 필요도 없다. 아무것도 하지 않아도 그들에게 선택지를 들이댈 수 있다.

다양한 영화와 만화에서 홀몸인 등장인물이 연인이나 가족이 있는 사람을 대신해 목숨을 바치는 장면을 보았지만, 우리는 그런 아름다운 이야기 속에 있지 않다.

야자키 가족의 부모 중 한 명이 목숨을 희생한다, 머릿속에 떠올랐어도 결코 입 밖에 낼 수는 없는 생각이었다. 하나도 그걸 모르지는 않을 터였다. 사야카의 죽음, 그리고 줄어드는 제한 시간이 하나의 마음을 제어하고 있던 나사를 한 개 풀어버렸다.

나도 지금 하나에게 상식적으로 행동하라고 타이를 기운은 없었다. 그래서 하나의 질문에 탁 터놓고 대답했다.

"그럴 수도 있겠지만 모를 일이지. 야자키 씨네는 화목해 보이지만, 결국 우리하고는 이야기를 별로 안 해봤잖아. 정말로 절박한 상황이 닥쳤을 때 어떻게 나올지 전혀 짐작이 안 돼.

평범한 부모라면 어떻게 할까? 하나, 너희 부모님이라면 어떻게 할 것 같아?"

하나는 울음을 터뜨릴 것 같은 표정을 지었다.

"우리 아빠, 작년에 돌아가셨어. 말 안 했나?"

금시초문이었다. 대학을 졸업한 후 하나와는 한동안 서로 연락이 없었다.

쓸데없는 소리를 했다. 하나의 표정을 보자 분명 하나의 아버지는 지하에 남아서라도 딸을 구했을 거라는 생각이 들었다.

"미안해. 괜한 소리를 했네."

우리 부모님은 어떨까?

지하에 남는 역할을 서로에게 떠넘기며 싸울지도 모른다. 그리고 결론을 내리지 못한 채 제한 시간이 끝날 것 같다. 나는 취직한 후로 별거 중인 부모님과 만난 적이 없다.

하나가 고개를 푹 숙였다. 우리는 잠시 아무 말도 없었다.

그런데 뒤쪽에서 발소리가 들렸다. 돌아보자 마이가 다가왔다.

"어? 다들 여기 있었구나."

뜻밖이라는 듯 말한 마이는 켜져 있는 감시카메라 모니터를 보고 더 뜻밖이라는 표정을 지었다.

"왜? 뭔가 달라진 거라도 있어?"

"아니, 아무것도. 진짜 똑같아. 아무것도 안 바뀌었어."

하나는 열 받은 것처럼 모니터를 쿡쿡 찔렀다.

"그렇구나. 그렇겠지. 그나저나 아까 야자키네의 아버님을 만났는데."

마이가 마치 보고 있었던 것처럼 야자키 가족의 이야기를 꺼내자 하나는 갑자기 뜨끔한 듯한 표정을 지었다.

"뭔가 우리에게 해두고 싶은 말이 있대. 우리가 오해하고 있을지도 모르겠다면서. 그래서 나중에 다 함께 모였으면 하는데, 괜찮지?"

"알았어. 식당에서 보면 될까?"

쇼타로의 말에 마이는 고개를 끄덕였다.

이 타이밍에 해두고 싶은 말이라니 뭘까?

아까 하나가 본인들 앞에서 야자키 가족을 의심하는 말을 내뱉은 지 얼마 되지 않았다.

"그럼, 잘 부탁해. 그리고 누가 류헤이한테도 말 좀 전해주면 안 될까?"

마이는 겸연쩍은 듯 웃음을 지으며 말했다.

5

바깥은 슬슬 날이 저물 무렵이다. 모두 식당에 모였다.

우리 여덟 명은 어제 오찬회 때와 똑같은 자리에 앉았다. 하지만 오늘은 사람들 앞에 통조림이 없다.

야자키가 진중하게 입을 열었다.

"저어, 실은 저희에 대해 한 가지 알려드리지 않은 일이 있어서요. 사건과는 절대 상관없는 일이라 굳이 말할 필요가 있을까 싶었지만, 이상한 인식이 심어지면 좋지 않으니까 말씀드릴까 합니다."

"네. 들어보도록 하죠."

제일 사교성이 좋은 사야카가 없어 마이가 어색하게 대답했다.

"네. 음, 저희가 버섯을 따다가 산속에서 길을 잃었다고 했잖습니까? 그거 거짓말이었어요.

아니, 길을 잃은 건 사실이지만 버섯을 따러 온 건 아닙니다. 그게 아니라 실은 이 지하 건축물을 찾아왔어요. 그런데 길을 잘못 들었지 날은 어두워지지, 그러다 간신히 방향을 찾았는데 여러분과 딱 마주쳐서 깜짝 놀랐습니다."

"여기를 찾아오셨다고요? 처음부터 여기에 올 목적이셨다는 건가요?"

"휴우."

하나가 한숨을 쉬며 내게 시선을 주었다.

그저께 하나는 야자키 가족이 뭔가 목적이 있어서 여기 온 것 아니겠느냐는 설을 펼쳤는데, 그게 들어맞은 듯하다.

마이가 또 질문을 던졌다.

"그럼 여러분은 여기에 대해 알고 계셨던 거로군요?"

"어, 알고 있었다고 하면 어폐가 좀 있습니다만. 그런 게 아니라."

야자키는 말꼬리를 흐렸다.

이야기하기 힘든 사정이 있는 모양이었다. 야자키는 종잡기 어려운 말투로 설명을 시작했다.

"여러분, 이 지하 건축물을 보고 무슨 신흥종교 단체가 사용한 것 아니겠느냐고 했죠? 그거, 정답입니다.

이건 처남 이야기인데요. 실은 처남이 ─, 뭔지 잘 모를 종교에 빠졌다가 얼마 전에 실종됐습니다."

"종교라고요? 어떤 종교요?"

"그러니까, 잘 모르겠다고요. 아무튼 종말 사상이라고 하나요? 다가오는 세상의 종말에 대비해 수행하는 종교인 것 같았어요.

처남 요지가 그런 종교에 빠져서 괜찮을까 걱정했는데 2년쯤 전에 어딘가로 사라졌죠. 뭐가 어떻게 된 건지 짐작도 안 되고, 사건인지 아닌지도 불분명해서 경찰에 신고해도 뾰족한 수가 없었죠.

그런데 최근에 요지의 컴퓨터에서 일기가 발견됐어요. 비밀번호를 몰라서 내버려 뒀는데 어쩌다 보니 들어가지더라고요. 일기를 읽어보니 이 지하 건축물 이야기가 적혀 있었습니다. 여기서 명상인지 뭔지 이것저것 했던가 봐요.

처남이 어디로 갔는지 비로소 약간의 단서를 찾아낸 거죠."

야자키가 몸을 내밀었다.

"그래서 이 지하 건축물을 살펴보러 오셨다는 건가요?"

달리 물어볼 사람이 없어서 마이 혼자 애쓰고 있다. 쇼타로는 뜻밖에도 별로 관심이 없는 듯 잠자코 상황을 지켜보았다.

"그런 셈입니다. 처음에는 저 혼자 올까 했는데, 아내와 아들도 처남을 걱정해서요. 뭐, 여럿이 와야 안전할 테고, 하야토도 이제 어린아이가 아닌 데다 이 녀석은 자기 외삼촌과 친했거든요. 상황을 슬쩍 살펴보고 위험하면 바로 도망치면 되겠지 싶어서 셋이 함께 왔습니다. 휴일이고 날씨도 좋아서요.

하지만 그런 이유를 대뜸 여러분께 말씀드릴 수는 없겠죠? 그래서 버섯을 따러 왔다고 한 겁니다. 그 후로 진짜 이유를 말씀드릴 기회가 없어서 저희를 수상쩍게 여겼을지도 모르지만요. 어쨌든 지금 여기서 일어난 사건과는 아무 상관도 없습니다."

야자키는 사건과는 무관하다는 점을 거듭 강조했다.

일단 납득이 가는 이야기였다.

종말 사상에 심취한 신흥종교 단체라는 키워드가 썩 가슴에 와 닿지는 않았지만, 〈방주〉라 불리는 기이한 지하 건축물 자체가 현실미를 보충했다. 여기라면 그런 집단이 있었어도 이상하지 않을 것 같았다.

마이가 물었다.

"그럼 오시기 전에 이 지하 건축물에 대해서는 어느 정도 알고 계셨나요? 처남의 일기를 읽으셨잖아요."

"아니요, 전혀 몰랐습니다. 일기에는 〈방주〉라는 이름과 대강의 위치, 맨홀 같은 구멍을 내려간다는 것 정도밖에 적혀 있지 않았거든요."

"사진을 보신 적도 없고요?"

"처남은 사진을 남겨놓지 않았습니다. 그래서 길을 잃은 거예요. 아니면 밝을 때 와서 해가 지기 전에 얼른 돌아갔을 테니, 이런 꼴은 되지 않았을 텐데."

야자키는 원망 어린 말로 대답을 마쳤다.

결국 그 종교단체는 어떻게 됐을까?

〈방주〉는 마치 챙길 것도 제대로 챙기지 못하고 야반도주한 것 같은 상태다.

해체한 걸까? 아니면 뭔가 더 비참한 일이 발생한 걸까?

예전에 위키피디아에서 몇십 년 전에 미국의 사이비 종교단체가 일으켰던 집단자살사건 항목을 읽은 게 생각났다.

어쨌든 찾아와 봤지만 이 지하 건축물에 야자키 가족의 친족이 실종된 사건의 단서는 남아 있지 않았다. 그리고 하룻밤이 지나자 친족의 실종이고 뭐고 본인들의 목숨이 걸린 사태가 발생했다는 이야기였다.

야자키는 우리 다섯 명 모두에게 말했다.

"이제 이해하셨습니까? 저희는 뭔가 켕기는 사정이 있어서 여기 온 게 아닙니다."

"알겠습니다. 저희도 반쯤 재미 삼아 여기에 왔으니 수상한 걸로 따지면 야자키 씨네와 비등비등하겠죠."

드디어 쇼타로가 입을 열었다.

히로코와 하야토는 입을 꾹 다문 채 이야기를 오로지 고타로에게 맡겼지만, 설명이 끝나자 친척의 불행이 자신들의 든든한 지원자라도 되는 양 '어떠냐, 이제 알겠냐'라고 말하는 듯한 표정으로 이쪽을 보았다.

그 표정을 보고 하나와 류헤이는 짜증이 난 것 같았다. 감질나게 뜸 들인 것치고 범인 찾기에 별 도움이 안 되는 이야기다. 원래는 하나가 의심하는 말을 꺼낸 걸 계기로 열린 모임이지만 그런 건 이미 안중에도 없었다.

어째선지 사회자 역할을 맡은 마이는 마음이 편치 않은 듯했다. 쇼타로만 여전히 무표정이었다.

더는 한자리에 같이 있을 수 없을 것 같았다. 일단 오해는 풀린 걸로 치고 모임을 끝냈다.

그건 그렇고, 나는 멍하니 생각했다.

얼마 전까지 여기를 사용했던 사람들은 조만간 세상에 종말이 오리라고 믿었다. 수행을 통해 자신들만 종말에서 살아남을 것이라는 황홀한 망상에 젖어 있었으리라.

그들은 어떤 의미에서 옳았다. 이 지하 건축물은 그야말로 지금 묵시록에 예언된 순간을 맞이했다. 우리는 최후의 심판을 기다리고 있다. 하지만 얄궂게도 구약성서 속 노아의 일화와는 달리, 홍수가 일어나는 곳은 방주다.

구원은 여기에 없었다.

조만간 신인지 뭔지가 심판을 내린다면 나는 도저히 살아남을 수 없을 것 같았다. 야자키의 이야기는 내게 무의미한 불안을 안겨 주었을 뿐이었다.

6

밤이 되자 식욕이 조금 돌아왔다. 되도록 냄새가 강하지 않은 채소 조림 통조림을 골라 방으로 와서 쇼타로와 함께 먹었다.

"그 이야기, 믿어도 되려나."

"야자키네가 실종된 친족을 찾으러 왔다는 이야기?"

"응."

"믿어도 되겠지. 증거를 보여준 건 아니지만, 의심만 해서는 관계가 악화돼."

역시 쇼타로는 별로 흥미가 없는 모양이었다.

야자키 가족이 여기 온 이유가 무엇이든, 살인사건과는 관계가 없을 듯하다고 나는 이미 결론을 내렸다. 유야와 사야카가 실은 그 신흥종교의 신자이며, 야자키 가족의 친척이 실종된 사건에 관여했다. 그 때문에 두 사람은 살해당했다, 아무리 뭐래도 그건 말이 안 된다.

식사를 마치자 마음이 어수선한지 웬일로 쇼타로가 매트리스 위에서 다리를 달달 떨었다. 뭔가 망설이는 듯한 낌새가 느껴지는 동작이다.

"쇼 형, 뭐든지 좋으니까 할 일 없을까? 이대로 생각만 한다고 되겠어?"

유야의 죽음에는 검토할 사항이 전혀 없어서 우리는 그저 애만 태웠다.

하지만 사야카의 죽음에는 수수께끼가 가득하다. 어제까지와는 상황이 달라졌다. 수수께끼를 풀어내야 한다는 조바심이 생겼다.

그리고 쇼타로는 고민하는 것 같기는 했지만 막막해하는 것처럼 보이지는 않았다. 쇼타로는 진상에 다다를 뭔가를 붙잡은 것 아닐까? 그런 기분이 들었다.

"할 일이 없지는 않지. 하지만 어쩌면 좋을까."

쇼타로는 깍지낀 손을 뒤통수에 대고 매트리스에 벌렁 드러누웠다.

그리고 이번에는 갑자기 벌떡 일어나더니 고단한 듯한 표정으로 말했다.

"슈이치, 그럼 사야카 양이 살해된 사건의 수수께끼를 한 번 더 전부 말해봐."

"응? 알았어."

오전에 지하 2층의 창고에서 나누었던 이야기를 떠올리며 나는 수수께끼를 하나하나 꼼꼼하게 헤아렸다.

1. 사건이 발생하기 전, 사야카는 대체 뭘 찾고 있었을까?

2. 사야카를 죽인 범인은 누구일까?

3. 범인은 왜 사야카를 죽였을까?

4. 범인은 왜 사야카의 가슴을 칼로 찔렀을까?

5. 범인은 왜 사야카의 목을 절단했을까?

6. 범인은 왜 지하 2층의 걸레를 사용하지 않고, 들킬 위험을 감수하면서까지 지하 1층 창고에 종이 타월을 가지러 갔을까?

7. 범인은 왜 사야카의 짐을 처분했을까?

"이 정도려나."

"그렇지."

필연성이 높은 해답을 찾을 수 없는 의문을 사건의 수수께끼라고 한다면, 이 일곱 가지가 그에 해당한다.

이렇게 따져보니 첫 번째 사건의 수수께끼는 '누가 유야를 죽였는가', '왜 유야를 죽였는가'라는 두 가지 점에 집약된다. 사야카 살해사건에는 분명 이상한 점이 늘어났다.

"이거, 뭐부터 생각해보면 될까?."

"생각이라, 실은 슈이치가 언급한 수수께끼의 절반 정도는 지금 당장 답을 내놓을 수 있어."

쇼타로가 아무렇지도 않게 말했다.

"뭐? 수수께끼를 풀었다는 거야?"

"뭐, 그렇지. 몇 가지는."

"범인을 알아낸 건 아니고?"

"그건 그렇지. 범인을 알아냈으면 이렇게 고민할 필요가 어디 있겠냐."

쇼타로가 보고 들은 것은 나도 전부 알고 있을 터였다. 하지만 일곱 가지 수수께끼 중 단 하나도 나는 풀어낼 수가 없었다.

"어떤 걸 풀었는데? 난 도무지 모르겠어."

"첫 번째, 세 번째, 다섯 번째, 일곱 번째. 이 네 가지는 한 덩어리로 결합돼 있어. 한 가지를 풀어내면 나머지 답도 줄줄이 딸려 나오지."

그렇다면 범인이 왜 사야카의 목을 절단했는지 쇼타로는 알고 있다는 뜻이다.

"그렇게 따지면 사야카를 죽인 이유도 알아냈다는 거야? 유야를 죽인 동기는 모르잖아? 첫 번째 사건의 동기를 모르는데 두 번째 사건의 동기는 알아내다니, 그럴 수가 있어?"

"그럴 수도 있어. 가끔은 말이야. 뭐, 동기를 안다고 하는 건 좀 과한 말일지도 모르겠다. 아무 허점도 없이 완벽하게 설명할 수 있는 건 아니야. 하지만 큰 줄기는 판명됐어.

그럼 차례대로 설명해볼까.

제일 먼저 생각해야 하는 건 다섯 번째 수수께끼야. 범인은 왜 사야카 양의 목을 절단했을까? 그걸 알면 다른 수수께끼가 풀리지.

슈이치, 살인범은 보통 어떤 이유로 피해자의 목을 절단할까?"

"에이, 보통이라니, 머리를 잘라내는 건 전혀 보통이 아니지 않나? 오래된 추리소설에나 나오는 이야기잖아. 실제로는 그런 짓을 할 필요가 전혀 없는걸."

"오래된 추리소설에 나오는 이야기라도 상관없어. 생각나는 걸 다 말해봐."

생각나는 걸 다 말해보라고 한들 대단한 아이디어는 떠오르지 않았다.

"뭐, 일단은 피해자의 신원을 감추기 위해서랄까. 범인이 피해자와 신원을 뒤바꾼다거나.

그렇지만 현재는 불가능하겠지. DNA 검사니 뭐니 여러 가지 방법이 있으니까. 아니, 이 지하에서는 그런 방법을 사용할 수 없겠지만 애당초 그 시체의 신원은 사야카가 확실해.

만약 그게 사야카가 아니라면 우리가 몰랐을 뿐, 여기에 사야카와 체격이 똑같은 사람이 들어와 있었다는 뜻이잖아. 그 사람을 사야카가 죽이고 자기는 아무도 모르도록 어딘가 숨어 있는 셈인데, 아무래도 그건 무리야."

"그렇지. 이 지하 건축물에 우리 말고 다른 사람이 있을 가능성은 고려하지 않아도 돼. 여기가 아무리 넓기로서니 사람이 숨어 있으면 티가 나겠지. 유야 군도 전에 왔을 때와 달라진 점이 없다고 했었고 말이야."

자명한 사실이지만 쇼타로는 꼼꼼하게 확인했다.

"다른 건 또 뭐가 있을까. 그렇게 많으려나? 아, 피해자의 머리에 범인을 나타내는 증거가 남아서 머리를 가져가야 했다든가.

하지만 그런 일이 있을까? 죽일 때 몸싸움을 벌이다가 사야카의 머리에 립스틱이 묻었다든가? 그거야 닦아내면 되잖아. 경찰이 과학 수사를 벌일 것도 아닌데 뭘. 무엇보다 립스틱을 바른 사람은 아무도 없어."

"이 지하 건축물에서는 머리에 증거가 남았을 거라고 보기 힘들지. 아무도 화장 같은 건 하지 않으니까."

"그럼 뭘까? 범인이 피해자의 머리를 가지고 싶었다든가? 설마 그럴 리야 없겠지."

만약 범인이 인체 애호가라서 시체를 수집하고 싶었다고 해도, 그건 꼭 지금 해야 할 일이 아니다. 여기서 자기 주변에 놓아두었다가는 반드시 들킬 가능성이 크고, 집에 가지고 갈 수 있는 것도 아니다.

"한 가지 중요한 점은 목 절단이 범인에게 몹시 위험한 짓이었다는 거야. 적어도 15분이나 20분은 걸리겠지. 누군가 지하 2층으로 훌쩍 내려올 우려가 있는 가운데, 그만한 시간을 목 절단에 소비했어.

여기서 범인으로 붙잡히면 치러야 할 대가가 바깥에서 붙잡혔을 때보다 훨씬 크다는 건 이미 여러 번 말했어. 따라서 쾌락에 관련된 동기가 아니라는 건 확실해. 지금 같은 상황에서 목을 자르려면 그럴 만한 필연성이 있어야겠지."

"그럴 만한 필연성을 갖춘 답이 있다는 거야?"

"있고말고. 딱 이거구나 싶은 답이 말이야. 그렇게 어렵지는 않아. 슈이치도 알아차릴 법한데."

쇼타로가 내 얼굴을 빤히 바라보았다.

쇼타로는 어릴 적부터 가끔 이렇게 문제를 내곤 했다. 하지만 나는 한 번도 정답을 맞힌 적이 없다. 쇼타로가 내는 문제는 언제나 내 두뇌의 한계를 살짝 웃돌았다. 그러므로 이럴 때는 빨리 항복하기로 했다.

"모르겠어. 가르쳐줘."

"그래? 그럼 알려줄게.

범인은 왜 사야카 양의 목을 절단해야 했는가? 실은 이 질문을 생각할 때 잊어서는 안 될 점이 있어. 그건 사야카 양이 살해당하기 전에 뭔가 찾고 있었다는 사실이야. 뭘 찾고 있었는지는 몰라.

덧붙여 그 사실이 범인의 동기와 무슨 관계가 있는지도 중요하지. 여기에 관해서는 시체를 발견했을 때 약간 생각해봤어.

가능성은 세 가지야. 죽이고 싶었던 사야카 양이 마침 뭔가 찾고 있었다. 아니면 누군가를 죽이려 했는데 마침 사야카 양이 뭔가 찾고 있었다. 또는 사야카 양이 뭔가 찾고 있었기 때문에 죽여야 했다.

이 중에서 정답에 제일 가까운 건 세 번째야. 하지만 좀 다르게 표현하는 편이 좋을지도 모르겠네.

"범인은 사야카 양이 뭔가 찾고 있었기 때문에 목을 절단해야 했던 거야."

"뭐?"

되묻자 쇼타로는 아직 모르겠느냐는 듯한 표정을 지었다.

하지만 설명을 들을수록 수수께끼가 더 깊어지는 기분이었다.

뭔가 찾고 있었기 때문에 목을 절단해야 한다.

그렇게 무시무시한 물건이 있단 말인가?

"뭘 찾고 있었는데?"

"그건 바로 스마트폰이야."

"스마트폰?"

"응. 사야카 양의 스마트폰은 제법 신형이었지? 사용하는 모습을 제대로 보지는 못했지만, 분명 얼굴 인증 기능이 있었을 거야."

얼굴 인증?

그렇게 물은 순간, 머릿속에 낀 안개가 싹 걷히는 느낌이었다.

"그러고 보니 사야카는 스마트폰을 쓸 때 얼굴 인증을 했어."

"그래? 그럼 틀림없겠군. 즉, 이런 일이 일어났다고 볼 수 있어.

사야카 양의 스마트폰에는 뭔가 범인에게 불리한 정보가 저장돼 있었겠지. 그리고 아마도 사야카 양 본인은 그런 줄 몰랐을 거야. 하지만 언제 그 정보를 눈치채도 이상할 것 없는 상태였고.

범인 입장에서는 최대한 서둘러 사야카 양을 죽여야 해. 그리고 어젯밤에 기회가 찾아왔지.

사야카 양이 혼자서 뭔가 찾고 있었던 거야. 절호의 기회지. 그럴 때라도 아니면 이 지하 건축물에서는 들키지 않고 사람을 죽이기가 불가능하거든.

범인은 지하 2층에서 사야카 양을 순조롭게 교살했어. 하지만 계산이 빗나갔지. 사야카 양한테 스마트폰이 없었던 거야. 사야카 양은 어쩌다가 잃어버린 스마트폰을 찾기 위해 지하 건축물을 돌아다니고 있었던 거겠지.

그렇게 되면 범인은 골치 아파져. 죽이고 스마트폰을 처분하면 될 줄 알았건만 스마트폰은 지하 건축물 어딘가에 떨어져 있어.

스마트폰이 발견되면 시체의 머리로 얼굴 인증을 해서 잠금을 해제할지도 몰라."

"그래서 범인은 사야카의 머리를 잘라낸 건가."

"그런 셈이지."

쇼타로는 무감정하게 말했다.

분실한 스마트폰의 잠금을 해제하지 못하도록 하기 위해. 그밖에 이 지하에서 살인범이 피해자의 목을 절단해야 할 이유는 없으리라.

"그럼 범인이 사야카의 짐을 처분한 건?"

"그야 우리가 사야카 양의 소지품에서 스마트폰만 없어졌다는 사실에 주목하지 않길 바란 거겠지. 시체에서 머리가 사라지고 스마트폰도 없어졌다면, 그 두 가지 사실을 결부시켜서 피해자가 범인에게 불리한 정보를 가지고 있었던 것 아니냐고 추측할지도 몰라.

그런 상황을 피하고 싶었을 거야. 짐을 처분하는 건 범인에게 그렇게까지 위험한 짓은 아니었어."

사야카가 사용한 방은 계단 근처였다. 남의 눈에 띌 걱정은 별로 없었다.

쇼타로의 말대로 두 번째 사건의 수수께끼는 절반 이상 풀렸다.

하지만 쇼타로가 전혀 낙관적인 태도를 보이지 않는 건 정작 중요한 점은 전혀 모르기 때문이었다. 범인이 누구인지가 중요하다. 그것만 알면 목 절단의 진상은 어찌 되든 상관없다.

"사야카가 가지고 있었던 범인에게 불리한 정보는 뭘까?"

"그래, 그게 문제야. 내가 동기를 완벽하게 설명할 수 있는 건 아니라고 했던 것도 그 정보가 뭔지 모르기 때문이지. 사야카 양을 죽이고 목을 자르면서까지 숨겨야 할 정보라니.

하지만 어느 정도 추측은 가능해. 이 타이밍에 절대로 들통나서는 안 될 정보라면 분명 첫 번째 사건과 관련 있을 테지."

"그렇다면 유야 살인사건의 증거가 사야카의 스마트폰에 남아 있었다는 뜻?"

"그렇지 않을까 싶어."

"그런데 사야카는 자기가 증거를 가지고 있는 줄 몰랐던 거잖아? 그게 말이 되나?"

다들 범인을 찾아내려고 하는 와중에 증거를 증거인 줄 모르고 가지고 다녔다니, 과연 그럴 수가 있을까?

"그러게. 하지만 사야카 양은 사진을 자주 찍었잖아? 어쩌면 그 사진 속에 범인을 지목할 수 있는 단서가 있었는지도 모르지."

"그렇구나. 그렇다면 사진에 찍힌 뭔가가 살인의 증거인 줄 몰랐을 가능성도 있겠네. 그럼 정말 아깝게 됐는걸."

쇼타로의 얼굴이 흐려졌다.

"그렇다면 원통한 일이지. 사야카 양에게 사진을 보여달라고 했으면 대번에 범인이 밝혀졌을지도 모르는데."

말은 그렇지만 사야카가 찍은 건 평범한 스냅사진이다. 거기에 중대한 증거가 감추어져 있다는 걸 어떻게 알겠는가.

"어쨌든 범인이 우리에게 보여주고 싶지 않았던 증거가 뭐였는지는 생각해봤자 답이 안 나와. 그 증거가 사야카 양의 스마트폰에 저장돼 있다는 걸 범인이 어떻게 알아차렸는지도, 우리가 사야카 양의 행동을 철저히 관찰했던 건 아니니까 알 수 없고.

결국 범인이 선수를 쳤지만 이제부터라도 할 수 있는 일이 있을지 몰라."

"할 수 있는 일? 뭔데?"

"우선 지하 건축물 어딘가에 있을 사야카 양의 스마트폰을 찾는 거야. 그게 없이는 아무 일도 안 돼."

스마트폰이 없었기 때문에 범인은 일부러 사야카의 목을 잘랐다. 찾아보면 어딘가 툭 떨어져 있을지도 모른다.

"그래서 일단 슈이치한테 물어보겠는데, 누구 사야카 양의 스마트폰 비밀번호 아는 사람 없어? 어때?"

"어, 그건 ─, 아무도 모르지 않을까? 제일 친했던 하나도 모를 거야."

얼굴 인증을 사용할 수 없다면 비밀번호로 잠금을 해제해야 하지만 자기 스마트폰의 비밀번호를 남에게 알려주는 사람은 흔치 않다. 가족끼리도 모르는 경우가 많지 않을까.

"그렇겠지. 어쩔 수 없군."

그러고 보니 우리는 유야의 스마트폰을 확인하지 않았다. 시체의 호주머니에 그냥 넣어두었다.

유야의 스마트폰은 옛날 기종이라 얼굴 인증이 안 된다. 지문 인증 기능도 고장 났는지 일일이 비밀번호 여섯 자리를 입력하던 게 기억났다.

유야는 지진이 발생하고 나서 돌발적으로 살해당했으니, 그의 스마트폰에서 사건의 단서가 발견될 것 같지는 않다. 그래서 딱히 조사하려고 하지 않았지만 설령 무슨 단서가 있었다고 해도 범인은 신경 쓸 필요 없었던 셈이다.

어차피 우리는 비밀번호를 물어볼 수 없다.

"뭐, 닥치는 대로 입력해보는 방법도 있겠지만. 밑져야 본전이니까 말이야. 아, 하지만 몇 번 이상 틀리면 데이터가 초기화된다거나 그런 설정을 해놨을지도 모르겠네. 유야는 해놨다고 했어."

"아무것도 안 하는 것보다야 낫겠지만, 별 기대는 안 되는 방법이로군. 그러고는 그렇지—"

쇼타로는 매트리스에 책상다리로 앉아서 팔짱을 꼈다. 그리고 떨떠름한 표정으로 이쪽을 보았다.

"안 하는 것보다 나을지 말지조차 불분명한 저열한 방법도 하나 있기는 해."

"뭔데?"

저열하다는 표현은 오랜만에 들었다.

"지하 3층에 잠수해서 사야카 양의 머리를 찾아오는 거지."

"그건—, 정말 저열하네."

어이없을 만큼 단순하면서도 많은 난관이 예상되는 방법이었다.

"어떻게 잠수하려고?"

"음, 이건 슈이치가 더 잘 알지도 모르겠다. 스쿠버다이빙 자격증 있지?"

"아아—, 뭐."

대학생 때 동아리 사람들과 함께 스쿠버다이빙 자격증을 땄다. 하지만 그 후로 몇 번밖에 스쿠버다이빙을 하러 가지 않아서 경험이 풍부한 건 아니다.

"204호실에 스쿠버다이빙용품이 있었잖아? 공기통에는 공기도 들어 있었고. 하지만 공기통을 메기 위한 기구가 없었더랬지?"

"응, 맞아."

스쿠버다이빙용품은 사야카와 함께 확인했었다.

"예를 들어 공기통을 멜 수 있도록 배낭을 손보면 어떨까? 그걸 하네스 대용으로 삼아서 잠수할 수 있을 것 같아?"

"가능하나 불가능하냐를 따지면, 음, 할 수는 있을 것 같은데—"

공기통이 삐뚤어지거나 빠지지 않도록 단단하게 등에 고정하는 것이 중요하다. 내 배낭에는 공기통이 들어가지 않지만, 로프를 엮

거나 고무 튜브를 사용해서 공기통을 멜 수 있을 것 같기는 했다.

"하지만 그런 식으로 하네스를 만들기가 쉽지는 않을 거야. 시간이 꽤 걸릴걸. 아니지, 유야의 배낭을 사용하면 되지 않을까? 거기엔 공기통이 다 들어갈 것 같기도 한데. 그리고 배낭을 로프 같은 걸로 칭칭 감으면 꽤 쉽게 하네스를 만들 수 있을 거야. 착용감은 좋지 않겠지만.

그리고 조명이 필요한데 그야 뭐 방수 스마트폰을 쓰는 수밖에."

지하 3층 바닥에는 철근이니 철골이 널브러져 있고, 물속에서 문도 열거나 해야 한다. 조명도 필요하다. 공기통이 빠지지 않도록 확실하게 고정한 하네스를 준비해, 양손을 비워놓아야 한다.

"알았어. 잠수 자체는 할 수 있을 것 같다는 거로군."

쇼타로의 말에 나는 당황했다.

"아니, 너무 쉽게 말해도 곤란해. 스쿠버다이빙을 할 때는 보통 BC라고, 부력을 안정시키는 조끼 같은 걸 착용한단 말이야. 그런데 이번에는 하네스, 공기통, 호흡기만 가지고 잠수해야 하잖아? 뭐, 바닥을 걸어갈 거면 별 상관없나? 하지만 웨이트* 조정이라든지 여러모로 어려울 것 같은데—"

그렇다, 웨이트도 중요하다.

잠수하기에 딱 적당한 것을 찾아서 몸에 달아야 한다.

---

* 스쿠버다이빙을 할 때 부력을 상쇄시키기 위해 착용하는 무게 추.

"그리고 지하 3층의 어두운 물속을 여기저기 찾아다닐 만큼 잘 움직일 수 있을지 의문이야. 걷는 게 고작이고 까딱하면 사고가 나서 죽을지도 몰라. 물도 제법 차갑잖아. 십몇 도쯤 되겠지? 웻슈트도 드라이슈트도 없으니까 아주 힘들 거야.

게다가 공기통에 공기가 3분의 1 정도밖에 없었잖아? 찾아다닌다고 해도 여유가 전혀 없겠네."

사야카의 머리가 바닥 틈새로 공구실 바로 아래에 버려졌다면 가지러 갔다 올 수는 있을 듯하다. 하지만 만약 머리가 좀 더 안쪽에 있다면 공기가 모자라서 돌아오지 못할 수도 있다. 피하거나 넘어가야 할 지하 3층의 장애물을 고려하면 그 공기통으로는 불안하다.

"그런가. 하긴 그렇겠군."

쇼타로는 납득했다는 듯 고개를 끄덕였지만, 내가 언급한 건 잠수하고 싶지 않은 이유로서는 무난한 것들뿐이었다.

꼭 해야 한다면 잠수 자체는 못 할 것도 없으리라.

하지만—, 컴컴한 지하 3층에 가라앉아 있는 사야카의 표정을 상상하자 그럴 기력이 솟지 않았다. 물속을 헤엄쳐서 창백해진 머리를 찾아내 한 팔로 머리를 안고 물 위로 돌아온다. 기술적인 면을 제외하더라도 너무나 비장하고 영웅적인 행동이라 나로서는 도저히 못 할 것 같았다.

무엇보다 머리를 가져온다고 스마트폰 잠금을 해제할 수 있을까?

사야카라고 인식돼 잠금이 해제될 상태일까?

"그래, 상태의 문제도 있겠군. 범인이 사야카 양의 얼굴을 판별이 안 될 만큼 망가뜨렸을 가능성도 있어.

범인이 지하 3층에서 머리가 회수될 가능성을 심각하게 우려했다면 그랬을 거야. 얼굴 인증을 못 하게 하는 것만이 목적이었다면 머리를 자르지 않고 칼로 얼굴만 난도질했어도 됐겠지만, 범인은 사야카 양의 스마트폰에 중요한 정보가 있다는 사실에 우리가 주목하지 않길 바랐겠지. 그래서 목을 절단했어. 짐을 처분한 것과 같은 이유야."

"그렇구나. 그럴 가능성도 있겠네—"

증거를 감추기 위해 할 수 있는 일을 남김없이 하려고 했다면, 범인은 사야카의 얼굴을 난도질했을 것이다.

"하지만 설마 그렇게까지 했을까 싶기도 해. 얼굴을 망가뜨리는 게 목을 자르는 것보다 힘들지 않을까?"

"맞는 말이야. 어느 쪽이 더 싫을지는 사람에 따라 다르겠지만, 범인이 얼굴을 망가뜨리는 데 거부감을 느껴서 목을 자르는 방법을 선택했다고 볼 수도 있겠지. 그렇다면 사야카 양의 얼굴은 멀쩡해."

과연 위험을 무릅쓰고 지하 3층에 머리를 찾으러 갈 가치는 있을까?

"해보는 게 좋을까? 스쿠버다이빙이라면 나보다 실력이 뛰어난 사람이 있을지도 모르는데."

동아리의 다른 사람들은 나보다 열심히 스쿠버다이빙을 하러 다녔을 것이다.

"아니, 사야카 양의 스마트폰에 관한 추리는 아직 슈이치 말고 다른 사람에게 밝힐 생각 없어. 그러니 부탁해야 한다면 너한테 부탁해야겠지."

"그렇구나. 아무한테나 부탁할 수 없겠네."

범인에게 머리를 찾아달라고 부탁하게 될 수도 있다. 그러면 범인은 머리를 못 찾은 척 연기할 수 있다.

"나도 슈이치에게 스쿠버다이빙을 시키고 싶지는 않아. 아무래도 좋은 방법 같지는 않거든. 그러니까 지금 당장 결사의 각오를 다지라거나 그런 이야기는 아니야.

그건 그렇고 실행에 옮기는 게 확실히 이득인 일도 있어. 바로 사야카 양의 스마트폰을 찾는 거야."

"응. 그렇지."

잠수를 할지 말지는 사야카의 스마트폰부터 찾아내야 의미가 있는 이야기다. 스마트폰만 찾으면 혹시 기적적으로 잠금을 해제해 정보를 확인할 수 있을지도 모른다.

쇼타로는 허벅다리를 탁 두드리더니 먼지가 풀풀 날리는 매트리스에서 일어났다.

"자, 스마트폰을 찾으러 가볼까. 큰 기대는 할 수 없겠지만, 되도록 빨리 행동하는 편이 좋겠지."

범인이 먼저 발견하면 당연히 스마트폰은 처분된다. 그리고 지하 2층에 물이 차오르고 있다.

쇼타로에 이어 나도 방을 나섰다.

장화를 신고 지하 2층으로 내려갔다.

지하 2층에는 이미 물이 6, 7센티미터나 찼다. 하루만 더 지나면 장화를 신어도 드나들기 힘들 것이다.

어두운 복도를 첨벙첨벙 걸어서 작은 방의 철문 앞까지 왔다. 여기서부터 차례대로 방을 하나씩 살펴볼 계획이다.

"시간이 걸리겠어. 나눠서 찾아보자."

"응."

각자 복도 오른쪽과 왼쪽을 맡아서 방을 순서대로 살폈다. 선반 위 등등에 사야카가 깜박하고 스마트폰을 놔두지는 않았는지 확인하며 돌아다녔다.

형광등 불빛 아래서 보자 물은 더러웠다. 지하 2층 바닥에 쌓여 있던 대량의 먼지, 죽은 파리와 바퀴벌레, 더 나아가 죽은 쥐까지 둥둥 떠다녔다. 나는 그런 것들을 선반 밑으로 걷어찼지만, 물결이 일면 금방 다시 튀어나와서 발치에 들러붙었다.

혼자 남자, 뒤에서 목이 졸려 살해당하는 상상이 머릿속을 스쳤다.

냉정하게 생각하면 지금 범인이 연이어 살인을 저지를 리 없다. 더구나 물 때문에 접근하면 소리가 나서 금방 들킨다. 그래도 고함을 치면 들리도록 나는 쇼타로와 너무 멀리 떨어지지 않게 주의했다.

지하 2층 수색을 마치자 장화를 벗고 계단을 올라왔다. 이어서 지하 1층을 돌아다녔다.

사야카의 스마트폰은 찾지 못했다.

"어디 간 거지? 이렇게 찾기 힘든 곳에 잃어버린 건가?"

우리는 눈에 금방 들어오는 곳만 찾았다. 선반 뒤편이나 박스 속을 전부 확인하기에는 시간이 모자란다. 게다가 사야카가 그런 곳에다 스마트폰을 잊어버렸다고는 생각하기 힘들었다.

하지만 어젯밤 사야카도 꽤 오랫동안 지하 건축물을 여기저기 돌아다녔다. 쉽게는 눈에 띄지 않는 곳에 있을지도 모른다.

아니면 범인이 먼저 발견한 걸까. 발견하고 스마트폰을 벌써 처분한 걸까.

"좋아. 오늘은 이쯤 해두자."

쇼타로가 내 어깨를 두드리고 말했다.

방으로 돌아와 잘 준비를 했다. 쇼타로는 잠시 유야의 배낭을 만지작거렸지만, 피로가 쌓였는지 금방 잠에 빠졌다.

나는 좀처럼 잠이 오지 않았다.

끔찍한 사야카의 시체와 어두운 물속에 가라앉은 머리의 모습이 눈꺼풀 안쪽에 어른거렸다. 그리고 스마트폰을 발견하지 못했다는 아쉬움이 가슴속에 응어리졌다.

자고 있을 때가 아닌 것 같았다. 그렇다고 달리 뭘 해야 할지 모르겠다.

이어폰을 꼈다. 어제까지 마음을 안정시키려고 들었던 음악은 들을 기분이 나지 않았다. 작곡자, 연주자, 가수 모두 적어도 지금의 우리보다는 나은 환경에서 시간을 보내고 있을 것이다.

스마트폰 화면을 내려서 다운로드한 음원 가운데 열아홉 살의 나이에 자살한 미국 뮤지션의 노래를 찾아냈다. 그 노래를 반복 재생한 후 눈을 감았다. 어쩐지 으스스한 애시드 포크 음악이 머릿속을 가득 채웠다.

한 시간쯤 지나서야 조금 졸렸다.

7

일어나서 스마트폰을 보자 오전 10시였다.

비몽사몽으로 보낸 하룻밤이었다. 어제 보았던 참혹한 광경이 머릿속에 연신 나타났지만, 내가 떠올린 건지 꿈을 꾼 건지도 확실히 모를 지경이었다. 어느덧 다음 날, 그것도 아침이라 할 수 없는 시간이 되었으니 잠을 자기는 잔 모양이다.

옆을 보자 쇼타로는 없었다.

화장실이나 식당? 아니면 수위를 확인하러 갔을까. 평범한 여행이라면 방에 혼자 남겨져도 불평할 수 없는 시간이지만, 지금은 마음이 안 놓였다.

배가 고팠다. 결국 어제는 식사를 별로 못 했다.

방을 나서서 식당에 가자 쇼타로가 있었다. 쇼타로는 마침 아침 식사를 마친 참이었다.

"오, 일어났어? 나는 스마트폰을 계속 찾아보려고. 조심해서 지내."

쇼타로는 나를 놓아두고 식당에서 나갔다.

혼자 어제처럼 채소 조림 통조림으로 식사를 했다.

지하 건축물이라 낮인지 밤인지 구분이 안 되지만, 스마트폰 시계가 오전임을 알려주어서 어쩐지 안심됐다. 한밤중보다는 혼자 있기가 덜 무섭다.

식사를 마치고 복도로 나왔다.

스마트폰 찾는 걸 도와야 할까?

한동안 지하 1층을 돌아다녔다.

누구와도 마주치지 않았다. 하지만 좌우에 줄지은 방 여기저기서 인기척이 났다. 다들 일어나기는 한 모양이다.

그때 갑자기 지하 2층에서 무슨 소리와 말소리가 들리는 걸 알아차렸다.

무슨 내용인지는 모르겠지만 공사 현장에서 들릴 법한 간결한 대화가 오가는 듯했다.

뭔가 작업이 시작된 것 같았다.

잠시 후 나는 목소리의 주인공이 야자키 가족임을 깨달았다.

뭘 하는 걸까?

사고가 터질 것 같은 예감이 들었다. 그들의 상태를 생각건대 뭔가 당치않은 짓을 벌여도 이상할 것 없다.

상황을 보러 가자. 나는 계단으로 향했다.

복도를 나아가자 계단 앞에 사람이 있었다. 나처럼 지하 2층으로 내려가려는 듯했다.

"어? 마이?"

"꺅!"

계단 첫 번째 단에 발을 디딘 마이는 난간을 잡은 채 깜짝 놀란 표정으로 뒤를 돌아보았다. 뒤에 있는 사람이 나라는 걸 알고 마이는 뻣뻣하게 굳은 몸에서 힘을 풀었다.

"슈이치? 밑에서 뭔가 하고 있나 본데, 뭘 어쩌려는 건가 싶어서 —"

"나도 궁금해서 왔어. 저거, 야자키 씨네지?"

나와 마이는 딱 붙다시피 해서 좁은 계단을 내려갔다.

지하 2층의 수위는 내가 상상했던 것보다 높았다. 장화를 신고 복도에 발을 디뎠다. 하지만 걸음을 옮기자 물결치는 물이 장화 속으로 들어왔다.

하는 수 없이 우리는 바짓자락을 무릎까지 걷어 올리고 맨발로 차가운 물속에 들어갔다.

야자키 가족의 목소리는 닻감개가 있는 작은 방 쪽에서 들려왔다.

복도는 어둡다. 나는 스마트폰 손전등을 켰다. 안쪽으로 가면 형광등이 켜져 있으니까 다른 불빛 없이도 걸을 수 있겠지만 맨발인 만큼 발치가 불안했다.

마이는 불빛이 있는 내게 바싹 다가섰다.

둘이서 천천히 복도 안쪽으로 걸음을 옮겼다.

잠시 후 작은 철문 앞에 있는 야자키 가족의 모습이 보였다.

히로코와 하야토는 우리처럼 바짓자락을 걷어 올렸다. 하야토는 넘어졌는지 온몸이 흠뻑 젖었다. 고타로는 한 벌뿐인 낚시용 가슴 장화를 착용했다.

세 사람은 바지랑대 같은 것으로 철문 너머를 쿡쿡 쑤시고 있었다. 모두 땀을 줄줄 흘리는 듯했다.

우리가 온 걸 알고 히로코가 말했다.

"왜요?"

"어, 소리가 들리길래 무슨 일인가 싶어서 와봤어요."

내 대답에 히로코는 하아, 하고 한숨 쉬듯 말한 후 우리를 무시했다.

물에 빠진 생쥐 꼴인 하야토는 못마땅한 시선을 우리에게 던졌다. 가족끼리 하는 일을 구경하는 게 불쾌한 듯했다.

야자키 가족은 아무 설명도 하지 않았지만, 그들이 뭘 하려는지는 척 보면 알 수 있었다. 긴 장대를 기차 바퀴의 연결봉처럼 사용해 작은 방에 들어가지 않고 닻감개를 돌리려는 것이다.

"얘야, 하야토. 좀 더 안쪽으로 밀어 넣어봐."

"하고 있어."

하야토는 불만스러운 듯 고타로에게 대꾸했다.

"그럼 각도를 바꿔보자. 당신도 이쪽으로 와서—"

장대를 끌어안은 세 사람은 오른쪽으로 한 발짝 움직였다. 그리고 철사로 장대 끝부분에 동여맨 닻감개 손잡이를 돌리려고 힘을 주었다.

"아앗—"

세 사람은 균형을 잃고 물속에 엉덩방아를 찧었다.

그들이 들고 있던 장대는 무참하게 꺾어졌다. 자세히 보니 알루미늄 파이프 세 개를 철사로 엮어서 바지랑대 길이로 만든 도구였다. 철사가 풀려서 파이프가 분리된 것이다.

잘 될 리가 없는 방법이었다. 장대가 휘어서 힘이 전달되지 않기 때문이다. 만약 닻감개까지 닿을 만큼 길고 강도가 충분한 장대가 있더라도, 방 밖에서 그걸 다루어 바위를 떨어뜨리기는 여간 어렵지 않으리라.

하지만 야자키 가족 세 사람은 진지했다. 어제 아무도 지하에 남지 않고 탈출할 방법을 찾아보라고 쇼타로에게 도전을 받았으니, 이런 짓이라도 시도해보지 않을 수 없었던 것이다.

나는 닻감개가 있는 방을 다시 보고 그런 방법이 없음을 새삼 실감했다.

나도 아무 생각도 해보지 않은 건 아니다. 예를 들어 바위에 로프를 묶고 방 밖에서 잡아당기면 어떨까? 철문 테두리에 로프가 닿아서 잘 안 될 것이다. 그리고 머리 위의 바위에 로프를 단단히 묶을 방법이 없다.

아니면 바위가 떨어지는 곳에 ㄷ모양의 받침대를 놓아둔다. 누군가가 방에서 닻감개 손잡이를 돌려서 받침대 위로 바위를 떨어뜨린다. 그 후 닻감개를 조작한 사람은 ㄷ모양의 받침대 밑을 통과해 방에서 탈출한다. 마지막으로 철문 밖에서 받침대를 부숴서 바위를 완전히 떨어뜨린다.

이 방법은 바위의 무게를 견딜 받침대를 마련할 수 없어서 포기했다. 이 건물의 나무 의자와 책상은 죄다 삭았고, 철제 선반은 가공할 방도가 없다. 가공한들 철제 선반도 강도가 부족하리라.

제일 유력한 방법은 통나무로 만든 튼튼한 받침대에 바위를 떨어뜨린 후 기름을 붓고 불태우는 거지만, 물론 그런 재료는 없고 지하 2층이 물에 잠기기 시작한 지금으로서는 써먹을 수 없는 방법이다.

결국 남은 방법이라고는 지금 야자키 가족이 시도 중이지만 성공할 확률이 희박한, 이 터무니없는 방법뿐이다.

야자키 가족은 그 방법에 필사적으로 매달렸다.

가만히 보고 있으니 야자키 가족을 감싼 비장함이 우리와는 전혀 다르다는 사실을 인정하지 않을 수 없었다. 나는 내가 여기서 탈출하지 못할까 봐 두려워하지만, 그들은 여기서 탈출할 때 가족 중 한 명이 모자라는 걸 무엇보다도 두려워한다.

어제 범인 찾기보다 탈출을 우선해야 한다고 주장했던 야자키의 말을 지금은 순수하게 받아들일 수 있었다.

다만 희생자가 나오지 않을 방법은 없다. 그 사실은 변하지 않는다.

넘어진 세 사람은 물을 뚝뚝 떨어뜨리며 참담한 표정으로 일어섰다.

야자키는 알루미늄 파이프를 바닥에 내팽개치더니 수면을 박차고 혼자 작은 방으로 들어갔다.

"젠장! 이거 진짜 돌아가는 거야? 바위가 떨어지지 않으면 이게 다 무슨 지랄이야—"

야자키는 그렇게 말하고 닻감개 손잡이를 잡았다.

"앗."

옆에 있던 마이가 작게 숨을 삼켰다.

뜨득뜨득, 하고 소리가 울렸다. 바위가 삐거덕거린 것이다.

야자키는 바로 손을 멈췄다. 하지만 좀처럼 손잡이를 놓으려고는 하지 않았다.

그 자세로 잠시 굳어버렸다. 정신적으로 많이 몰렸다는 걸 비스듬히 위쪽의 바위를 노려보는 눈빛으로 알 수 있었다.

야자키가 다시 손잡이를 돌리려는 것 아닐까? 그런 기분이 들었다.

그 순간 마음속에 사악한 기대감이 싹텄다.

혹시 야자키는 정말로 바위를 떨어뜨리려는 걸까?

확률은 아주 낮겠지만 바위가 떨어지는 도중에 철문과 바닥 사이에 걸려서 야자키가 밖으로 나올 시간이 생기지 않는다는 법도 없다.

그런 가능성에 걸고 도박해보려는 걸까?

만약 그렇다면 다음 순간 야자키는 지하에 남겨지고 우리는 해방될 수도 있지 않을까?

기대를 저버리지 않고 야자키가 손잡이를 잡은 손에 다시 힘을 주었다.

둔중한 소리가 또 울려 퍼졌다. 이번에는 바위가 조금 미끄러져 떨어진 것 같았다.

"여보! 하지 마!"

"안 돼, 안 돼, 안 돼, 안 돼!"

히로코와 하야토가 비명을 질렀다.

그 목소리를 들은 순간 사악한 기대감이 날아갔다. 나는 마이와 함께 소리쳤다.

"위험해!"

"그만두세요! 갇힐 거예요!"

야자키가 손을 멈췄다.

원래는 반응을 시험해보는 정도에서 그칠 생각이었던 듯했다. 우리 목소리를 듣고 정신을 차린 것처럼 야자키는 손잡이를 놓았다.

빨리 나오라고 히로코가 손짓했다. 야자키는 비틀비틀 철문을 지나 복도로 돌아왔다.

"누군가 저걸 돌리지 않고서는 여기서 나갈 수 없어."

야자키는 이미 알고 있는 사실을 잠꼬대하듯 말했다.

야자키 가족 세 명은 울상을 지으며 물속에 떨어진 알루미늄 파이프를 주웠다. 그리고 패잔병 같은 걸음걸이로 계단 쪽으로 돌아갔다.

우리와 스쳐 지나갈 때 세 사람은 이쪽에 눈인사를 던졌다. 약간 적의가 담긴 듯한 눈빛이었다.

나는 그대로 그들을 보내려고 했다. 하지만 마이는 잠자코 있지 않았다.

"야자키 씨, 불안하시다는 건 정말 잘 알지만 무모한 짓은 절대로 하면 안 돼요. 아직 시간이 있으니까—"

"하지만 범인이 누군지 짐작도 안 가잖습니까?"

야자키는 앓는 듯한 목소리로 대꾸한 후, 가족을 데리고 지하 1층으로 돌아갔다.

남겨진 우리는 얼굴을 마주 보았다.

그러고 나서 마이는 철문 윗틀에 손을 짚고 상체를 비틀어 천장의 바위가 어떤 상태인지 확인했다.

"어때?"

"조금 내려왔나. 슈이치도 한번 볼래?"

마이와 교대해 작은 방에 상체만 밀어 넣고 팔을 뻗어 바위를 만져보았다.

마이 말대로 야자키 때문에 바위가 방으로 조금 미끄러져 떨어진 것 같았다. 하지만 한 손으로 흔들어도 바위는 꿈쩍도 하지 않았다.

"조금은 움직이지만 기다린다고 저절로 떨어지지는 않으려나. 떨어지면 좋겠는데."

"응, 그럴 것 같지는 않네."

야자키가 건드려서 어쩌면 바위가 저절로 흘러내리지는 않을까 싶었지만, 만져보니 그럴 낌새는 없었다. 바위를 떨어뜨리려면 더 힘을 가해야 할 필요가 있다.

그 사실에 안도인지 낙담인지 모를 감정이 가슴을 가득 채웠다.

야자키가 손잡이를 움직인 순간, 나는 눈앞에서 자동차가 충돌

하려는 장면을 본 것 같은 공포에 휩싸였다. 야자키가 바위를 떨어뜨리면 우리는 산다. 그걸 잊어버리고 위험하다고 고함을 질렀다.

결국 사고는 일어나지 않았다. 탈출도 불발에 그쳤지만—

마이도 긴장이 풀렸는지 희미하게 웃음을 지었다.

"이만 갈까."

마이는 그렇게 말하고 내 팔을 살며시 잡았다.

계단으로 돌아가자 야자키가 입었던 가슴장화가 아무렇게나 내팽개쳐져 있었다. 젖은 세 사람의 몸에서 물이 떨어진 흔적이 위층까지 쭉 이어졌다.

우리는 계단을 조금 올라가서 맨손으로 발에 묻은 물을 훔쳤다.

"수건을 가져올 걸 그랬네."

마이가 무덤덤하게 말했다. 지금 우리가 처한 상황과는 관계없는, 대수롭지 않은 이야기를 하고 싶은 거구나 싶었다.

축축한 발로 신발을 신으려 했을 때 계단 위에 사람이 나타났다.

나와 마이는 동시에 고개를 들었다. 이쪽을 내려다보고 있는 사람은 류헤이였다.

"너희들, 뭐 하는 거야?"

류헤이의 목소리는 예상외로 부드러웠다. 하지만 묘하게 카랑카랑했다. 감정을 억누르는 게 분명했다.

마이가 차가운 목소리로 대답했다.

"상황을 살피러 왔다가 우연히 슈이치랑 만났어."

전부 사실이었다. 하지만 그런 것치고는 신발을 신으려 하는 나와 마이의 거리가 너무 가까웠다. 서로에게 품은 의혹이 한층 깊어진 지금, 그건 더더욱 부자연스러운 모습이 틀림없었다.

류헤이 뒤편에 켜져 있는 형광등 불빛이 역광으로 비쳐서 류헤이의 표정은 잘 보이지 않았다.

"우연이라니 뭐가?"

"그러니까 그냥 우연. 야자키 씨네의 목소리 들었지? 나도 슈이치도 괜찮은가 싶어서 상황을 보러 온 거야. 뭐가 이상한데?"

류헤이는 잠시 할 말을 찾았다.

"입에서 나오는 대로 둘러대지 마."

류헤이가 작게 말했다.

마이는 아무 대꾸도 하지 않았다. 이윽고 류헤이가 화제를 바꾸었다.

"야자키네는 뭐야? 왜 저렇게 젖었어? 닻감개가 있는 곳에서 뭔가 했었지?"

"그 정도면 대충 짐작할 것 같은데. 가족끼리 바위를 떨어뜨리려고 했어. 그나저나 둘러대는 건 류헤이 아니야?

우리가 고함치는 소리 들렸지? 그리고 바위가 움직였으니까 진동도 느껴졌을 텐데? 무슨 일이 있었는지 몰랐을 리 없잖아?

야자키 씨, 정말 위험한 상황이었어. 알고 있었을 거야. 그렇지?"

"무슨 말을 하고 싶은 거야?"

"그러니까 야자키 씨네가 뭘 하려는 건지 알고 있었던 거 아니냐고. 비명소리도 들렸지? 그런데 내려오지 않았어. 왜 그랬는데?"

류헤이는 말문이 막혔다.

마이가 말에 담긴 뜻을 나는 바로 알아차렸다.

야자키 가족이 바위를 떨어뜨려서 탈출을 시도하려 했다는 사실이 소리로 지하 건축물 전체에 전해졌을 터였다. 위험한 일이 일어나려 한다는 것도 알고 있었으리라.

류헤이는 그걸 무시했다. 왜 무시했는가? 야자키 가족 중 한 명이 지하에 남겨지면, 다른 사람은 탈출할 수 있을지도 모른다. 류헤이에게 그런 생각이 전혀 없었다고 할 수 있을까?

"왜 나한테만 시비야? 내가 이상해? 다른 녀석들도 상황을 보러 오지 않았잖아. 보러 온 건 너희뿐이라고."

"누가 먼저 시비를 걸었는데 그래? 딱히 나무라는 건 아니야. 아무튼 우연히 나와 슈이치만 야자키 씨네가 걱정돼서 상황을 보러 왔어. 그뿐이야."

마이는 이야기 끝났다는 듯 류헤이에게서 시선을 돌리고 신발끈을 묶었다.

류헤이는 콧방귀를 끼고 물러가려 했다. 하지만 이것만큼은 묻지 않을 수 없는 듯했다.

"그래서 바위는? 해결됐어?"

"아니. 조금 움직인 게 전부야."

쌀쌀맞은 마이의 대답을 듣고 류헤이는 어딘가로 가버렸다.

신발을 신었지만 나도 마이도 지하 1층으로 올라갈 마음이 들지 않았다.

좁은 계단에 나란히 앉았다. 물방울이 엉덩이에 스며서 선뜩했다. 물에 잠긴 어두운 복도를 절경을 바라보듯 함께 내려다보았다.

마이가 속삭이는 목소리로 말했다.

"슈이치한테 물어보고 싶은 게 있었어."

"뭔데?"

"여기서 무사히 나갔다고 치고, 그 후로 우리는 어떻게 될까? 멀쩡하게 살 수 있을까? 지금까지처럼 일이라든가 할 수 있을 것 같아?"

마이가 물어볼 때까지 거의 생각해보지 않았던 문제였다. 아예 생각하지 않은 건 아닐지언정, 그런 걱정을 할 만한 여유는 없었다.

"어쨌거나 살아서 돌아가면 되는 거 아닐까? 어떻게든 되겠지. 산이나 바다에서 조난당한 사람들은 많잖아. 트라우마가 남았을지도 모르지만 대부분은 분명 잘 살고 있을걸."

그렇게 말하기는 했지만 우리는 평범한 조난을 당한 것이 아니었다. 살인사건이기도 하다.

마이는 나른하게 고개를 숙이고 다시 입을 열었다

"생각해봤는데, 아까 야자키 씨가 닻감개를 작동해서 그 방에 간

힐 뻔했잖아? 만약 그 덕분에 우리가 살아나더라도 세상 사람들은 별말 안 할 거야. 우리가 야자키 씨를 버렸다느니 그런 식의 비난을 받을 이유는 없어.

하지만 우리가 살인범을 찾아내서 그 사람을 지하에 남겨뒀다는 사실이 알려지면 아마 어마어마한 비난이 쏟아지지 않을까."

"그래? 어쩌려나—"

나는 마이의 말을 곱씹었다.

우리가 살아서 돌아가면 이 사건은 큰 뉴스가 되리라.

살인범을 지하에 남겨두고 탈출했다는 사실이 알려지면 분명 다양한 억측이 나돈다.

범인은 본인이 희생하는 것에 동의했는가?

다른 사람이 강요한 것 아닌가? 사적 제재를 가한 것 아닌가?

그 사람은 살인범이 틀림없는가?

무고한 사람을 범인으로 오판한 것 아닌가?

그게 꼭 억측이라고 할 수 있을까.

며칠 후 무고한 사람을 고문해서 닻감개를 억지로 돌리게 하는 일이 일어나지 않을 것이라고 누가 장담하겠는가.

"그러니까 야자키 씨가 실수로 사고를 일으키는 걸 내버려 둔대도 할 말은 없지. 딱히 인간의 추한 부분이 드러났다고 할 정도의 일은 아니라고 할까.

그리고 만약 아까 야자키 씨가 정말로 바위를 떨어뜨렸다면, 어차피 우리는 아무것도 못 했을 거야."

"웅—, 그럴지도."

야자키가 갇힌 덕분에 지하에서 탈출할 수 있지 않을까. 그런 바람은 나도 몰래 품고 있었다. 하지만 야자키가 손잡이를 돌린 순간, 나는 그가 무사하기를 바랐다. 그 심정도 결코 거짓은 아니었다.

"슈이치, 야자키 씨네도 이제 분명 포기했겠지? 역시 범인을 찾아내는 것밖에 방법이 없겠네."

"그러게. 세상 사람들이 어떻게 생각할지는 모르겠지만—."

우리가 다소나마 납득할 수 있는 방법은 그것밖에 없다.

하지만 마이는 아직 마음이 완전히 정리되지 않은 모양이었다.

"그거, 우리 가운데 제일 나쁜 사람을 희생시킨다는 거잖아. 그런데 범인을 알아냈다고 치고 만약 그 사람이 스스로 모두를 위해 희생하겠다고 하면, 정말로 제일 나쁜 사람이라고 할 수 있을까?"

"글쎄."

그렇게 된다면 범인은 나머지 일곱 명의 목숨을 구하는 셈이다. 우리는 아무도 구하지 못하는데.

"반대로 범인이 죽기 싫다는데 억지로 닻감개를 돌리게 하면 우리가 범인을 죽이는 거나 마찬가지 아닌가? 모두 살인범이 돼버리는 거야."

"그건, 그렇지."

우리 일곱 명이서 범인을 죽이는 셈이다. 안 그러면 모두 죽는다고는 하나, 틀림없이 살인이다.

그때 우리 각자가 죽이는 건 7분의 1명, 범인은 이미 두 명을 죽였다. 그러니 범인이 죽는 게 옳다. 어쩐지 묘하다. 이 계산법은 정말로 올바른 걸까?

마이가 힘없이 웃었다.

"궤변이라는 건 나도 알아. 이 사건의 범인은 체포되면 사형당하겠지? 어차피 죽어야 할 범인의 목숨을 이용해 모두를 구하지 않으면, 무고한 사람이 한 명 죽는 셈이잖아.

그래도 절대로 살인범이 되고 싶지 않은 사람은 닻감개를 돌리겠다고 자원해야 하는 건가 싶은 생각이 들어서."

마이는 지금까지 내게 어떤 상담을 했을 때보다도 말이 많았다. 이 지하에서 대화 상대가 없는 건 너무나 힘든 일이다.

"마이, 설마 자원할 마음은 아니겠지?"

"아니야. 범인이 누군지도 모르는 마당에 나서서 죽는 건 의미 없는 짓인걸. 지하에 남을 사람을 결정할 완벽한 방법은 없겠지. 당연하지만.

슈이치, 이럴 때 보통은 어떻게 할까 생각해본 적 있어?"

"보통?"

이상함으로 가득한 이 지하에서 보통이란 뭘 가리키는 걸까?

"아, 여기서 말고. 왜, 경찰은 위험한 임무에 독신 경찰관을 투입한다는 이야기 못 들어봤어?"

"아아, 알아."

알 뿐만 아니라 나도 비슷한 생각을 했다. 픽션이라면 가족이 있는 사람을 위해 고독한 사람이 자기 자신을 희생한다. 하나의 이야기를 들을 때 뇌리를 스친 생각이다.

"슬퍼하는 사람이 적은 편이 좋다는 거겠지. 하지만 그래서야 사랑받지 못하는 사람은 사랑받는 사람보다 살 가치가 없다고 하는 거나 마찬가지야."

마이는 씁쓸한 듯이 말했다.

"영화에도 나오잖아. 죽을 위기에 처한 사람이 자기는 연인이 있다든가 가족이 있다면서 목숨을 구걸하는 장면. 그거, 가족이나 연인이 없으면 죽어도 된다는 소리잖아. 이 세상 사람 모두에게 인권이 있다지만, 개중에서 희생자를 뽑는다면 제일 사랑받지 못하는 사람이 뽑히겠지?

그건 데스 게임과 비슷하다고 생각해. 지혜나 체력이 모자란 사람이 탈락하는 데스 게임이 있잖아? 사랑받지 못하는 사람이 죽어야 하는 건, 그것과 마찬가지로 잔혹한 일 아닐까.

그리고 방재 안전 캠페인을 보면 흔히 '당신의 소중한 사람을 지키기 위해서' 같은 소리를 하잖아? 게다가 이 세상 모든 사람에게 소중한 사람이 있다고 철석같이 믿는 것처럼 그 소리를 연발하지."

마이의 말이 내 마음을 찔렀다.

만약 내가 〈방주〉에서 죽는다면 내 가족은 어떻게 반응할까?

이딴 곳에서 죽었느냐며 당황하리라. 분명 내게 죄책감도 조금 느낄 것이다.

그리고 조금씩 잊는다.

가령 이 지하 건축물에 갇힌 가족과 커플들 사이에 나 혼자 덜렁 끼어 있다면 어땠을까? 마이가 예로 든 사랑받지 못하는 사람의 데스 게임이 시작됐을지도 모른다. 죽는다고 아무도 슬퍼하지 않을 사람이 죽어야 한다. 모두 그렇게 생각하고, 어쩌면 나 자신도 수긍해서 닻감개를 돌렸을지도 모른다.

"사랑하는 사람을 남겨두고 죽는 사람과 아무에게도 사랑받지 못하고 죽는 사람, 어느 쪽이 더 불행한지는 남이 결정할 문제가 아니겠지."

마이는 그렇게 말하고 내 오른손에 왼손을 포갰다.

나는 떨리는 목소리로 말했다.

"아무에게도 사랑받지 못하는 사람은 누군데? 마이? 나?"

"글쎄, 모르겠네."

"마이는 결혼했잖아. 나와 달리."

"안 한 거나 마찬가지야. 나한테 몇 번이나 들었으면서."

마이는 내게 몸을 기댔다.

"슈이치는 야자키 씨가 죽으면 좋겠다고 생각하지 않았어."

"나만 그런 게 아니잖아. 마이도 그랬어."

마이는 조용히 웃었다.

가까이에서 보는 마이의 얼굴에는 물론 화장기가 없다. 피부도 거칠었다. 그 얼굴에는 비바람에 시달린 석상 같은 아름다움이 감돌았다.

옷을 갈아입지 않았고 몸도 못 씻어서, 우리 둘 다 냄새가 심했다. 그걸 알 만큼 얼굴을 가까이 대고 서로 쓴웃음을 지었다.

건조해서 갈라진 마이의 입술에 나는 키스했다.

고작 몇 초였다. 입술을 떼자 마이는 부끄러운 일을 고백하는 듯한 목소리로 중얼거렸다.

"나, 꼭 살아서 돌아가고 싶어."

"그래야지."

도취된 기분이 가시는 데는 시간이 걸렸다. 그 후에야 우리는 겨우 계단에서 일어섰다.

계단을 올라 지하 1층으로 나왔다.

"갈게."

"응."

서로 속삭인 후 우리는 각자 방으로 향했다.

8

방으로 돌아가자 쇼타로는 없었다. 여태 사야카의 스마트폰을 찾아다니는 걸까?

뭔가 도와야 할까? 나는 아직도 충족감의 여운에 휩싸여 있었다. 아까 전의 한순간을 되새기며 매트리스에 벌렁 드러누웠다.

이 지하 건축물에 이런 행복이 존재했다는 게 믿기지 않았다. 지상이었다면 내 윤리관이 용납하지 않을 행복이었다.

멍한 기분으로 눈을 감았다. 그리고 하릴없이 흘러가는 시간에 몸을 맡겼다.

한 시간쯤 지났을까? 갑자기 문이 열렸다. 나는 깜짝 놀라서 벌떡 일어났다.

문간에 서 있는 사람은 쇼타로였다.

"뭐야, 슈이치, 잤어?"

"아, 쇼 형?"

양심의 가책을 느꼈다. 마이와 있었던 일을 당장 말할 기분은 들지 않았다.

하지만 쇼타로는 내가 갈등하는 줄도 모르고 방으로 성큼성큼 들어오더니 매트리스에 앉아 있는 내 팔을 잡았다.

"미안하지만 당장 같이 가야겠다. 봐줬으면 하는 게 있어."

"뭔데?"

"사야카 양의 스마트폰을 찾았어."

"스마트폰? 어디서?"

쇼타로는 대답하지 않았다. 나는 끌려가다시피 방을 나섰다.

계단을 내려갔다.

지하 2층에 다다르자 우리는 아까처럼 바짓자락을 걷어 올리고 물에 발을 담갔다.

"이쪽이야."

쇼타로는 철문과 반대쪽 복도를 가리켰다.

잠시 나아가다 215호실 앞에서 쇼타로는 걸음을 멈췄다.

"여기?"

"응."

어제 살펴봤던 창고다.

쇼타로가 문을 열었다. 그리고 철제 선반 아랫단에 놓인 감색 함석 공구함을 가리켰다.

전기공사용 공구가 보관된, 반구형 뚜껑을 여닫는 식의 상자다. 거의 물에 잠겼다.

공구함 뚜껑 위를 보고 나는 소리를 질렀다.

"아아! 여기 있었구나!"

감색 데님 케이스에 끼워진 스마트폰이 거기 있었다. 반구형 뚜껑 위라 스마트폰은 반쯤 물에 잠겨 있었다.

쇼타로는 스마트폰을 집어 들었다.

"생각해보면 여기 있는 게 자연스러워. 사야카 양이 사용한 절연 테이프는 이 공구함에 들어 있었어. 테이프를 가지러 왔을 때 무심코 스마트폰을 공구함 위에 올려놓은 거겠지."

"그리고 그대로 잊어버린 건가—"

"그래. 그나저나 색깔이 참 비슷하네."

나는 공구함과 스마트폰을 견주어 보았다. 스마트폰의 데님 케이스, 도료가 칠해진 공구함 둘 다 칙칙한 감색이었다.

"사야카는 무심코 여기에 놔둔 걸 찾으러 왔을 때 못 보고 지나친 건가."

"그랬을 거야. 슈이치, 얼마 전에 지갑을 잃어버렸다고 난리를 치다가 결국 가방 속에서 찾았던 거 기억나?"

"아아, 응. 그런 일이 있었지."

내가 검은색 사무용 가방에 넣어둔 검은색 지갑을 못 보고서 잃어버렸다고 착각했던 일화다. 흔한 일 아닐까 싶다.

쇼타로는 스마트폰을 뒤집어서 가장자리에 묻은 작은 갈색 얼룩을 보여주었다.

"이건 칠리 콘 카르네 통조림이 묻은 거겠지. 사야카 양이 마지막으로 먹은 음식이야. 아주 살짝이지만 공구함에도 얼룩이 졌어. 봐."

시키는 대로 공구함 뚜껑을 보자 확실히 아주 약간 얼룩이 졌다.

"칠리 콘 카르네가 완전히 마르기 전에 여기 스마트폰을 내려놓은 거겠지. 이걸로 사야카 양이 살해당하기 전에 어떻게 행동했는지 확실해졌군. 생각했던 대로지만, 뒷받침할 증거를 얻었어."

즉, 그저께 밤에 사야카는 이렇게 행동한 셈이다.

자기 방에서 저녁으로 칠리 콘 카르네를 먹다가 실수로 컵을 깨뜨린다. 유리 조각을 말끔히 치우기 위해 창고에 절연 테이프를 가지러 온다. 그때 스마트폰을 깜박한다.

유리 조각을 치운 후 사야카는 스마트폰이 없다는 걸 깨닫는다. 어디서 잃어버렸는지도 기억이 안 나서 지하 건축물을 돌아다니며 찾는다. 그러다 범인에게 살해당한다.

나는 중요한 질문을 던졌다.

"그런데 스마트폰은? 작동돼?"

"아니. 전원 버튼을 눌러도 반응이 없었어. 배터리가 다됐는지도 모르지만, 뭐, 물에 빠져서 고장 났을 가능성이 크겠지. 방수는 안 되는 것 같으니까."

점차 질책당하는 기분이 들었다.

어젯밤에 이 창고를 살펴본 건 나다. 그때라면 스마트폰이 아직 물에 빠지지 않았다. 내가 못 보고 지나치지 않았다면 고장 나기 전에 스마트폰을 회수할 수 있었다.

"이런 곳에 있을 줄은 몰랐어. 좀 더 자세히 살펴봤으면—"

"이제 와서 뭐 어쩌겠어. 잃어버린 본인도 못 찾았는걸. 그래서 오랫동안 찾아다닌 거야. 나도 멍청했어. 좀 더 빨리 여기 있을 가능성을 떠올려야 했는데. 제일 먼저 찾아봐야 할 곳이었어."

"어떻게 할까? 스마트폰은 물에 빠져도 잘 말리면 작동되기도 하는데—"

"기대해봐도 되겠지만, 마르는 데 하루나 이틀은 걸리겠지? 그리고 작동한들 저장된 정보를 확인하기 어려운 건 변함없잖아.

이렇게 된 이상, 스마트폰에 저장된 정보에 너무 집착할 것 없어. 그보다 이 스마트폰이 발견된 것 자체에 큰 의미가 있지. 그것도 이 공구함 위에서 발견됐다는 사실이 말이야."

쇼타로는 사야카의 스마트폰을 자기 호주머니에 넣었다.

그건 대체 무슨 뜻일까? 물어봐도 쇼타로는 대답하지 않았다. 아직은 말할 수 없다고 했다.

우리는 창고를 뒤로하고 지하 1층으로 돌아갔다.

쇼타로는 지하 1층을 돌아다니면서 사야카의 스마트폰을 찾았다고 모두에게 알렸다. 사야카의 스마트폰과 함께 자기 스마트폰으로 찍은 현장 사진을 보여주며 사야카가 공구함 위에 스마트폰을 놓아두었다는 사실을 모두에게 이해시켰다. 다만 스마트폰이 발견됐다는 사실만 알려주고, 목 절단에 관한 추리는 비밀에 부치기로 한 모양이다.

즉, 범인에게도 스마트폰을 찾았다는 사실을 알려준 셈이지만 딱히 상관없다고 했다.

"스마트폰이 그 공구함 위에 있었다는 사실은 모두가 꼭 알아둬야 할 필요가 있어. 아니면 범인을 지목하지 못할지도 몰라."

그 이상 쇼타로는 이유를 설명하지 않았다. 사야카의 스마트폰은 쇼타로가 맡아두기로 했다.

9

그로부터 만 하루는 아무 일도 일어나지 않았다.

사람들은 대부분 자기 방에 틀어박혀 시간을 보냈다. 여덟 명 모두가 얼굴을 마주한 적은 한 번도 없었다.

화장실에 가거나 통조림을 가지러 갈 때 마이와 몇 번 마주쳤지만, 서로 웃음을 나누었을 뿐 아무것도 하지 않았다. 사건은 현재 진행 중이다. 눈에 띄는 짓은 피하는 게 좋다.

야자키 가족과도 그 후로는 별말을 나누지 않았지만, 그들이 식당에 통조림을 가지러 왔을 때 우연히 그들의 대화를 들었다.

세 사람은 지하 건축물과는 상관없는 이야기를 했다. 집에 남겨놓고 온 반려견 이야기였다.

사부로라는 이름의 시바견으로, 하야토가 중학교에 올라간 해의 생일에 아버지 고타로가 옛날부터 수집했던 동전을 팔아서 사 온 개라는 이야기를 예전에 함께 식사했을 때 들었다.

반려견 이야기는 언제라도 가족 모두가 공유할 수 있는 화제인 듯했다. 사부로는 거실의 쿠션 위에서 자면 나중에 꼭 바닥에 떨어져 있다는 둥, 바나나를 좋아해서 식탁에 바나나가 있으면 의자에 올라가 앞발을 테이블에 얹어 주기를 내내 기다린다는 둥, 옛날에 셋이서 몇 번이고 나누었을 이야기를 되풀이하는 게 분명했다. 지하에 갇혀 지내느라 지친 야자키 가족은 잠깐이나마 숨통을 트기 위해 현실 도피를 하는 중이었다.

그러고 나서 야자키는 가족과 헤어져 지하 건축물을 여기저기 돌아다녔다. 어딘가에 범인을 지목할 증거가 남아 있지 않나 찾는 건지도 모른다.

볕이 들지 않는다지만 지금까지는 다들 아침, 점심, 저녁으로 옮겨가는 시간대를 염두에 두고 지냈다. 하지만 지하 생활이 길어지자 시간 개념이 점차 모호해졌다.

나는 스마트폰으로 시간을 확인했다. 오후 9시가 지났다.

이 시간에는 이제 아무 의미도 없다. 중요한 건 제한 시간이 앞으로 마흔 시간 정도밖에 남지 않았다는 사실이다. 제한 시간이 끝나기 전에 누가 지하에 남을지 정해야 한다.

다른 사람들과 마찬가지로 나와 쇼타로도 함께 방에 있었다.

제한 시간이 줄어들수록 정신이 산만해지는 게 느껴졌다. 뭔가 꺼내려고 배낭을 열었다가 다음 순간 뭘 꺼내려고 했는지 잊어버린다. 어째선지 어릴 적에 지점토로 만든 동물을 어머니가 부순 일, 고등학교 때 몰래 블로그를 운영하고 있다는 걸 반 아이가 전교에 소문내서 창피를 당한 일 등등 한동안 떠오르지 않았던 기억이 두서없이 되살아났다. 그때마다 나는 앓는 소리를 냈다. 아무리 냉정한 척해도 마음은 공포에 갉아 먹혀 버그를 일으키는 듯했다.

그런 내게 쇼타로는 동정과 어이없음이 뒤섞인 시선을 던졌다.

쇼타로는 온종일 생각에 잠겨 지냈다.

무슨 생각을 하는지는 안다. 물론 범인이 누구인지 추리하는 것이다.

"쇼 형?"

"왜?"

쇼타로는 초조해하지는 않았지만 그렇다고 차분하지도 않았다.

"뭐 좀 알아냈어?"

나는 계속 그런 식으로 물었다. 누가 수상하냐고는 묻지 않았다.

나뿐만 아니라 다들 특정 인물을 의심하는 말은 삼갔다. 하나가 어쩌다 말실수를 한 정도다.

범인의 운명을 생각하면 도저히 가볍게 입에 담을 말이 아니었다. 더구나 근거가 없으면 의혹은 자신에게 되돌아온다.

쇼타로는 머리를 긁적였다.

"알아냈느냐고 하면, 어느 정도는 알아냈어. 조금만 더 있으면 범인을 지목할 수 있을 정도로 말이야. 하지만 결정적인 마지막 한 수가 없어. 남은 시간에 그걸 찾아내느냐 마느냐에 달렸지."

쇼타로의 태도를 보고 아무것도 알아내지 못했으리라고는 생각지 않았다. 역시 해결의 실마리는 발견한 모양이다.

"어느 정도라도 알려주면 나도 같이 생각할 수 있을 텐데."

"아니, 그만두자. 슈이치의 지혜를 빌릴 만한 문제가 아니야."

용의자가 한 명으로 좁혀질 때까지는 입 밖에 낼 마음이 없는 듯했다.

하지만 생각한다고 해결될 문제일까? 단서를 갖추지 못했다면 뭔가 행동에 나서야 하지 않을까? 아니면 범인이 행동에 나서기를 기대하는 건가?

"살인은 더 안 일어날까? 하기야 또 저지르진 않겠지."

"안 일어날 거야. 다들 전보다 경계심이 훨씬 강해졌어. 그리고 지하 2층에는 물이 차오르고 있지. 들키지 않고 사람을 죽일 만한 곳이 이제 없어. 그래서 뭘 해야 하느냐 하면 말이야, 슈이치."

쇼타로는 하품을 참는 나를 바라보았다.

"잘 수 있을 때 자두는 편이 좋아. 제한 시간이 더 줄어들면 그럴 여유가 없을지도 모르니까."

쇼타로의 말이 옳다. 확실히 피로가 쌓이고 있었다. 결국은 동력 벨트가 끊어진 것처럼 느닷없이 움직이지 못하게 될 수도 있다.

생각에 빠진 쇼타로를 내버려 두고 나는 잠을 청했다.

하지만 나와 쇼타로의 예상은 빗나갔다.

몇 시간 후, 세 번째 살인이 전혀 예상치 못한 형태로 발생했다.

4

✕✕✕✕✕✕✕✕✕

칼과 손톱깎이

1

나는 비명소리에 잠이 깼다.

—아빠! 아빠! 왜!

무슨 소린지 모를 절규가 그 뒤를 이었다.

하야토의 목소리였다. 어째선지 물에 잠긴 지하 2층에서 울려
퍼지는 듯했다.

스마트폰으로 시간을 확인하자 오전 2시 32분이었다. 잠을 청
한 지 다섯 시간 남짓 지났다.

쇼타로는 다섯 시간 전과 같은 자세로 매트리스에 앉아 있었다.
잠을 잔 기색은 전혀 없었다.

"뭐야—?"

무의미한 질문을 던지며 나는 몸을 일으켰다.

무슨 일이 일어났다. 분명 불상사다.

일어날 리 없을 줄 알았던 일이—

쇼타로와 함께 방을 나서서 지하 2층으로 향했다.

지하 2층에는 물이 70센티쯤 찼다.

계단에 다다르자마자 이상한 점이 눈에 띄었다. 가슴장화가 벗어던진 것처럼 아무렇게나 복도에 가라앉아 있었다.

신발 두 켤레가 물가에 나란히 놓여 있었다. 하야토와 히로코의 신발이다. 두 사람이 통곡하는 소리가 복도 안쪽에서 들려왔다.

계단을 내려가서 성큼성큼 물을 가르며 나아가는 쇼타로를 나도 따라갔다. 바짓자락을 최대한 걷어 올렸지만, 물이 엉덩이 아랫부분까지 차올라서 걸으면 물이 가랑이에 스며들었다.

현장은 207호실, 두 번째 사건 때 범인이 톱과 칼을 조달한 창고였다.

활짝 열린 문으로 형광등 불빛이 새어 나왔다.

우리는 첨벙첨벙하는 물소리와 흐느껴 우는 소리가 들리는 실내를 들여다보았다.

실내에 펼쳐진 광경을 보아도 무슨 일이 일어난 건지 당장은 이해가 되지 않았다.

하야토와 히로코는 방 왼편의 철제 선반 앞에서 몸을 구부리고 있었다. 두 사람은 물에 잠긴 선반 제일 아랫단에서 뭔가를 꺼내려고 애쓰는 중이었다.

등에 가려서 잘 보이지 않았지만 아무래도 야자키의 시체인 듯했다.

"무슨 일입니까?"

쇼타로의 목소리에 두 사람이 돌아보더니 마치 우리에게서 시체를 지키려는 것처럼 이쪽을 노려보았다.

"어떻게 된 거예요? 야자키 씨가 살해당한 겁니까?"

하야토와 히로코는 힘없이 고개를 끄덕였다.

야자키의 시체는 상체가 선반에서 끌려 나온 상태였다. 화학섬유로 만든 검은색 타이츠와 셔츠, 즉 속옷 차림이다. 수면이 흔들려서 잘 보이지 않지만 찢어진 셔츠 가슴께에 찔린 흔적이 남아 있었다.

바닥에는 선반에서 굴러떨어진 것처럼 스쿠버다이빙용 공기통이 가라앉아 있었다. 호흡기가 연결된 상태였다.

맞은편 벽 근처의 물속에는 기다란 나무 자루가 달린 가지치기용 가위가 떨어져 있었다. 이게 흉기인 걸까?

대체 어떤 사건인지 전모가 아직 보이지 않았다.

야자키는 뭘 하고 있었던 걸까.

속옷 차림으로 물속에 잠수해 있다가 살해당한 건가?

하야토와 히로코는 다시 시체를 끌어내리려고 했다. 하지만 다리가 선반 기둥에 걸린 데다 산 사람은 절대로 취하지 않을 부자연스러운 자세를 취한 시체를 보고 두 사람은 무심코 손을 놓았다. 그리고 꺼이꺼이 울며 선반에 몸을 기댔다.

"저희가 옮길까요?"

쇼타로의 제안에 두 사람은 좀처럼 대답을 하지 않았다. 하지만 쇼타로가 물속에 손을 넣어 야자키의 어깨를 잡아도 방해하지는 않았다.

"슈이치, 다리 쪽을 붙잡아."

사흘 전에 사야카의 시체를 옮겼을 때처럼 우리는 힘을 합쳐 시체를 들어 올렸다. 그리고 위를 보고 누운 시체를 물속에서 미끄러뜨리듯이 옮겼다. 유족 두 사람은 첨벙거리며 우리를 따라왔다.

하나, 마이, 류헤이가 계단에 모여 있었다.

셋 다 또 살인이 발생했다는 건 하야토의 비명소리로 알고 있었다. 하지만 우리가 운반해 온 시체의 모습이 상상과 달랐던 모양이다.

"어떻게 된 거야?"

하나가 중얼거렸다. 우리는 대답하지 않았다.

흠뻑 젖은 히로코와 하야토를 보고 마이가 말했다.

"침낭을 가져올까? 몸이 다 얼겠어."

"그러게. 부탁할게."

쇼타로의 대답에 마이는 침낭을 가지러 갔다. 우리는 시체를 들고 천천히 계단을 올랐다.

시체는 일단 지하 1층 복도에 눕혔다.

2

살아 있는 일곱 명이 식당에 모였다.

히로코와 하야토는 마이가 가져온 침낭으로 온몸을 감쌌다. 나와 쇼타로도 수건으로 다리를 깨끗하게 닦았다. 하지만 몸에 스며든 물의 냉기는 좀처럼 가실 줄 몰랐다.

도롱이벌레 같은 모습의 두 사람에게 쇼타로가 물었다.

"무슨 일이 있었던 겁니까? 야자키 씨는 뭘 하신 건가요? 가르쳐주시겠어요?"

두 사람은 대답하지 않았다.

"저희가 반드시 범인을 알아내야 한다는 건 아시죠? 이제 시간이 별로 없어요."

하야토는 범인도 함께 있을 식당을 증오에 가득 찬 눈빛으로 둘러보았다.

우리는 끈기 있게 기다렸다. 마침내 히로코가 조금씩 설명을 시작했다.

"남편은 거기서 범인을 붙잡으려고 했어요."

"그 창고에서요? 범인을?"

"네."

뭐가 어떻게 된 건지 모르겠다. 야자키가 속옷 차림이었던 것도, 스쿠버다이빙용품이 있었던 것도 범인을 붙잡기 위해서였단 말인가?

"남편은 어제 건물을 돌아다녔어요. 어떻게든 범인을 찾아내려고요. 뭔가 증거가 있지 않겠느냐면서.

그러다 발견했죠. 칼을요. 분명 그, 사야카 씨? 그 아가씨를 찔렀던 칼일 거예요."

식당이 술렁거렸다.

확실히 사야카의 가슴을 찌른 흉기는 발견되지 않았다. 범인이 머리와 함께 지하 3층에 버린 것 아닐까 추정됐다.

"그 창고의 어디에 칼이 있었습니까?"

"안쪽 선반의 가로판 뒤쪽에요. 가로판에 붙은 철판을 구부려서 만든 틈새에 칼날을 꽂아서 숨겨놨더군요."

"그랬군요."

그래서는 좀처럼 눈치챌 수 없으리라. 애당초 이미 처분한 줄 알았으므로 우리는 칼을 찾아보지조차 않았다.

"그래서 남편이 거기 숨어 있으면 되지 않겠느냐고 했어요. 버리지 않고 일부러 숨겨놨으니까 범인이 언젠가 칼을 가지러 올 거라면서요. 그때 붙잡으면 범인이 누군지 확실해지겠죠?"

범인이 왜 칼을 처분하지 않고 선반 뒤편에 숨겨놨는지는 모르겠다. 하지만 일부러 숨겨둔 이상, 조만간 칼을 회수하러 오리라는 건 이치에 맞는 생각이다.

"창고에 숨어 있다가 범인이 칼을 꺼내는 현장을 덮치면 결정적인 증거를 확보하는 거겠죠?"

"그래서 스쿠버다이빙용품을 꺼내 오신 겁니까?"

"맞아요."

점차 상황이 이해됐다.

들키지 않도록 창고에 잠복한다. 그런 줄도 모르고 범인이 와서 칼을 꺼내는 현장을 덮친다. 그것이 야자키의 계획이었다.

들키지 않도록 창고에 숨어 있기가 얼마 전까지는 불가능했다. 거기에 숨어 있을 만한 공간은 없다. 범인이 칼을 회수하기 전에 들켜서는 의미가 없다. 그랬다간 범인이 어떻게든 둘러댈 수 있다.

하지만 지하 2층의 수위가 높아지자 어떤 방법을 사용할 수 있게 됐다.

"고타로 씨는 공기통을 안고 물에 잠긴 철제 선반의 제일 아랫단에 숨기로 하신 거군요. 범인이 와서 칼을 꺼내는 순간, 물속에서 뛰쳐나와 범인을 붙잡을 작정으로."

"네."

범인의 맹점을 찔렀다. 범인도 설마 수면 아래 사람이 숨어 있으리라고는 생각하지 않을 것이다. 스쿠버다이빙용품 가운데 공기통을 멜 기구가 없지만, 선반 속에 가만히 있으면 되니까 딱히 지장은 없다. 어쨌거나 범인이 방으로 들어와서 칼을 꺼낼 때까지 들키지 않으면 그만이다.

물속에서 공기통을 사용해 호흡하면 기포가 발생한다는 문제가 있지만, 가로판 밑에 있으니 들킬 걱정은 별로 없을 듯하다. 벽쪽으로 숨을 내쉬어 범인에게 기포가 보이지 않도록 했는지도 모른다.

"남편은 어제 오후 7시쯤부터 창고에 있었어요. 우리한테는 방에서 꼼짝도 하지 말라고 했죠. 우리가 의심스럽게 굴면 범인이 행동에 나서지 않을지도 모른다면서."

"속옷 차림이었던 건 갈아입을 옷이 없었기 때문입니까?"

"네. 옷이 다 젖으면 나중이 큰일이라면서."

그래서 타이츠와 셔츠만 입고 지하 2층에 내려간 것이다.

야자키는 가슴장화도 입지 않았다. 가슴장화는 계단에 놓아두기로 했으므로 당연하다. 가슴장화가 없으면 지하 2층에 누군가 있다는 사실을 범인이 눈치챈다.

"남편은 물속에 서서 범인을 기다렸을 거예요. 범인이 내려오면 잠수해서 창고로 들어오는 걸 지켜볼 작정으로."

공기통의 공기는 유한하고 물도 차가우니까 내내 물속에 숨어서 기다릴 수는 없다. 범인이 지하 2층에 내려오면 물소리가 날 테고, 어쩌면 물의 흐름으로 알 수 있을지도 모른다. 그걸 확인한 후 물속에 숨을 작정이었으리라.

범인을 붙잡기에는 불확실한 방법이다. 범인이 반드시 나타난다는 보장은 없다. 하지만 지상으로 탈출한다는 목표가 달린 이상, 야자키는 할 수 있는 일을 전부 다 해야 했다.

예상대로 범인이 나타났다.

"저희는 계속 기다렸어요. 체력이 못 버티면 돌아오겠다고 남편이 그랬거든요. 하지만 일곱 시간 정도나 지났는데도 돌아오질 않아서 상황을 살피러 갔어요."

그리고 살해당한 야자키를 발견했다.

분명 제압하기 전에 범인에게 들킨 것이다.

소리를 냈든가, 기포 때문에 의심을 샀는지도 모른다.

범인은 선반 아랫단의 야자키를 작살로 물고기를 찌르듯 가지치기용 가위로 찔러 죽였다. 자루가 기니까 팔을 물에 담글 필요가 없어서 편했으리라.

속옷 차림으로 범인을 기다리다 차가운 물속에 숨은 터라 야자키는 몸이 말을 잘 안 들었던 것 아닐까?

그래서 싱겁게 살해당한 것 아닐까.

소리도 거의 나지 않았으리라.

범인에게는 행운이었다.

쇼타로는 눈빛이 흐리멍덩하니 초점을 잃은 히로코에게 질문을 계속했다.

"살인의 증거인 가로판 뒤쪽의 칼은 범인이 가져갔습니까? 확인 하셨어요?"

"안 봤는데요."

히로코도 하야토도 창고에서 시체 말고 다른 것에는 신경 쓸 여력이 없었으리라.

하지만 이 질문을 계기로 히로코는 뭔가 생각난 모양이었다.

"거기 칼이 있었던 건 분명해요. 남편이 휴대폰으로 사진을 찍었거든요.

하지만 휴대폰은—, 그러고 보니 휴대폰은, 어쩌면 범인이 가져갔을지도—"

"야자키 씨가 사용한 스마트폰 말씀입니까? 그걸 범인이 가져갔다고요?"

"네. 남편은 증거 영상을 찍으려고 휴대폰을 가져갔거든요."

야자키의 스마트폰은 수중 촬영이 가능한 기종이라고 한다. 야자키는 숨어서 동영상을 찍겠다고 한 모양이다. 범인이 칼을 들고 있는 모습을 찍으면 절대로 발뺌할 수 없는 증거를 확보하는 셈이다.

"슈이치, 혹시나 싶어서 물어보는데, 창고에 스마트폰이 떨어져 있었나?"

"아니, 아주 자세하게 살펴본 건 아니지만 없었을 거야."

범인 입장에서는 반드시 회수해야 할 물건이다. 어설프게 현장에 남겨둘 리 없다.

히로코의 이야기가 끝나자 쇼타로는 자리에서 일어섰다.

"현장을 다시 확인해야겠어. 아까는 야자키 씨의 시신을 옮겼을 뿐이니까."

쇼타로가 내 어깨를 잡았다.

또 그 차가운 물속에 들어가야 한다.

야자키 가족 두 명도 따라왔다. 둘 다 마취된 것처럼 이완된 표정으로 비틀비틀 걸었다. 정신력뿐만 아니라 체력도 많이 소모된 것 같았다. 하지만 살해당한 사람은 남편이자 아버지다. 같이 가지 않아도 된다고는 말할 수 없었다.

3

지하 2층 복도를 헤엄치듯 나아가 공구실에 도착했다. 하나, 마이, 류헤이는 아까처럼 계단에서 기다리고 있다.

들어가자마자 나는 시체가 발견된 철제 선반 위에 수중용 마스크가 떨어져 있는 걸 알아차렸다. 아까는 당황해서 눈에 들어오지 않았지만, 야자키에게는 당연히 필요했을 것이다.

그리고 바닥에 문고본 정도 크기의 골판지 박스 조각이 떨어져 있었다. 쇼타로가 물에 젖어 흐물흐물해진 골판지 박스 조각을 줍자 히로코가 말했다.

"그건 남편이 휴대폰 화면을 가리려고 사용한 거예요."

어둠 속에서 화면이 빛나면 범인에게 들킨다. 그래서 야자키는 골판지 박스로 스마트폰 화면을 가리고 있었다고 한다.

하지만 역시 스마트폰은 어디에도 없었다.

쇼타로는 철제 선반의 가로판을 밑에서 들여다보았다.

"어디 보자. 진짜다. 있네."

쇼타로는 가로판 틈새에서 쓰레기 봉지 조각으로 감싼 물건을 끄집어냈다.

쓰레기 봉지 안쪽은 검붉은 피로 물들어 있었다. 쓰레기 봉지를 펼치자 칼날 길이가 12센티쯤 되는 가느다란 칼이 나왔다.

사야카의 가슴을 찌른 칼이 틀림없을 듯했다. 뜻밖에도 범인은 칼을 가져가지 않았다.

히로코와 하야토는 죽은 고타로의 명예라도 걸렸다는 듯, 칼을 보고 얌전히 고개를 끄덕였다.

"범인은 칼을 회수하러 여기 왔다고 보는 게 타당하겠지. 하지만 그렇다면 목적을 달성하지 않고 돌아간 셈인데."

"당황해서 그런 것 아닐까? 아무도 없는 줄 알았던 창고, 그것도 물속에 사람이 있었으니까."

나는 유족 두 명을 배려하며 말했다.

"그러게. 범인은 지금까지와는 달리 냉정하게 대처하지 못했을 거야. 이번 살인은 예정에 없이 반사적으로 저지른 짓이니까. 그렇다면 범인이 뒤처리를 충분히 하지 않았을 가능성도 커.

슈이치, 이걸 옮겨보자."

쇼타로는 그렇게 말하고 야자키가 숨어 있었던 철제 선반을 흔들었다.

얹혀 있는 도구류를 다른 선반으로 옮겼다. 문제의 선반을 다 비운 후, 둘이서 좌우의 기둥을 잡고 앞쪽으로 당겼다.

선반은 좀처럼 움직이지 않았다. 좌우의 선반 사이에 꽉 낀 상태였다. 그리고 물속이라 힘을 줄 때도 신중함이 앞섰다.

선반 테두리끼리 스쳐서 날카로운 소리가 났다. 마침내 선반이 움직였다. 창고 바닥이 드러났을 때 하야토가 앗, 하고 소리를 높였다.

벽 앞에 야자키가 사용하던 큼지막한 검은색 스마트폰이 떨어져 있었다.

하야토는 젖는 것도 개의치 않고 스마트폰을 주웠다. 화면은 꺼져 있었다. 뜻밖에도 스마트폰은 현장에 남아 있었다. 범인이 처분하지 않은 것이다.

하야토가 전원 버튼을 눌렀다. 인증 화면이 떴다.

"엄마, 비밀번호는?"

히로코는 고개를 저었다.

"몰라."

속이 탔다. 만약 야자키가 동영상을 촬영했다면 뭐가 찍혔을까? 범인의 모습은?

쇼타로가 내게 물었다.

"슈이치, 스마트폰으로 동영상을 촬영하는 도중에 전원 버튼을 눌러서 화면을 끄면 어떻게 되지?"

"음, 전원 버튼을 누른 시점에 촬영이 멈추지 않나? 그리고 그때까지 찍은 영상이 저장되는 거 아니야?"

"나도 그렇게 알고 있어. 나중에 시험해봐도 되겠지만.

아무튼 야자키 씨의 스마트폰은 철제 선반 밑에 들어가 있었어. 아마 범인에게 공격당했을 때 떨어뜨렸겠지. 범인이 그걸 알아차렸는지는 모르겠군. 하지만 알아차렸더라도 어쩔 방도가 없었을 거야.

방금 봤듯이 철제 선반을 움직이기는 꽤 힘들어. 둘이서 힘을 합쳐도 쉽지 않지. 큰 소리도 났고. 게다가 그때는 시체까지 얹혀 있었잖아. 범인으로서는 그런 위험한 짓을 할 수 없었겠지.

선반 밑에 막대기를 넣어서 끄집어낼 수도 없어. 그러려면 바닥에 납작 엎드려야 하거든. 그럼 온몸이 젖겠지. 만약 시체가 금방 발견됐는데, 흠뻑 젖은 사람이 있다면 대번에 범인으로 의심받을 거야.

사야카 양을 죽였을 때와 달리 범인은 아무 준비도 할 수 없었어. 졸지에 저지른 살인이지.

요컨대 범인은 만약 야자키 씨의 스마트폰에 결정적인 증거가 남아 있었다 해도, 그걸 회수할 수 없었다는 거야. 선반 밑에 남겨 놓을 수밖에 없었어."

히로코와 하야토는 유품인 스마트폰을 빤히 바라보았다.

쇼타로가 말을 이었다.

"다만 결정적인 증거가 남아 있을 가능성이 크지는 않아. 야자키 씨는 물속에서 촬영했으니까. 범인의 얼굴을 찍으려면 렌즈를 수면 위로 꺼내야 하는데, 야자키 씨는 그전에 살해당한 것처럼 보여. 아니라면 스마트폰이 선반 아래로 들어가지도 않았겠지.

그렇지만 범인의 얼굴은 아니더라도 중요한 뭔가가 찍혔을 가능성은 충분해. 범행 시각 따위가 밝혀질지도 모르고. 잠금을 꼭 해제하고 싶군. 하지만 비밀번호를 모른다고 하셨죠?"

히로코는 고개를 끄덕였다.

"야자키 씨는 비밀번호 말고 다른 인증 기능은 사용하지 않으셨나요? 예를 들면 지문 인증이라든가."

"글쎄요, 아마도 지문을 사용해서—"

히로코는 애매모호하게 대답했다. 전자기기에는 그다지 해박하지 않은 듯했다.

그렇다면 시체의 손가락을 사용해 잠금을 해제할 수 있는 건가? 사야카 때와 달리 범인은 피해자의 지문을 잘라내거나 할 수 없었다. 이번 범행은 그렇게 계획적이지 못했다.

하지만 아까 옮길 때 보니 오랜 시간 물속에 잠겨 있었던 탓에 야자키의 피부는 국 속의 완자처럼 불어 있었다. 그 상태로는 인증이 안 되리라. 마르려면 시간이 얼마나 걸릴까?

"비밀번호가 뭔지 전혀 짐작이 안 되세요? 생일이나 자동차 번호판같이 단순한 숫자는 아닐까요?"

"그럴지도 모르지만—"

히로코는 미덥지 못한 목소리로 말했다.

히로코는 생각하기를 포기한 것처럼 보였다. 건성으로 대답하며 아들만 쳐다본다. 점점 이 창고에서 벗어나고 싶어 하는 것 같기도 했다.

야자키의 스마트폰은 하야토가 자기 웃옷 주머니에 챙겼다.

어쨌든 창고 현장 검증은 이걸로 끝났다. 우리는 물을 헤치며 계단으로 돌아갔다.

계단에서 기다리고 있던 세 사람에게 칼과 스마트폰을 발견했다고 알렸다.

히로코와 하야토는 물에서 올라와 몸을 닦자마자 침낭을 몸에 둘렀다.

나와 쇼타로도 철제 선반을 옮길 때 물을 뒤집어써서 몸이 식었지만, 실은 아직 조사가 끝나지 않았다. 살펴보지 않은 범인의 유류품이 하나 더 있다. 계단 근처에 가라앉은 가슴장화다.

쇼타로는 소매를 다시 걷으며 말했다.

"당연하지만 범인은 이걸 입고 창고로 향했을 거야. 그밖에는 젖지 않고 지하 2층으로 들어갈 방법이 없어.

그리고 예상치 못한 상황이 발생해 예정에 없는 살인을 저질렀지. 지금까지 두 번은 아주 냉정하게 살인을 수행했지만, 이번만큼은 범인도 동요했을 거야. 야자키 씨가 숨어 있었던 이상, 당장이라도 누가 상황을 보러 올지 몰라. 게다가 물이 허리 근처까지 차올랐으니 재빨리 어디로 숨지도 못해.

범인에게는 한시라도 빨리 현장을 떠나는 게 최선책이었어. 실제로 그렇게 했겠지. 칼도 창고에 그대로 남겨뒀을 정도야. 계단까지 왔을 때가 들킬 위험성이 제일 높지. 그래서 범인은 서둘렀어. 가슴장화를 벗어서 아무렇게나 내팽개쳤을 거야."

쇼타로는 소매를 걷어붙인 오른손으로 가슴장화를 주우려고 했다.

그러자 가슴장화에 감싸여 있던 뭔가가 물속으로 떨어질 뻔했다.

"아차차."

쇼타로는 양손으로 그것을 눌렀다.

"그거 뭐야?"

계단에서 복도를 바라보던 사람들도 쇼타로의 손에 시선을 모았다. 쇼타로는 그것을 손바닥에 얹어서 모두에게 보여주었다.

떨어질 뻔한 물건은 손톱깎이와 작은 지퍼백이었다.

"어? 그거 유야 물건 아니야?"

"맞아."

나와 쇼타로뿐만 아니라 모두 손톱깎이가 어디서 나온 물건인지 금방 생각난 듯했다.

유야의 배낭에 들어 있었던 손톱깎이다. 유야는 위생용품 같은 작은 소지품을 각각 지퍼백에 넣어 왔다. 유야가 죽은 후 유품을 하나씩 확인했으므로 모두의 기억에 남아 있었다.

"왜 그게 이런 곳에 있지?"

하나가 나와 쇼타로를 내려다보면서 말했다. 나는 갑자기 불안해졌다.

이건 분명 범인의 유류품이다.

그렇다면 나와 쇼타로가 제일 유력한 용의자로 부각되는 것 아닐까?

유야의 배낭은 쇼타로가 맡기로 하고 우리 방에 보관해두었다. 왜 거기 들었던 물건이 여기서 발견된 건지 당최 영문을 모르겠지만, 그 때문에 우리가 의심받지는 않을까?

하지만 쇼타로는 전혀 동요하지 않았다.

"이게 유야 군의 배낭에 들어 있던 손톱깎이라는 걸 모두 기억하는가 보군. 어째선지 그걸 범인이 꺼냈어.

하지만 누가 손톱깎이를 꺼낼 수 있었느냐를 따지면 누구나 가능했을 거야. 나와 슈이치는 당연히 꺼낼 수 있었고, 다른 사람에게도 특별히 어려운 일은 아니었겠지. 나도 슈이치도 꽤 자주 방을 비웠으니까. 밥 먹으러 갔거나 했을 때 몰래 방에 들어가서 배낭에서 손톱깎이가 든 지퍼백을 들고 나오면 돼.

빈집털이 같은 짓이지만 사실 그렇게 위험하지는 않아. 가령 나나 슈이치에게 들키더라도 손톱깎이를 쓸 일이 있어서 유야 군의 유품을 빌리러 왔다고 하면 그만이지. 그런다고 딱히 살인범으로 적발되는 건 아니야. 좀 몰상식한 인간이라고 여겨질 뿐이겠지.”

나는 맞장구를 치지 않았다. 용의자 둘이서 애써 항변하는 것처럼 들리지는 않을까 걱정됐다.

하지만 반론은 나오지 않았다. 손톱깎이는 비교적 손쉽게 아무나 가지고 갈 수 있었다. 그건 틀림없는 사실이었다.

류헤이가 쇼타로의 손을 노려보면서 말했다.

“범인은 손톱깎이로 뭘 하려고 했던 건데?”

“글쎄. 그것도 문제야. 적어도 살인에 쓰려던 건 아니었어. 몇 번이나 말했지만 이건 예정에 없던 사건이었으니까.”

그럼 손톱깎이로 뭘 할 작정이었을까?

범인은 그 창고에 칼을 가지러 갔던 듯하다. 만약 그렇다면 야자키 때문에 목적을 달성하지 못한 셈이다.

하지만 범인은 손톱깎이를 지퍼백에서 꺼냈다. 지퍼백에 든 걸 일부러 꺼냈으니 손톱깎이는 뭔가에 사용한 게 아닐까 추정된다.

목적을 달성하지 못했는데 손톱깎이는 필요했다? 아니면 범인에게는 우리가 모르는 목적이 있었던 걸까.

쇼타로는 계단에 지퍼백과 손톱깎이를 나란히 내려놓았다. 그리고 가슴장화의 양쪽 다리 부분을 잡고 들어 올려 물을 뺐다. 그것도 계단에 내려놓았다. 그리고 복도를 둘러보며 다른 유류품이 없다는 걸 확인했다.

"좋아. 이제야 물에서 나갈 수 있겠네."

우리 일곱 명은 증거품을 들고 계단을 올랐다.

4

칼과 손톱깎이는 식당 테이블에 놓아두었다.

그러고 나서 우리는 복도에 안치한 야자키의 시체 주변에 모였다.

야자키의 시체에는 아직 물이 흥건했다. 반쯤 벌어진 입속을 보고 나는 야자키가 어금니에 금니를 씌웠다는 걸 알았다.

쇼타로는 가족의 주검을 바라보는 히로코와 하야토에게 말을 걸었다.

"어떻게든 야자키 씨의 스마트폰에 저장된 정보를 확인하고 싶습니다만."

"네."

히로코는 공허한 목소리로 대답했다.

"해주시겠어요? 생각나는 비밀번호를 입력해보시고, 야자키 씨의 상태가 좋아지면 지문 인증도 시도해주셨으면 합니다. 이건 저희가 할 수 없는 일이에요."

"네. 해볼게요."

히로코는 우리를 뿌리치려는 듯이 남편의 양쪽 겨드랑이 아래에 손을 넣어 남편의 시체를 끌고 가려고 했다.

"어디 가시게요?"

쇼타로가 불러세우자 히로코는 엉거주춤한 자세로 야자키를 끌어안은 채 고개를 들었다.

"방에요. 거기서 할게요."

"저희도 잠금을 해제하는 순간을 확인하고 싶습니다."

우리 다섯 명에게 둘러싸이자 히로코와 하야토는 약탈이라도 당하는 듯한 표정을 지었다.

우리의 감시를 받으며 그런 작업을 하려면 심적으로 어마어마하게 고통스러울 것이다. 그들은 한시라도 빨리 우리에게서 멀어지고 싶은 것처럼 보였다.

하지만 모두의 운명을 좌우할지도 모르는 정보를 그들에게 맡겨도 괜찮을까?

스마트폰과 시체를 유족에게서 빼앗아 우리끼리 어떻게든 해결해야 할까?

히로코가 애처로운 목소리로 애원했다.

"저희를 방에 보내주세요."

결국 두 사람은 야자키를 질질 끌며 셋이서 쓰던 방으로 들어갔다. 시체가 지나간 자리에 물자국이 남았다.

"맡겨놔도 될까? 저 두 사람, 엄청 초췌하던데. 판단력이 흐려지지 않았겠어?"

"좋을 건 없겠지. 그렇다고 저들에게 너무 부담을 주는 것도 바람직하지 않아. 범인을 찾는다고 끝나는 일이 아니니까. 범인 찾기는 사정상 해야 했을 뿐, 우리의 목적은 여기서 탈출하는 거야. 그러기 위해서는 저들이 최대한 안정된 상태를 유지해야 해."

나와 쇼타로는 120호실로 향했다. 유야와 사야카의 시체를 안치한 창고다.

지금 해두어야 할 사소한 작업이 남아 있었다. 문을 열자 풍겨오는 악취에 코를 움켜쥐고, 바닥의 시체에서 눈을 돌렸다. 우리는 약 2미터 길이의 플라스틱 파이프를 골라 들고 서둘러 방에서 뛰쳐나왔다.

이 플라스틱 파이프에 가슴장화를 널 생각이다. 흠뻑 젖은 가슴장화를 미리 말려놓아야 한다. 범인은 한 번 더 가슴장화를 입고 닻감개를 돌리는 역할을 맡을 것이다.

쇼타로와 단둘뿐이라 마음에 걸리던 일을 물어보았다.

"손톱깎이를 언제 훔쳤을까?"

"글쎄. 슈이치가 마지막으로 본 건 언제야?"

"사야카가 살해당한 후에 모두 함께 짐 검사를 했을 때. 그때 말고는 한 번도 신경 쓰지 않았어."

"그렇구나. 난 그날 밤에도 배낭 속을 확인했어. 배낭을 사용해 공기통을 메는 건 어떠냐는 이야기를 했잖아. 괜찮을까 걱정돼서 열어봤는데 그때는 손톱깎이가 있었어."

그랬구나. 그렇다면 그 이후에 도둑맞은 셈이다.

"그리고 어제, 우리는 오후 8시쯤 식당에 통조림을 가지러 갔지? 그 후로는 쭉 방에 있었고.

그러니까 범인은 손톱깎이를 이틀 전 오전에 우리가 방을 비웠을 때부터 어제 오후 8시 사이에 가져갔다는 뜻이지. 뭐, 이건 그렇게 중요한 문제가 아니야. 언제 도둑맞았든 어차피 그걸로 범인을 추려내기는 불가능할 테니."

우리 방에 누가 몰래 드나들었는지 기억하는 사람은 없을 듯했다. 있다고 해도 그 사실만으로는 손톱깎이를 훔쳤다는 증거가 되지 않는다.

그럼 어디서 증거를 찾으면 될까?

어젯밤에 있었던 일을 처음부터 되돌아보았다.

히로코와 하야토의 말에 따르면 야자키는 오후 7시경부터 지하 2층의 창고에 숨어 있었다.

범인이 언제 거기로 갔는지는 모른다. 어쨌든 범인은 손톱깎이를 가지고 가슴장화를 입은 채 공구실로 향했다.

범인의 기척을 느낀 야자키는 물속에 잠수해 철제 선반에 몸을 숨긴다. 그리고 스마트폰으로 동영상을 촬영한다. 빛나는 화면은 골판지 박스 조각으로 가린다.

잠시 후 범인이 창고로 들어온다.

야자키는 발각되지 않도록 조심했겠지만, 그래도 범인에게 들킨다. 소리나 기포, 또는 가렸어도 빛이 새어 나오는 스마트폰 화면 때문이었는지도 모른다.

범인은 재빨리 자루가 긴 가지치기용 가위를 집어서 야자키의 가슴을 찔렀다.

야자키는 분명 죽기 직전에 범인이 자신을 공격하려 한다는 걸 알아차렸으리라. 하지만 저항할 수 없었다. 온몸이 냉기에 잠식당한 데다 공포가 사지를 옥죄었을 것이다.

야자키는 덧없이 살해당했다. 물속이라 범인에게는 운 좋게도 단말마의 비명은 새어 나오지 않았다.

범인은 동요한다. 그리고 한시라도 빨리 현장을 떠나기로 한다. 피해자의 스마트폰은 내버려 둔다. 선반 가로판 뒤쪽에 숨겨둔 칼도 회수하지 않는다.

범인은 서둘러 창고를 나선다. 계단으로 돌아가자 가슴장화를 벗고 손톱깎이와 지퍼백도 가슴장화와 함께 팽개친다. 남의 눈에 띄지 않게 조심하며 계단을 올라 자기 방으로 돌아간다. 대체로 그런 일이 일어났으리라.

몇 가지 마음에 걸리는 점이 있었다.

"손톱깎이와 지퍼백은 딱히 살인의 증거가 아니잖아? 현재로서는 범인이 어디에 손톱깎이를 사용했는지 전혀 짐작도 안 되고."

"응. 가지고 있어도 조금 수상쩍어 보일 정도겠지."

"그럼 왜 굳이 현장에 버리고 갔을까? 버리더라도 다른 곳에 버려야 의심을 안 받지 않겠어? 가슴장화랑 같이 버리는 바람에 범인이 그걸 사용했다는 사실이 들통난 거잖아."

"맞아. 뭐, 그만큼 당황한 거겠지. 범인이 반드시 합리적으로 판단했다고 보기는 힘든 상황이니까."

범죄에 얽힌 물건을 한시라도 빨리 버리고 싶었던 걸까.

"그런데 애당초 왜 유야의 손톱깎이를 가지고 갔을까? 어디에 사용했는지는 제쳐두고, 손톱깎이는 기계실 책상 서랍에도 있었잖아? 왜 그걸 사용하지 않은 거지?"

여기 온 날 밤, 〈방주〉의 도면을 확인했을 때 우리는 서랍 속의 손톱깎이를 보았다.

"거기 손톱깎이가 있다는 사실을 모두 다 안다고 할 수는 없겠지."

"아아, 그런가."

반면 유야의 소지품 중에 손톱깎이가 있다는 사실은 틀림없이 모두 다 안다.

"그리고 ―, 이 사건의 범인은 지금까지 사건을 저지른 범인과 동일인물일까?"

"유야 군과 사야카 양을 죽인 범인과 야자키 씨를 죽인 범인이 다른 사람 아니냐는 거야?"

"응."

말도 안 된다는 직감이 왔지만, 검토할 필요는 있었다.

범인은 그 창고에 사야카의 가슴을 찌른 칼을 찾으러 간 것처럼 보인다. 그렇다면 지금까지 벌어진 사건과 이번 사건은 동일범의 소행이 틀림없다.

하지만 결국 범인은 칼을 창고에 남겨두었다. 당황해서 칼을 회수할 정신이 없었는지도 모르지만, 범인은 언제쯤 야자키가 숨어 있다는 사실을 눈치챘을까?

"범인은 칼을 손에 쥐기 전에 야자키 씨를 살해한 거지? 그렇다면 자기가 범인이라는 사실이 아직 들통나지 않은 거잖아? 창고에 들어왔을 뿐이니까 얼마든지 핑계를 댈 수 있을 것 같은데. 뭔가 필요한 물건을 가지러 왔다는 식으로."

"맞는 말이긴 한데 범인 입장에서는 그렇게까지 대담하게 잡아 뗄 수 없었을 거야.

생각해봐. 범인은 창고에 아무도 없는 줄 알았던 데다 비밀도 숨겨놨어. 그런데 야자키 씨가 예상치 못한 방법으로 창고에 숨어 있었지. 야자키 씨가 범행의 진상을 전부 꿰뚫어 보고 잠복했다고 범인이 믿었어도 전혀 이상하지 않아. 칼하고는 관계없이 무조건 죽여야 한다고 생각했을걸.

그리고 만약 사건과 무관한 사람이 그 창고에 가서 물속에 숨은 야자키 씨를 발견했다고 치자. 슈이치라면 잠자코 있겠어?"

"아니, 무리지. 간 떨어지게 놀라서 고함을 꽥꽥 질렀을걸."

"대개 누구나 그럴 거야. 나도 그렇고. 살인범이 아닌 사람이 창고에 숨어 있는 사람을 발견하면, 오히려 그자가 범인인 줄 알고 살해당할까 봐 더럭 겁을 먹지 않겠어? 그리고 도움을 요청하려 하겠지.

그러지 않고 가지치기용 가위로 야자키 씨를 살해하겠다고 마음먹은 이상, 범인이 이전에도 비슷한 범죄를 저질렀다고 볼 수밖에."

"뭐, 그렇겠지."

역시 세 번째 사건은 지금까지 발생한 사건과 동일범의 소행이다.

두 번째 사건도 사야카의 스마트폰 속 정보를 은폐하는 것이 목적이었던 이상, 범인은 첫 번째 사건과 동일범이다. 따라서 일련의 사건은 동일범의 소행이라고 봐도 무방하리라.

그건 그렇고 두 번째와 세 번째 사건은 동기가 대강 판명됐다. 범인이 죄가 발각되는 걸 피하기 위해 저지른 짓이다. 하지만 첫 번째 사건의 동기, 대체 왜 이런 상황에서 유야를 죽였느냐 만큼은 여전히 전혀 짐작이 가지 않는다.

쇼타로는 가슴장화의 오른쪽 가랑이에 플라스틱 파이프를 끼웠다. 그리고 허수아비처럼 복도의 환풍구 근처에 기대어 세웠다.

"이러면 되겠지."

"제한 시간이 끝나기 전에 마를까?"

"글쎄다. 조금 축축해도 사용할 사람이 참는 수밖에."

누군가 한 명을 정해서 닻감개를 돌리기까지 남은 시간은 서른두 시간 남짓이었다.

지하 1층 계단에 가까운 복도 모퉁이에는 사용될지도 모를 고문 기구가 여전히 놓여 있다.

5

우리는 일단 방으로 돌아갔다.

쇼타로는 자기 가방에 넣어놓은 사야카의 스마트폰을 꺼냈다.

구멍이라는 구멍에는 다 티슈를 넣어두었다.

수분을 최대한 제거하기 위해서다.

어제 시험했을 때는 켜지지 않았다.

쇼타로는 하루 만에 충전 케이블을 꽂고 전원 버튼을 눌렀다.

"어때?"

마른침을 삼키며 새카만 화면을 들여다보았다.

몇십 초를 기다려도 화면은 켜지지 않았다.

아직 물기가 다 마르지 않았거나, 아니면 어딘가 합선된 걸까. 가령 켜지더라도 비밀번호를 모른다. 사야카의 스마트폰에 담긴 정보는 이제 확인하기를 포기할 수밖에 없을 듯했다.

증거품은 슬슬 한군데 모아두기로 했다. 우리는 사야카의 스마트폰과 유야의 배낭을 들고 식당으로 향했다.

식당에는 하나, 마이, 류헤이가 있었다.

마치 병원 대기실 같은 광경이었다. 다들 죽을병에 걸린 듯한 얼굴로, 몸을 구부린 채 의자에 앉아 있거나 초조하게 테이블 옆을 왔다 갔다 했다. 그러다 답답해지면 가끔 화장실에 가거나 자기 방에 돌아가는 듯했다.

하지만 오랜 시간 자리를 비우지는 않는다. 마치 호출이라도 기다리는 것처럼 금방 식당으로 돌아온다.

사태가 막판에 가까워졌다는 걸 모두 알고 있었다. 이제 서로 피할 수만은 없는 노릇이다.

우리가 짐을 들고 식당에 들어가자 하나가 제일 먼저 물었다.

"뭐 했어?"

"가습장화를 말리고 왔는데."

"뭐야."

기대가 어긋났다는 표정으로 실망하는 하나에게 이번에는 내가 물었다.

"야자키 씨네는 어때? 뭔가 움직임이 있었어?"

"아니, 전혀."

시체와 함께 방에 틀어박힌 후로 히로코와 하야토에게서는 아무 소식도 없다.

하나는 테이블에 푹 엎드려 누구에게랄 것도 없이 말했다.

"정말로 지문 인증이 될까? 그런 걸 생체 인증이라고 하잖아. 생체 인증인데 시체로도 가능해?"

"아마 될 거야. 지문 인증은 전기로 피부의 굴곡을 인식하는 기술이니까 시체로도 안 될 건 없겠지. 젤라틴으로 지문을 본떠서 지문 인증을 통과했다는 인터넷 뉴스를 본 적 있어.

아, 하지만 최신형 스마트폰은 초음파로 혈류를 감지한다고 들었는데. 그럼 시체로는 안 되려나."

"그렇게 최신형이었나?"

"아니, 얼핏 보기에는 아니었는데. 2, 3년은 된 기종 같았어."

"그럼 상관없겠네."

하나가 고개를 들고 내게 면박을 주었다.

나와 쇼타로는 증거품을 테이블에 내려놓고 의자를 적당히 골라서 앉았다.

침착하지 못하게 돌아다니고 있던 류헤이가 입을 열었다.

"비밀번호는 몇 자리지?"

쇼타로가 대답했다.

"아까 홈 화면을 봤는데, 여섯 자리였어."

나는 그것까지는 알아차리지 못했다.

네 자리라면 닥치는 대로 시도해볼 수도 있다. 하루는 걸리지 않으리라. 제한 시간 안에 끝을 볼 수 있다. 하지만 여섯 자리라면 야자키 가족과 관련 있는 숫자가 아닌 한, 맞히기는 거의 불가능하다.

"야자키 씨의 시체는 아직도 덜 말랐으려나."

마이가 중얼거렸다. 여기에는 아무도 대답하지 않았다.

목욕하면서 불은 손가락이라면 마르고도 남았을 것이다. 하지만 야자키는 몇 시간이나 물속에 잠겨 있었을 가능성이 있다. 혹시 생명 활동이 정지된 게 건조 시간에 영향을 줄 수도 있을까?

다들 야자키의 스마트폰에 어떤 정보가 남아 있을지 관심을 집중하고 있다.

범인 찾기라는 난제를 해결해줄 열쇠는 그 정도밖에 없었다. 결국 범인은 아무에게도 들키지 않고 살인을 세 번이나 해냈다.

쇼타로도 범인의 정체에 관해서는 아무 말도 없다.

쇼타로에게 생각이 있다는 건 안다. 하지만 쇼타로도 정보를 확인할 때까지는 침묵을 고수할 작정인 듯했다. 동영상에 범인이 똑똑히 찍혀 있으면 추리는 필요 없다. 명쾌한 증거를 발견해 성가신 논의는 생략하는 것이 최고다.

우리는 서로 눈을 마주치지 않도록 조심했다.

누가 범인인가?

식당은 그 의문으로 가득 차서 터질 것만 같았다.

지금까지는 누군가를 콕 집어서 몰아세우는 게 금기시됐지만, 지금은 까딱하면 서로 욕설과 비난을 퍼부을 것 같은 분위기다. 그러지 않는 건 스마트폰 잠금이 해제되기를 기다릴 만한 이성이 모두에게 남아 있는 덕분이었다.

식당을 아무리 둘러보아도 범인 같은 인물은 눈에 들어오지 않았다. 죄상이 폭로될까 봐 겁먹고 당황한 기색이 역력한 사람은 아무도 없었다.

당연할지도 모른다.

목숨이 걸린 건 범인뿐만이 아니다.

범인이 밝혀지면 '어차피 사형당할 테니 이왕 죽을 거면 우리를 구해주지 않겠느냐'라고 우리는 범인을 설득할 것이다. 일이 잘 풀리지 않으면 어떻게 할지는 모르겠다. 범인을 고문할까. 그런데도 범인이 저항하면 그때는 아무도 살아남지 못할 수도 있다.

어떤 의미에서 우리의 운명은 범인의 손에 쥐어져 있는 셈이다. 우리나 범인이나 궁지에 처했다는 사실은 변함없었다.

불안과 허탈감이 우리의 마음을 짓눌렀다. 분명 독재자의 명령을 받고 전쟁터로 향하는 병사의 기분에 가깝지 않을까 싶었다.

지진으로 지하에 갇히고 살인이 벌어진 후, 우리는 닷새나 범인을 찾으려 애썼다.

그사이에 두 명이 더 죽었다.

차라리 유야의 시체가 발견된 직후에 제비뽑기라도 해서 지하에 남을 사람을 결정했다면 사망자가 덜 나왔을 것이다.

이건 단순한 결과론일까?

하지만 증거가 전혀 없었던 첫 번째 살인사건을 대하며 우리는 두 번째 사건이 벌어지기를 남몰래 기대하지 않았던가?

우리가 한 일은 정말로 올발랐을까? 분명 올바르지는 않다. 하지만 그 외에는 선택할 방법이 없었다. 그러니 비난받을 이유는 없다고 생각한다. 하지만 진정한 결단을 내리는 건 이제부터다.

범인이 누군지 모르는 상황에서도 한 가지 생각이 끊임없이 머릿속을 맴돌았다.

누가 범인이라면 닻감개를 돌리겠다고 동의해줄까?

그리고 나는 누가 범인이기를 바랄까?

나는 그 두 가지 질문에 명확한 답을 가지고 있다.

물론 절대로 입 밖에 낼 수는 없다.

숨겨야 한다.

나뿐만이 아닐 터였다. 다들 그런 생각을 하면서 식당 여기저기에 멍하니 시선을 던지고 있었다.

문득 류헤이와 눈이 마주쳤다. 우리는 서로 얼굴을 몇 초 응시했다.

야자키의 죽음과 줄어드는 제한 시간 때문에 잊고 있었지만, 나를 향한 류헤이의 적의가 결코 옅어지지 않았다는 것을 표정으로 확신했다.

류헤이가 본 나도 분명 똑같은 표정 아니었을까.

6

제한 시간이 스물네 시간 남았다.

나는 화장실에 들렀다가 야자키 가족의 방으로 향했다.

상황이 궁금했다. 시간이 많이 흘렀지만 히로코와 하야토는 여전히 깜깜무소식이다.

잠금을 해제하느라 애먹는 걸까? 애초에 두 사람은 죽은 자가 남긴 정보를 확인하는 작업에 매달리고 있긴 한 걸까.

야자키가 죽어서 두 사람은 넋이 나갔다. 과연 요 몇 시간 만에 제정신이 들었을까.

죽은 가족과 함께 방에 틀어박혀 있다. 시체에게서 눈을 돌릴 수는 없다. 이제 말랐을까, 이제 될까 싶은 마음으로 몇 번이고 시체의 손을 스마트폰에 댄다. 잘 안 되면 야자키가 비밀번호에 사용할 법한 여섯 자리 숫자를 계속 입력한다.

그들은 그런 작업을 제대로 수행하고 있을까?

현재 히로코와 하야토의 판단 능력이 정상일지 의심스럽다. 역시 억지로라도 스마트폰과 시체를 빼앗아서 우리가 잠금을 해제하는 게 낫지 않을까? 하지만 우리로서는 비밀번호를 추측할 방도가 없는데—

살그머니 문 앞으로 다가가 실내의 소리에 귀를 기울였다.

비통하지만 결코 넋이 나가지는 않은, 의지에 찬 히로코의 목소리가 들렸다.

—만약 잘 안 되면 엄마가 그 바위를 떨어뜨릴게. 그럼 하야토는 저 사람들이랑 같이 여기를 벗어나서 집으로 돌아가.

하야토가 눈물 어린 목소리로 대답했다.

—싫어! 절대로 싫어! 그럴 바에야 나도 여기서 죽을래! 그게 나아!

아들의 대답에 히로코는 탄식했다.

대화는 그것으로 끝나고 한동안 두 사람이 목메어 우는 소리만 들렸다. 잠금을 해제하는 작업은 진전이 없는 듯했다.

아직 시간은 괜찮을까?

어쨌거나 나로서는 두 사람에게 할 말이 없다. 발소리가 나지 않도록 조심해서 그 자리를 떠났다.

7

식당으로 돌아가서 꼬질꼬질한 의자에 다시 앉았다.

들은 내용을 네 사람에게 전달할 마음은 들지 않았다. 굳이 말하지 않아도 상상이 갈 것이다. 아무 간섭 없이 히로코와 하야토가 진정되기를 좀 더 기다리는 편이 좋을까.

기다린들 진정되기는 할까?

야자키의 죽음으로 찾아온 충격에서 벗어난대도, 그 무렵에는 남은 시간이 아슬아슬할 것이다.

시간은 쉬지 않고 흘러간다.

낮밤의 구별이 없는데도 이 지하 건축물만큼 시간의 흐름이 무겁게 느껴지는 곳도 없었다. 건물 자체가 물시계 비슷한 느낌이다.

복도에서 발소리가 들렸다. 식당 문이 맹수가 뛰쳐나올까 봐 경계하는 것처럼 천천히 열렸다.

들어온 사람은 히로코였다. 혼자다. 하야토는 방에 남겨놓고 온 모양이다.

히로코는 표정을 가다듬었다. 눈물 자국은 보이지 않았다.

"남편의 휴대폰 말인데요, 지문이 잘 인식되질 않네요. 그러니 조금만 더 기다려주세요."

히로코는 무감정하게 말하자마자 아들과 남편의 시체가 기다리는 방으로 돌아갔다.

우리 다섯 명은 얼굴을 마주 보았다.

"뭐야? 지문을 인식하는 센서가 고장 났나?"

하나가 아무도 대답할 수 없는 질문을 던졌다.

마이가 장단을 맞추었다.

"지문 인증은 가끔 버벅거리고는 하지. 오류가 나서 지문을 다시 등록해야 할 때도 있잖아."

나도 스마트폰이 그렇게 된 적이 있다.

그럼 비밀번호 여섯 자리를 입력하는 것 말고는 잠금을 해제할 방법이 없는 건가? 그렇다면 절망적이다.

그 후로 히로코가 몇 번 식당에 와서 진척 상황을 알렸다.

하지만 처음과 똑같은 말을 되풀이할 뿐이었다. 요컨대 진척이 없다는 뜻이다. 우리가 센서를 잘 닦아보는 게 어떻겠냐는 등 하잘것없는 조언을 하면 히로코는 얌전히 고개를 끄덕이고 방으로 돌아갔다.

나는 답답해지면 기계실에 가서 모니터 두 대를 들여다보았다. 바깥 풍경은 여전히 아무 변화도 없었다. 슬슬 땅거미가 내릴 시간이었다.

내가 기계실에 드나드는 걸 알고 다른 사람들도 흡연실에 휴식하러 가는 것처럼 종종 기계실에 들러 지상의 상황을 확인했다.

일종의 기분전환이자 위안을 얻기 위한 행동이었다.

하지만 그 행동이 모두에게 중독 증상을 일으켰다. 바깥을 갈구하는 마음이 온몸의 신경을 자극했다. 한편으로는 괴로우면서도 바깥세상을 떠올릴 실마리를 얻기 위해 멈추지 못하고 계속 영상을 봤다.

날이 저문 후에도 우리는 기계실에 드나들었다. 보름달에 가까운 달이 지상을 비추고 있었다. 구식 감시카메라의 어둡고 해상도가 낮은 영상으로도, 메마른 풀과 나무 사이에 신선한 공기가 감돌고 있다는 걸 알 수 있었다. 철문을 비틀어 열고 출입구를 빠져나가 공기를 실컷 쐬는 상상을 하자 가슴이 달아올랐다.

제한 시간이 끝날 때까지 열네 시간 남짓 남았다.

그 전에 범인을 찾아낸다고 끝나는 게 아니다. 설득하거나 고문해야 한다. 남은 시간은 정말로 충분할까?

8

우리 다섯 명은 식당에서 계속 기다렸다.

"아무래도 이제 위험한 거 아닌가?"

류헤이가 말했다.

"그 인간들 아무 말도 안 한 지 꽤 됐잖아. 지금 스마트폰 속 정보를 확인하지 못하면 끝장이야. 기다리기만 해서 어쩌자는 거야.

그 인간들 우리한테 뭔가 감추고 있는 거 아니야? 그게 아니라면 우리가 희생자를 정할 때까지 방에 처박혀 있으려는 생각이겠지. 그때까지 방에서 시간을 죽이려는 거 아니겠어?"

히로코와 하야토가 문을 막고 방에 틀어박혀 있으려는 것 아니겠느냐는 말이다.

가령 우리가 문을 걷어차든, 두드리든, 소리를 지르든 두 사람이 절대로 나오지 않겠다고 결심하면 결국 우리는 여기 있는 다섯 명 중에서 닻감개를 돌릴 사람을 정해야 한다. 그리고 바위가 떨어지는 소리가 들린 후에 유유히 방에서 나오겠다는 건가?

아까 히로코와 하야토의 대화를 엿들었을 때는 그런 낌새가 느껴지지 않았다. 하지만 시간이 흘러서 마음이 바뀌었을 가능성은 있다.

류헤이는 성큼성큼 식당을 나섰다.

우리도 따라갔다. 그의 주장을 엉뚱한 트집이라고 볼 수만은 없었다.

복도에 다섯 명의 발소리를 울리며 야자키 가족의 방으로 갔다. 류헤이가 주먹으로 문을 두드렸다.

"이봐! 언제까지 그러고 있을 거야?"

히로코와 하야토가 방에 틀어박혔다고 단정하는 말투였다.

주저하듯 잠깐 뜸을 들인 후 문이 열렸다. 히로코가 겁에 질린 얼굴을 내밀었다.

실내는 어두웠다. 형광등이 반쯤 꺼진 상태였다.

히로코의 뒤쪽, 방 한복판에 야자키의 시체가 머리를 문 쪽으로 향한 채 위를 보고 누워 있었다. 매트리스 세 개는 벽 앞으로 밀어 놓았다. 저번에 사용한 알루미늄 파이프가 바닥에 널브러져 있었고, 시체 곁에는 하야토가 스마트폰을 들고 웅크려 앉아 있었다.

쇼타로가 두 사람을 진정시키는 동시에 위협하는 듯한 독특한 목소리로 말했다.

"히로코 씨, 하야토 군. 이제 정말로 시간이 없습니다. 고타로 씨의 스마트폰에 무슨 정보가 있는지 확인하고 싶었지만 보아하니 잘 안 된 모양이로군요.

증거를 발견하는 게 최고지만, 그럴 가망이 없다면 저희는 슬슬 다른 이야기를 해야 합니다. 설령 범인을 알아내지 못하더라도 누가 지하에 남을지 정해야 해요."

"범인을 알아내지 못하더라도?"

히로코가 작게 되뇌었다.

"그럼 갇히자마자 정했으면 됐을 텐데. 그럼 우리 남편도 죽지 않았을지 모르잖아요."

"옳으신 말씀입니다. 이 이상 무고한 사람을 희생시키면 저희는 쓸데없이 사망자를 늘리는 셈이겠죠.

그래도 어떻게든 정하지 않으면 다 죽습니다. 남은 시간 안에 최선을 다하는 수밖에 없어요."

쇼타로의 말에 히로코와 하야토는 아무 반응도 보이지 않았다.

두 사람에게는 '최선'이라는 말이 와닿지 않는지도 모르겠다. 이제 뭘 어쩌든 야자키는 살아나지 않을 테니까.

그들이 무기력해 보이는 이유는 증오를 억누르고 있기 때문인 것 같기도 했다. 지금 쳐들어오듯 방을 찾아온 다섯 명 중에 야자키를 죽인 범인이 있다. 그렇게 확신하기 때문에 솟구친 증오일지도 모른다.

어머니와 우리의 대화에 진전이 없자, 뒤편에 있는 하야토가 죽은 아버지의 손을 들어 손가락을 하나씩 스마트폰에 댔다.

그 손놀림을 보고 있으려니 딱했다. 벌써 수없이 했던 일을 헛수고인 줄 알면서 반복 중이다. 하야토는 토라졌던지, 아니면 그저 우리에게 비아냥거리는 건지도 모른다.

시체의 손끝이 센서에 제대로 닿지 않는 걸 보고 류헤이는 히로코를 밀어젖히더니 성큼성큼 방으로 들어갔다.

"야, 그럼 무슨 소용이냐. 줘봐."

류헤이는 하야토의 손에서 스마트폰을 낚아채더니 시체의 손가락을 오물 다루듯 집어서 하나씩 센서에 꾹 눌렀다.

야자키는 마지막으로 보았을 때보다 한층 시체다웠다. 피부가 흰색과 보라색으로 얼룩덜룩했다. 이게 시반인가? 시체가 이렇게 변하는 과정을 히로코와 하야토는 옆에서 내내 지켜보았다.

"안 되잖아."

류헤이는 스마트폰을 야자키의 옷으로 닦고 시체의 열 손가락을 다시 하나씩 센서에 문질렀다.

스마트폰을 빼앗긴 하야토는 떠밀려서 넘어진 것처럼 네발로 엎드려 있었다.

얼굴은 보이지 않았다. 하야토는 네발로 엎드린 채 짐승이 울부짖듯 오열했다. 그리고 바람을 가르는 것 같은 소리를 내며 숨을 들이마셨다.

하야토가 바닥에 널브러진 알루미늄 파이프를 들고 일어섰다.

그는 눈물을 줄줄 흘리며 절규했다. 그리고 우리가 말릴 틈도 없이 파이프로 류헤이의 머리를 내리쳤다.

"으악! 뭐 하는 짓이야!"

류헤이가 하야토에게 덤벼들었다. 하지만 하야토가 마구잡이로 휘두르는 알루미늄 파이프가 류헤이의 명치를 제대로 때렸다.

류헤이는 균형을 잃고 야자키의 시체 위에 쓰러졌다.

이제 아무 말도 할 수 없는 야자키의 표정이 일그러진 것처럼 보였다. 거기에 겁을 먹었는지 하야토의 공격 태세가 약해졌다.

히로코는 두 손에 얼굴을 묻은 채 문 근처에 주저앉았다. 나는 하야토를 말리기 위해 히로코를 피해 방으로 들어갔다.

그러자 하야토가 으아아아아아아―, 하고 소리를 지르며 이번에는 내게 덤벼들었다.

알루미늄 파이프에 왼쪽 손목을 맞았다. 무심코 오른손으로 왼쪽 손목을 보호했다.

하야토를 꽉 껴안으려 했지만 발치의 류헤이와 시체가 방해됐다. 나는 넘어졌다.

알루미늄 파이프가 날아들었다.

―안 돼! 그만!
―좀, 왜 이러는 건데!

복도에서 마이와 하나의 비명이 들렸다.

하지만 치명적인 일격을 맞기 전에, 쇼타로가 더할 나위 없이 효과적인 한마디로 하야토를 제지했다.

"멈춰! 하야토 군, 만약 슈이치가 범인이면 어쩔 거야? 네가 때린 탓에 범인이 닻감개를 돌릴 수 없게 되면 누가 책임질 건데?"

파이프는 내 어깨를 스쳤다.

공격을 멈춘 하야토는 방구석으로 휘청휘청 걸어가서 매트리스에 이마를 대고 웅크렸다. 그리고 몸을 떨며 훌쩍훌쩍 울었다.

시체 위로 쓰러진 류헤이가 느릿느릿 몸을 일으켰다.

"제기랄. 아파 죽겠네."

류헤이는 그렇게 중얼거리며 평형감각을 확인하듯 고개를 휘휘 내저었다. 크게 다치지는 않은 것 같았다.

나도 바닥을 짚고 일어섰다. 손목에 통증이 남아 있었지만 대단하지는 않았다.

문 근처에 멍하니 앉아 있던 히로코가 간신히 들릴 만한 목소리로 "죄송해요" 하고 말했다.

폭력 사태가 발생하고 말았다.

아직 희생자를 정하는 논의도 시작하지 않았다. 하지만 하야토는 살의에 가까운 감정을 품고 우리를 공격했다.

아버지의 시체가 모욕당한 것처럼 느꼈을 하야토의 기분은 어쩐지 이해가 갔다. 제일 어린 하야토의 정신 상태가 한계에 다다른 것도 무리는 아니었다. 그러므로 방 안쪽에서 우는 그를 아무도 탓하지 않았다.

하지만 소동은 우리에게 강렬한 공포를 심었다. 지하에 남을 사람을 정할 때는 더 심한 폭력 사태가 발생할지도 모른다. 그 결과 닻감개를 돌릴 사람이 없어질 수도 있다. 방금 있었던 일은 마치 예행연습인 것만 같았다.

우리는 하야토가 진정되기를 잠시 기다렸다.

훌쩍훌쩍 우는 소리가 작아지자 쇼타로가 입을 열었다.

"다들 냉정하게 이야기를 들을 수 있겠어? 더는 뭔가 기다릴 여유가 없어. 정해야 할 일을 정해야 해.

그동안 몇 가지 생각해봤어. 결정적인 증거를 찾지 못했을 때 하려던 이야기야. 그 이야기를 해도 될까?"

"아, 죄송해요. 그 전에 드릴 말씀이 있어서요. 지금 생각났는데요 —"

마이가 막 시작된 쇼타로의 말에 끼어들었다.

"시도해보지 않은 잠금 해제 방법이 있지 않나 싶어서요. 그, 혹시 야자키 씨의 스마트폰에 등록된 게 지문이 아닐 가능성은 없을까요?"

"아아! 그렇지."

쇼타로는 맞장구를 쳤지만 나는 무슨 소린지 이해가 되지 않았다.

"제 친구 중에 손가락 관절 부분을 스마트폰에 등록해서 사용하는 애가 있거든요. 손끝을 등록하면 땀 때문에 인식이 잘 안 된다면서요. 야자키 씨도 그렇게 하시지 않았을까요?"

설명을 듣자 이해가 갔다.

손끝 이외의 부분을 지문처럼 등록한다는 소리다. 야자키는 전기공사기사였다. 손끝이 더러워져도 스마트폰을 사용할 수 있도록 관절 부분을 인증용으로 등록했을지도 모른다.

안쪽에서 아들의 등을 문질러주던 히로코가 천천히 일어서서 바닥에 떨어진 스마트폰을 주웠다.

히로코는 남편의 오른손을 잡아서 펼쳤다. 그리고 마이가 제안한 대로 엄지손가락 관절 아랫부분을 스마트폰 센서에 댔다.

"어머!"

히로코가 작게 환성을 질렀다.

모두가 히로코 주변에 우르르 모여들었다.

스마트폰 화면을 보자 잠금이 해제됐다.

"어때요? 동영상은 남아 있습니까?"

"잠깐만요. 어디 보자—"

쇼타로의 재촉에 히로코는 어색한 손놀림으로 화면을 건드렸고, 몇 번 실수한 끝에 사진과 동영상을 볼 수 있는 앱을 열었다.

"이거인지도?"

화면을 내리자 맨 밑에 시커먼 섬네일로 표시된 동영상이 있었다.

야자키가 마지막으로 찍은 걸까. 섬네일을 누르자 물속에서 나는 듯한 소리와 함께 시커먼 영상이 재생됐다.

처음에는 고화질 노이즈*가 어른거릴 뿐이었다. 영상이 흔들리고 있다는 사실만 겨우 알 수 있었다. 잠시 후 쿨렁쿨렁, 하는 소리

---

* ISO 감도를 높여서 촬영했을 때 사진 또는 영상의 질감이 거칠어지거나 색깔이 변색되는 현상을 가리킨다.

가 잦아들었다. 아무래도 물속에 잠수한 야자키가 철제 선반 아랫단에 몸을 숨기고 움직임을 멈춘 듯했다.

시커먼 영상이 몇십 초 더 계속됐다.

드디어 화면 오른편 위쪽이 희미한 흰색으로 변했다.

범인이 창고에 들어왔다!

흰색은 범인이 소지한 조명이리라.

몇 초 후, 화면이 깜박이는가 싶더니 영상이 밝아졌다. 범인이 천장의 형광등을 켠 것이다.

초점이 맞을 때까지 시간이 좀 걸렸다. 가슴장화에 감싸인 두 다리가 물에 잠긴 창고를 나아가는 모습이 비쳤다.

모두 마른침을 삼켰다.

범인은 신중하게 걸음을 옮겨 안쪽 선반으로 향했다.

영상은 그 모습을 쫓아갔다.

야자키의 손이 떨리는지 흔들림이 심해졌다.

범인이 방 중간쯤에서 느닷없이 멈춰 섰다. 그리고 상체를 비튼 듯 두 발이 조금 돌아갔다.

이쪽을 향한 모양이다. 가슴장화에 감싸인 두 다리는 그 자리에서 잠시 미동도 없었다.

혹시 이게 범인이 야자키가 철제 선반에 숨어 있다는 사실을 눈치챈 순간일까?

이윽고 두 다리는 창고 안쪽의 왼편으로 나아갔다. 그리고 이쪽으로 다시 돌아서더니 망설임 없이 카메라를 향해 돌진했다.

"앗—"

히로코가 엉겁결에 자기 입을 막았다.

틀림없었다. 범인은 야자키를 공격하려 한다.

영상이 크게 흔들렸다. 야자키가 철제 선반에서 빠져나오려고 몸부림치는 것이다.

알다시피 이미 늦었다. 물속에 가지치기용 가위가 쑥 들어오는 광경이 보였다.

스마트폰이 내팽개쳐졌다.

회선하는 영상 속에 야자키가 뱉어낸 기포가 마지막으로 찍혔다.

화면이 어두워지는가 싶더니 거기서 영상이 끝났다.

우리는 영화관에서 관람한 호러 영화가 이해할 수 없는 결말을 맞은 것처럼 얼굴을 마주 보았다.

"이걸로 범인이 누군지 알 수 있겠어?"

하나가 불만스러운 듯 말했다.

영상에 범인을 지목하기 위해 도움이 될 만한 정보는 전혀 없었다. 가슴장화를 입은 다리가 찍혔을 뿐이다.

한 명씩 가슴장화를 입고 범인의 걸음걸이를 재현해볼까? 그리고 영상과 일치한 사람을 범인으로 확정할까. 분명 헛수고일 것이다. 물속에서 찍은 영상인 데다 흔들림이 심하다. 가슴장화도 밑위 길이가 길어서 누가 착용한들 겉모습에 별 차이가 없다. 최신 기술로 분석하면 뭔가 알아낼 수도 있겠지만, 우리끼리 논의해봤자 결론은 낼 수 없다. 서로 규탄하느라 사태만 악화되리라.

"히로코 씨, 촬영 시각은 몇 시입니까?"

쇼타로의 질문에 히로코는 놓칠 뻔했던 스마트폰을 고쳐 잡았다. 히로코는 영상 속에서 구체적으로 재현된 남편의 죽음을 보고 다시 충격을 받았다.

"오후 10시 48분이라고 되어 있네요."

"그렇군요. 시체가 발견되기 4시간쯤 전이로군. 좋아."

스마트폰을 들여다보고 히로코의 대답이 틀림없다는 걸 확인한 후 쇼타로는 말했다.

"이 영상만 가지고는 범인을 밝혀낼 수 없어. 그건 범인도 알고 있었겠지.

하지만 확인할 가치는 충분했어. 덕분에 아까 하려던 말을 좀 더 자신감 있게 할 수 있겠군.

이의가 없다면 식당으로 가고 싶은데, 괜찮겠어? 기분이 우울해질 이야기니까 조금이라도 넓은 곳에서 하는 편이 좋겠지. 그리고 거기 놓아둔 증거품도 필요해."

히로코가 남편의 시체에 시선을 떨어뜨린 채 물었다.

"범인이 누구인지 말씀하시겠다는 건가요?"

쇼타로는 또렷하게 대답했다.

"그렇습니다."

히로코는 깊은 한숨을 쉬었다. 그리고 아들의 팔을 잡고 일으켜 세웠다. 하야토도 어머니에게 저항하지 않았다.

쇼타로가 앞장서서 방을 나섰다. 나머지 사람이 장례 행렬처럼 줄줄이 뒤를 이었다.

이제 일곱 명 중 누구 한 명은 죽어야 한다. 사실 이건 관을 짊어진 장례 행렬과 다를 바 없었다.

5

선별

1

우리는 식당의 긴 테이블 옆에 빙 둘러섰다.

생존자는 이제 일곱 명뿐이다. 모두가 서로 얼굴을 확실히 관찰할 수 있다.

다들 긴장과 피로 때문에 시체 같은 표정이었다. 하지만 이 마당에 와서도 범인이라면 드러낼 법한 동요를 보이는 사람은 없었다.

쇼타로는 테이블에 늘어놓은 증거품을 힐끗한 후 말했다.

"다들 알다시피 이제 누가 지하에 남을지 정해야 해. 앞으로 열두 시간 정도밖에 안 남았어.

하지만 일단 그 점은 잊어버리고 내가 지금부터 할 이야기를 들어줘. 잊어버리라고 한들 쉽지는 않겠지만, 내 논리가 옳은지 그른지 판단할 때 그 점을 전제로 하지 않도록 주의했으면 해. 아니면 무고한 사람을 죽음으로 내몰 수도 있으니까.

그리고 범인을 지목하는 과정에서 우리 사이의 인간관계는 일절 고려하지 않겠어. 예를 들면 야자키 고타로 씨가 살해당했으니까 충격을 받은 아내와 아들은 범인일 리 없다, 그런 식으로는 생각하지 않겠다는 뜻이야. 용의자는 나 자신도 포함해 누구도 특권 없이 취급할 거야. 최대한 여한을 남기지 않기 위한 조치야.

그러한 전제 아래, 내 논리가 타당하다고 모두가 인정하면 가장 중요한 의제로 넘어가기로 하자. 어때?"

쇼타로는 용의자 한 명 한 명에게 시선을 주었다.

모두 차례대로 고개를 끄덕였다.

정말로 이제 범인이 밝혀지는 건가?

다들 아직 반신반의하는 듯했다. 하지만 제한 시간이 얼마 남지 않은 급박한 상황에서도, 쇼타로가 철두철미하게 논리적으로 범인을 지목하겠다고 선언한 덕분에 모두 조금이나마 안도했다.

2

쇼타로는 되도록 담담한 투로 말을 이었다.

"그럼 시작하자. 일단 유야 군 사건부터 복습해볼게.

약 140시간 전, 지하 건축물에서 아침을 기다릴 때 지진이 발생했어. 심하게 흔들리는 와중에 바리케이드 역할로 놓아둔 바위가 출입구인 철문을 막는 바람에 우리는 지하에 갇혔지. 더 나아가 물이 건물에 유입돼서 누군가의 목숨을 희생하지 않으면 여기서 탈출할 수 없는 상황에 빠졌어.

그 사실이 판명되는 것과 동시에 유야 군이 살해됐지. 지하 1층의 제일 안쪽 창고에서 로프로 목이 졸려서 말이야. 모두 철골을 빼내기 위해 렌치를 찾아다니는 동안 발생한 일이야.

살해 방식은 의문점이 없을 만큼 단순했지. 기묘한 점은 왜 지하에 갇힌 순간에 유야 군을 죽여야 했느냐는 거야.

범인은 자기 자신을 어마어마한 궁지에 몰아넣은 셈이야. 범인임이 밝혀지면 강제로 지하에 남는 역할을 떠맡아야 하리라는 건 상상이 갔을 텐데.

한편 범인이 아닌 입장에서 보면 이 사건을 어떻게 받아들여야 할까 참 복잡한 심경일 거야. 만약 유야 군이 살해당하지 않았을 경우, 우리가 대체 어떻게 했을지 생각해보면 말이야. 희생양을 정하기 위해 피 튀기며 싸웠을 가능성마저 있어. 하지만 행인지 불행인지 그런 사태는 일단 뒤로 미뤄졌지.

사건의 동기는 전혀 짐작이 안 되지만, 애당초 동기로 범인을 지목하기는 불가능하지 않을까 싶어. 타이밍상 살인은 이 특수한 상황으로 말미암아 벌어진 일이라고 봐야겠지. 하지만 이 상황은 용의자 전원에게 공평하게 주어졌어.

그럼 뭘 바탕으로 범인을 찾아내야 하느냐가 첫 번째 사건의 큰 문제였어. 동기 외에 이 사건에는 아무 수수께끼도 남아 있지 않았거든."

　범행 현장에서는 단서라고 할 만한 것이 일절 눈에 띄지 않았다. 범인은 첫 번째 살인을 거의 완벽하게 저질렀다. 그래서 우리가 두 번째 사건이 일어나기를 바라는 마음마저 먹은 것이다.

　"하지만 정말로 증거가 전혀 없지는 않았을 거야. 우리가 알아차리지 못했을 뿐 분명 있었어.

　증거를 놓친 건 정말 안타까운 일이야. 빨리 그 가능성을 떠올렸다면 두 번째와 세 번째 사건은 막을 수 있었을지도 모르는데. 그게 뭐였는지는 이제 범인에게 물어보는 것밖에 알 방법이 없겠지."

　나와 범인 외에는 쇼타로의 말이 뭘 가리키는지 모를 것이다. 하지만 그 증거를 놓친 탓에 두 번째와 세 번째 사건이 일어났을지도 모른다고 암시하자 갑자기 사람들 사이에 어수선한 분위기가 감돌았다.

　히로코가 꾹 다물고 있던 입을 벌려 딱딱한 목소리로 물었다.

　"증거가 있었다니, 뭔데요? 지금까지 그런 말은 한 마디도 안 했잖아요."

　"그러니까 제가 그 가능성을 알아차렸을 때는 이미 늦었다는 뜻입니다. 지금 여러분에게 알려줘도 의미가 없어요.

　그럼 두 번째 사건으로 넘어가죠. 이야기를 들으면 그 증거가 뭔지 이해가 갈 거예요. 범인 찾기도 이제부터가 본론입니다."

3

"두 번째 사건은 지하에 갇힌 지 이틀째 밤에 일어났어. 사야카 양이 살해당한 것도 모자라 목을 절단당했지.

일단 사건 전후에 있었던 일을 짚어볼까."

쇼타로는 이벤트 안내서라도 읽듯이 사건 당일 밤에 있었던 일을 시간순으로 확인했다.

"이날 밤 8시경, 사야카 양은 식당에 있던 칠리 콘 카르네 통조림을 자기 방에 가져가서 저녁을 먹었어. 사건 전날까지 사야카 양은 하나 양과 같은 방을 썼지만, 상의한 결과 방을 따로 쓰기로 했어. 그렇지?"

"맞아요."

하나는 퉁명스럽게 대답했다.

쇼타로는 전혀 개의치 않았다.

"사야카 양은 혼자 식사를 하다가 컵을 떨어뜨려서 깼어. 흩어진 유리 조각을 청소하기 위해 지하 2층, 215호실에 있던 전기공사용 공구함에서 절연 테이프를 가져왔지. 그리고 테이프를 사용해 바닥의 유리 조각을 치웠어.

마침 청소가 끝났을 무렵 하나 양이 사야카의 방을 들여다보았어. 그리고 사야카 양이 가지고 있는 절연 테이프가 언더웨어의 보풀을 제거하기에 딱 좋겠다 싶어, 절연 테이프를 빌려서 자기 방에 돌아갔지. 하나 양의 말에 따르면 그런 일이 있었다는데, 틀림없지?"

"네."

쇼타로의 속내를 살피는 건지 하나의 대답은 여전히 퉁명스러웠다.

절연 테이프를 주고받는 장면은 나도 멀찍이서 봤으니까 이 이야기는 믿어도 될 터였다.

"청소를 끝낸 후 사야카 양은 뭔가 찾기 시작했어. 오후 9시 반경부터 오후 10시경까지 건물을 돌아다니는 모습이 목격됐지. 이것도 확실하지?"

질문이 날아들자 목격자인 류헤이와 마이, 그리고 하나가 고개를 끄덕였다.

"그때는 사야카 양이 뭘 찾는 건지 아무도 몰랐어. 하지만 나중에 공구함 위에 얹혀 있던 사야카 양의 스마트폰이 발견됐지. 스마트폰 케이스와 공구함에 칠리 콘 카르네가 묻어 있었다는 사실로 보건대, 사야카 양이 절연 테이프를 가지러 갔을 때 무심코 거기 놔둔 거겠지."

발견자는 쇼타로다.

그때 모두에게 발견 당시의 상황을 보고했으니 다들 금시초문은 아니다.

하지만 쇼타로는 설명을 빼놓지 않았다.

"즉, 찾는 물건은 스마트폰이었어. 우연하게도 공구함과 색깔이 비슷했지.

유리 조각을 치운 후, 사야카 양은 스마트폰을 어디에 두고 왔다는 걸 깨닫고 분명 제일 먼저 창고에 찾으러 갔을 거야. 마지막으로 갔던 곳을 찾아보는 게 당연해. 하지만 케이스가 감색인 스마트폰을 하필이면 감색 공구함 위에 올려놓는 바람에 눈에 띄지 않았어.

제일 먼저 찍은 곳에 없으면 있을 만한 곳을 차례대로 돌아다니는 수밖에 없지. 점점 자신의 기억이 못 미더워져서 가지 않았던 곳까지 찾아다니게 돼.

그렇듯 조금 얼빠진 짓은 누구든 한 번쯤 해봤을 거야."

"응, 알아요. 나도 가끔 그러거든요."

하나는 드디어 안심하고 공감할 수 있는 말이 나왔다는 듯이 대답했다.

물건을 찾다 보면 생기고는 하는 일이다. 나도 자주 그런다. 하물며 여기서는 늘 생명의 위협에 신경을 곤두세워야 하니까, 그런 실수가 더 많아지리라.

"그렇겠지. 다들 이의는 없는 걸로 알겠어.

사건으로 이야기를 되돌리자.

사야카 양은 마지막으로 목격된 오후 10시 이후에도 스마트폰을 찾아다녔어. 그러다 지하 2층에서 교살당했지.

그 후 범인은 살해한 사야카 양의 가슴을 칼로 찔렀어. 그리고 지하 1층 창고에서 종이 타월을 가져와서 사야카 양의 목을 절단했지. 잘라낸 머리를 어딘가에, 아마도 지하 3층의 물속에 버린 후 범인은 현장을 떠났어.

범인은 사야카 양의 짐도 방에서 훔쳐내서 처분했어. 어느 타이밍에 그랬는지는 모르지만, 어쨌거나 범인이 그런 건 확실해.

자, 대략 이런 식으로 사건이 진행됐다고 봐도 무방하겠지.

유야 군 때와 딴판으로 두 번째 사건에는 수수께끼가 많아. 무엇보다 이상한 점은 범인이 굳이 사야카 양의 목을 절단했다는 거야. 일단 그 이유부터 설명할게.”

범인은 왜 굳이 시체의 목을 절단했는가. 나는 시체를 발견한 날 밤에 답을 들었다.

사야카의 스마트폰에는 범인에게 불리한 정보가 저장돼 있었다. 그 정보를 은폐하기 위해 범인은 사야카를 살해해야 했다.

하지만 사야카는 정작 스마트폰을 분실했다. 지하 건축물 어디에 있는지도 모르는 상태다.

죽은 사야카를 그대로 놔두면, 스마트폰이 발견됐을 때 시체의 얼굴로 인증 시스템을 돌파해 범인이 감추고 싶은 정보가 공개될 우려가 있었다. 그래서 범인은 사야카의 목을 절단하기로 한 것이다. 쇼타로는 내게 했던 것과 똑같은 설명을 모두에게 들려주었다.

다들 기대감에 반짝이는 눈으로 테이블에 놓인 사야카의 스마트폰을 주시했다.

히로코가 입을 열었다.

"아까, 놓쳤다고 했던 증거가 그건가요? 이 안에 사건의 증거가 담겨 있다는 거예요?"

"아무래도요. 그렇게 볼 수밖에 없겠죠."

"이 휴대전화는 고장 났다고 했죠?"

"네. 제가 발견했을 때 스마트폰은 반쯤 물에 잠겨 있었습니다. 고장 나지 않았어도 저희가 정보를 확인했을 가능성은 작지만요. 얼굴 인증을 못 하니까 비밀번호를 입력해야 하는데, 그게 얼마나 어려운지는 히로코 씨와 하야토 군이 제일 잘 아실 겁니다.

요컨대 범인은 목적을 달성한 셈이야. 스마트폰에 저장된 정보를 우리가 확인할 방법은 없어. 증거가 뭐였는지 범인에게 물어보는 것밖에 알 방법이 없다고 한 건 그런 뜻이었어.

하지만 범인은 증거를 인멸하기 위해 수작을 부리다가 다른 단서를 남겼지. 그걸 더듬어가면 범인을 어느 정도 추릴 수 있을 거야.

슈이치, 사야카 양 살인사건과 관련해 해결하지 못한 수수께끼가 있었잖아. 말해봐."

"응? 알았어."

사야카가 살해당한 날, 나는 수수께끼를 일곱 가지 열거했다. 그

가운데 네 가지는 해답이 나왔지만, 나머지는 아직 해결하지 못했다.

"일단은 사야카를 살해한 범인은 누구냐겠지. 이건 너무 당연해.

그리고 범인은 왜 사야카의 가슴을 칼로 찔렀는가. 어, 그리고 범인은 왜 지하 1층의 창고에 종이 타월을 가지러 갔는가. 이 세 가지인가."

"맞아."

사건을 저지른 후 범인은 딱히 그럴 필요도 없는데 굳이 마지막 일격이라는 듯 사야카의 가슴을 칼로 찔렀다.

그리고 지하 2층의 창고에 피를 닦을 걸레가 잔뜩 있었는데도, 굳이 지하 1층에 종이 타월을 가지러 갔다. 범인의 이 두 가지 행동은 아직 합리적으로 설명이 안 된다.

"슈이치가 말한 수수께끼 중 칼 쪽은 범행 동기와 관련이 있어. 이 같은 극한 상황에서 범인이 왜 살인을 저지르기에 이르렀느냐를 설명할 때 칼이 중요해.

하지만 이 사건에서는 범인을 확정하기 전에 동기 이야기를 해봤자 별 소용없어.

종이 타월부터 이야기를 시작하자. 사야카 양의 목을 절단한 후 범인은 왜 지하 2층의 걸레로 피를 닦지 않고, 지하 1층에 종이 타월을 가지러 갔을까.

지하 1층의 118호실에 드나들기는 위험해. 근처 방에서 사람이 자고 있으니까. 종이 타월을 몰래 가져가는 모습을 목격당하면, 머리 없는 시체가 발견됐을 때 제일 먼저 의심받겠지. 사실 범인은 종이 타월을 꺼낼 때 소리가 나지 않도록 아주 조심했어. 모두 같이 확인했으니 알 거야."

범인은 종이 타월 갑이 들어 있던 바구니를 선반에 도로 올리지 않고 바닥에 놔두었다. 지하 2층의 공구 박스는 제대로 정리했으니까, 철제 선반에 바구니를 올리다가 혹시 소리가 나면 어쩌나 우려했던 것으로 추정됐다.

"다소의 위험을 무릅쓰면서까지 범인은 종이 타월을 가지러 가야 했어. 어째서일까?

범인이 지하 2층에 걸레가 있다는 사실을 몰랐을 리는 없어. 걸레는 범행에 사용했을 공구류 바로 옆에 놓여 있었으니까.

즉, 범인은 어디까지나 걸레가 아니라 종이 타월이 필요했던 거야.

하지만 피를 닦는다는 기능만 따지면 걸레나 종이 타월이나 별 차이 없지. 어느 쪽이라도 상관없었을 거야. 따라서 범인은 종이 타월을, 피를 닦는 것 외에 다른 용도로 사용했겠지.

그럼 범인은 어디에 종이 타월을 사용했을까. 그건 종이 타월로는 할 수 있지만, 걸레로는 할 수 없는 일을 생각해보면 돼. 누구, 이 두 가지의 차이점을 아는 사람?"

고타로가 초등학교 수업시간에 질문하듯 물어보았지만 아무도 대답하려 하지 않았다.

하는 수 없이 내 생각을 말했다.

"뭘까. 종이 타월이 더 잘 탄다든가?"

"그럴지도 모르지만, 이 사건에서 범인이 불을 사용한 흔적은 없었잖아. 애당초 여기에는 불씨가 없어. 좀 더 단순한 거야."

"그럼, 걸레보다 종이 타월이 가볍다. 얇다. 그리고 찢어진다."

"그래. 바로 그거지."

정답이었던 듯하다.

그래도 나는 여전히 아무 짐작도 가지 않았다.

종이 타월이 걸레보다 가볍고 얇고 찢어진다고 해서 범인이 그걸로 뭘 어쨌단 말인가?

"종이 타월의 그러한 특성이 어디에 필요했는가. 그건 목을 절단한 당시의 상황을 세세하게 재현해보면 알 수 있어.

범인이 사야카 양을 죽인 후, 206호실에서 목을 절단하는 데 시간이 얼마나 필요할까? 장화를 신고, 앞치마와 장갑을 착용하고, 톱으로 목을 절단하고, 뒷정리를 하려면 적어도 15분에서 20분은 잡아야겠지. 익숙하지 않은 일이니까 신중하게 진행하면 한 시간 정도 걸려도 이상할 것 없어.

그동안 범인은 누군가에게 들키지 않도록 최대한 조심해야 해.

소리는 그렇게까지 걱정하지 않아도 되겠지. 거기는 기계실 근처야. 어느 정도는 발전기의 소음에 묻히겠지.

문제는 불빛이야. 범인이 스마트폰 손전등만 켜놓고 목을 절단하는 작업을 할 수 있을까?"

다들 조심스레 고개를 저어 부정하는 뜻을 나타냈다.

스마트폰 손전등만 가지고는 어려우리라. 손 언저리만 비춰서는 불안하다. 실수로 옷에 피가 묻었다간 돌이킬 수 없다. 그리고 스탠드가 없으니까 스마트폰을 벽에라도 기대어 세워야 한다. 작업하기가 상당히 불편하다.

"맞아. 범인 생각도 그랬어. 목을 절단하는 동안에는 형광등을 켜놓고 싶었을 거야.

그렇다면 고려해야 할 사항이 있지. 이 지하 건축물의 문은 출입구인 철문을 제외하면 전부 만듦새가 간소하잖아? 게다가 문지방도 없으니까 형광등을 켜면 복도로 불빛이 새어 나가.

그뿐만이라면 다행이지만, 범인에게 불리하게도 지하 2층의 그 방 부근은 복도 형광등이 켜지지 않아서 어두웠어.

방에서 복도로 새어 나오는 불빛은 상당히 눈에 띄지. 만약 누군가 지하 2층으로 내려오면 방에 형광등이 켜져 있다는 걸 바로 알아차릴 거야."

"확실히."

듣고 보니 작업하는 동안 불빛이 새어 나가는 걸 범인이 신경 쓰지 않을 리 없다. 명백한 사실이지만 나는 짐작조차 하지 못했다.

"불이 켜져 있다는 걸 들키면 범인은 끝장날 수도 있어. 아무도 없을 곳이니까 말이야. 상황을 보러 오면 달아날 길이 없지.

범인은 누군가 지하 2층에 내려왔을 때를 대비해 불빛이 새어

나가지 않도록 해야 했어.

반대로 말해 불빛을 막을 대책만 세우면 들킬 위험성이 아주 낮아져. 대단한 물건도 없는 방을 굳이 기웃거릴 사람은 없겠지.

아무튼 범인은 어떻게든 문 틈새를 막아야 했어. 그래서 지하 1층에 종이 타월을 가지러 간 거야."

"얇고 가벼운 물건이 아니면 안 됐다는 거야?"

"응. 걸레는 문틈에 끼우기에는 너무 두꺼워. 하지만 종이 타월은 꼼꼼히 채워 넣으면 불빛이 새는 걸 거의 완벽하게 막을 수 있겠지. 작업이 끝나자 문틈을 막은 종이 타월로 바닥의 피를 닦고, 머리와 함께 처분한 거야."

쇼타로의 설명에 다들 타이어의 공기가 빠져나가는 것처럼 "흠" 또는 "그렇구나" 하고 작은 감탄과 수긍하는 목소리를 흘렸다.

목을 절단하는 수십 분 동안 방에서 빛이 새어 나가지 않도록 하기 위해. 굳이 지하 1층에 종이 타월을 가지러 간 범인의 행동을 설명할 이유는 이것 말고 없을 듯했다.

다들 다시금 긴장한 표정으로 경외심을 담아 쇼타로를 바라보았다. 모두가 수긍할 만한 논리에 따라 범인을 지목하겠다는 쇼타로의 말이 점점 현실로 다가오고 있었다.

쇼타로가 말을 이었다.

"종이 타월이 필요했던 이유가 밝혀졌어. 그리고 이건 범인을 확정하는 데 아주 중요한 역할을 하는 요소지. 왜냐하면 종이 타월을 채우는 것보다 훨씬 간단하고 안전하게 문틈을 막는 방법이 있거든.

슈이치, 네가 만약 너희 집에서 문틈을 막을 거면 어떻게 할래?"

쇼타로가 세운 논리의 윤곽이 내게도 조금씩 보였다.

"그야 테이프를 쓰겠지. 검 테이프 같은 걸 붙여서 봉할 거야."

"그래. 빛이 새지 않도록 해야 할 때는 그 방법이 제일 먼저 떠오르겠지. 문틈에 종이 타월을 쑤셔 넣는 궁여지책은 보통 쓰지 않아.

그리고 이 지하에서 범인이 그 방법을 쓸 수 없었느냐 하면 그렇지도 않지. 테이프가 지하 2층에 있었거든. 아는 사람도 있고 모르는 사람도 있겠지만, 공구실 옆인 205호실 안쪽으로 들어가서 왼편에 있는 선반의 밑에서 세 번째 단을 보면, 골판지 박스에 검 테이프와 비닐 테이프가 들어 있어."

육각 렌치를 찾으러 다닐 때 나와 쇼타로가 발견한 테이프다.

"테이프를 문틈에 붙여서 불빛이 새는 걸 막는 더 좋은 방법이 있었어. 그런데도 범인은 굳이 지하 1층 창고까지 가서 종이 타월을 가져왔지.

지하 1층 창고에 다른 볼일이 있었다고는 볼 수 없어. 그건 이미 확인한 바야.

즉, 범인은 무슨 이유로 테이프를 사용해 문틈을 막을 수 없었다는 뜻이야.

그럼 테이프를 사용할 수 없었던 사람은 누굴까? 이 질문을 통해 범인 후보를 두 명으로 줄일 수 있어."

쇼타로는 말을 끊음으로써 모두에게 각오를 다질 것을 촉구했다.

드디어 일곱 명 중에서 무고한 사람과 그렇지 않은 사람이 구별된다.

"얌체같이 빠지는 것 같아서 미안하지만, 일단 나와 슈이치는 용의선상에서 제외하겠어. 우리는 지진이 발생한 후 렌치를 찾으러 다닐 때, 205호실에서 테이프가 든 골판지 박스를 발견했으니까.

즉, 나도 슈이치도 205호실에 테이프가 있다는 사실을 알고 있었어. 지하 1층에 종이 타월을 가지러 갈 필요는 없겠지. 이 점은 야자키 씨네가 증명해줄 거야."

쇼타로는 히로코에게 시선을 던졌다.

히로코는 약간 머뭇거리다가 순순히 고개를 끄덕였다.

"네. 그쪽 두 분은 분명 테이프에 대해 알고 있었어요."

그때 우리는 창고에서 테이프를 가져와서 이거면 되겠느냐며 야자키 가족에게 보여주었다. 하지만 공구함에 절연 테이프가 있어서 쓸모없어졌다. 하지만 덕분에 우리가 무고하다는 사실이 증명됐다.

간단히 우리의 결백을 밝힌 후 쇼타로는 말을 이었다.

"하나 양도 범인이 아니야. 사건이 발생하기 전에 보풀을 떼기 위해 절연 테이프를 사야카 양에게 빌렸으니까.

만약 하나 양이 범인이라면 그걸로 문틈을 막을 수 있었겠지. 역시 종이 타월을 가지러 갈 필요는 없었어."

"응, 맞아요."

하나가 눈을 동그랗게 뜨고 대답했다. 아마 제대로 이해하기도 전에 말부터 튀어나온 모양이었다.

쇼타로는 고개를 살짝 끄덕이고 이번에는 히로코와 하야토에게 시선을 주었다.

"야자키 씨네는 우리가 보여주었으니 지하 2층에 테이프가 있다는 사실은 알고 있었겠지만, 정확히 어디에 있는지는 모르지 않았을까.

알고 있었다고 해도 증명할 방도가 없으니 그걸 무죄의 증거로 삼을 수는 없어.

하지만 야자키 씨네가 범인이라면 사야카 양의 목을 절단할 필요는 없었을 거야.

왜냐고?

시뮬레이션 해보면 명백하지.

야자키 씨네 중 한 명이 문틈을 막으려고 한다면 어떻게 할까?

제일 먼저 떠오르는 도구는 215호실의 공구함에 들어 있는 절연 테이프겠지. 전날 사용했으니까. 야자키 씨네 중 한 명이 범인이라면 그걸로 문틈을 막으려고 했을 거야. 물론 지하 2층이니까 남의 눈에는 띄지 않겠지.

실제로는 사야카 양이 이미 꺼내서 공구함에는 절연 테이프가 없었어. 하지만 그걸 모르면 당연히 테이프를 찾으려고 공구함을 열 거야.

그리고 공구함 뚜껑에는 사야카 양의 스마트폰이 놓여 있었어. 스마트폰 케이스와 공구함 색깔이 아무리 똑같은들, 뚜껑을 열려고 하면 스마트폰이 있다는 걸 모를 수가 없어.

즉, 야자키 씨네 중 한 명이 문틈을 막으려 했다면 반드시 사야카 양의 스마트폰을 발견했으리라는 뜻이야.

스마트폰을 발견한 시점에 사야카 양의 목을 절단할 동기는 사라져. 목을 절단한 건 어디에 있는지도 모르는 스마트폰이 혹시나 발견돼서 잠금이 해제될까 봐 부린 수작이니까. 스마트폰이 있으면 머리 말고 스마트폰을 지하 3층에 버리면 돼. 굳이 위험을 무릅쓸 필요는 전혀 없지. 따라서 야자키 씨네 사람 중에는 범인이 없어.

반론에 먼저 대답해둘까?"

쇼타로는 창백한 표정으로 입을 벌리려는 류헤이를 오른손으로 제지하고 보충 설명했다.

"방금 그건 사야카 양이 공구함에서 절연 테이프를 꺼냈다는 사실을, 야자키 씨네가 몰랐다는 걸 전제로 한 논리야. 만약 알고 있었다면 야자키 씨네는 지하 1층에 종이 타월을 가지러 갔을지도 모르지.

그럼 야자키 씨네가 그 사실을 알 기회가 있었을까?

그걸 검토해보자.

일단 테이프를 들고 복도를 걷는 사야카 양을 야자키 씨네가 목격했을 가능성은 있을까?

없어.

사야카 양은 오후 8시경에 컵과 통조림을 들고 자기 방에 돌아갔고, 오후 9시경에는 하나 양에게 테이프를 건넸어. 목격했다면 이 한 시간 사이겠지. 하지만 이때 야자키 씨네는 103호실에 틀어박혀 있었어. 이건 내가 증언할 수 있어. 나랑 슈이치는 그때 계속 식당에 있었거든. 그사이에 야자키 씨네가 방에서 나와서 복도를 지나갔다면 우리가 몰랐을 리 없지. 그렇죠?"

"네. 저희는 공구함에서 테이프가 없어진 줄 몰랐어요."

히로코는 그렇게 대답했다.

나도 기억한다. 그때 나와 쇼타로는 식당에서 저녁을 먹었고, 가스레인지를 수리해보려고 하기도 했다. 오후 7시가 되기 전에 야자키가 통조림을 가지러 온 걸 제외하면, 야자키 가족은 방에서 꼼짝도 하지 않았다.

"한 가지 가능성이 더 있다면 사야카 양이 살해당하기 전에 본인 입으로 범인한테 절연 테이프를 꺼냈다는 말을 했을 경우야. 하지만 이것도 현실적이지 못해.

범인은 사야카 양에게 들키지 않게끔 뒤에서 몰래 다가가 목을 졸랐을 테니까. 죽이기 전에 피해자와 이야기를 나누는 건 되도록 피하고 싶었겠지. 만약 사야카 양이 큰소리라도 지르면 범인은 범행을 단념해야 해.

범행을 저지를 기회는 제한돼 있지. 사야카 양이 스마트폰을 찾아서 혼자 돌아다닌 건 범인에게 더할 나위 없이 좋은 기회였어. 그런 기회가 왔는데 뭣 하러 이야기를 나누겠어?"

사야카는 평소 또랑또랑 울리는 목소리로 말했다. 범인은 사야카가 말을 할까 봐 신경이 예민했을 것이다. 그리고 대화를 나누었던들 사야카가 굳이 야자키 가족에게 절연 테이프를 꺼냈다는 이야기를 할 것 같지도 않다.

나와 쇼타로, 하나, 야자키 히로코와 하야토가 용의선상에서 제외됐다. 쇼타로가 선언한 대로 범인 후보는 두 명으로 압축됐다.

우리 일곱 명은 진형을 무너뜨리듯 조금씩 움직였다.

지금까지는 테이블 옆에 빙 둘러서 있었지만, 이제는 다섯 명이서 류헤이와 마이를 둘러싸고 섰다.

류헤이는 몸을 떨며 고함을 질렀다.

"말도 안 돼! 완전히 개소리잖아. 종이 타월을 가지러 갔느니 어쨌느니, 그런 것만으로 범인을 정한다고? 범인이 나와 마이를 함정에 빠뜨리려고 꾸민 짓인지도 모르잖아? 만약 그러면 어쩔 건데?"

쇼타로는 동요하지 않았다.

"다행—이랄까, 안타깝다고 할까 그럴 가능성은 없다고 할 수 있어. 난 범인이 남에게 의혹을 돌리기 위해 일부러 불합리한 행동을 했을 리는 없다고 봐.

왜냐하면 지하 1층에 종이 타월을 가지러 가거나, 사야카 양의 목을 절단하는 건 범인에게 너무나 위험성이 큰 행동이거든.

그렇지. 만약 지하 1층의 종이 타월을 사용해 류헤이 군이나 마이 양에게 죄를 뒤집어씌우려 했다면, 범인은 사야카 양이 공구함에서 절연 테이프를 꺼냈다는 사실과 공구함 위에 스마트폰이 놓여 있었다는 사실을 전부 알고 있었던 셈이야. 아니면 그런 계획은 못 세워.

그 자체가 이미 성립하기 어렵지만 그렇게 가정하면 범인은 스마트폰이 어디 있는지 알면서 일부러 사야카 양의 목을 절단한 셈이야.

스마트폰 속의 정보를 감추기 위해서도 아니고, 그저 너희에게 죄를 덮어씌울 목적으로 목을 절단했다. 그게 말이 된다고 생각해? 아무리 조심해도 이 작업은 들킬 위험성이 있어. 그리고 남에게 죄를 덮어씌우기 위한 계획치고는 너무 빙 둘러 가는 느낌이야.

다들 잘 생각해 봐. 범인이 과연 내 논리를 역재생한 계획을 미리 준비해서 범행을 저지를 수 있을까?"

쇼타로의 질문에 류헤이도, 나도, 다른 사람들도 침묵으로 답했다.

목을 자른 것도 종이 타월을 가지러 간 것도 어디까지나 범인이 자신을 위해 해야 할 일을 했을 뿐이다. 나도 그걸 인정하지 않을 수 없었다.

하지만 마지막 범인 후보로 남은 두 사람을 보자 감정이 요동쳤다.

이 두 사람 중 한 명이 범인일 가능성을 고려하지 않았던 건 아니다. 오히려 내 마음을 괴롭히는 큰 문제였다.

마이와 류헤이, 둘 중 누가 범인인가?

양자택일의 결과는 나, 그리고 모두의 운명에 큰 영향을 미친다.

쇼타로는 확인하듯 류헤이에게 말했다.

"자, 류헤이 군. 하고 싶은 말 더 있어?"

"아니—"

"좋아. 일단 끝까지 이야기를 들어봐."

류헤이는 이를 악물고 쇼타로를 노려보았다.

쇼타로는 그 눈빛을 받아넘기고 이번에는 마이에게 물었다.

"그럼 마이 양은? 지금 시점에서 반론하고 싶은 점이 있으면 듣고 싶은데."

"아니요, 없어요. 쇼타로 씨, 추리력이 굉장하네요. 완벽하지 않나 싶은데요."

마이는 조심스럽게 말했다.

류헤이가 마이에게 함께 싸우자고 호소하는 듯한 시선을 던졌다. 하지만 마이는 류헤이를 쳐다보지도 않았다. 이런 상황에서도 남편과 협조하기를 거부하는 것 같았다.

4

범인 후보 두 명을 포위한 가운데 쇼타로는 드디어 마지막 심판에 들어갔다.

"두 번째 사건까지 다 설명했어. 범인 후보는 두 사람으로 압축됐지. 하지만 그게 다야. 류헤이 군과 마이 양 중 누가 범인인지 판단하기에는 단서가 부족했어.

하지만 스물다섯 시간쯤 전에 세 번째 사건이 발생했지. 야자키 고타로 씨가 살해당했어. 일어날 필요가 없는 사건이었는지도 모르지만, 그 사건으로 나는 비장의 카드를 얻었어. 범인 후보 두 명 중 한 명을 범인으로 지목할 수 있게 된 거야.

일단 사건의 개요를 짚어볼까."

쇼타로는 아까처럼 살인이 발생한 당일 밤에 있었던 일을 시간 순으로 확인했다.

"야자키 씨는 스쿠버다이빙용품을 가지고 지하 2층의 공구실에 숨어 있었어. 가족의 이야기에 따르면 오후 7시경부터. 그렇죠?"

"네."

히로코와 하야토는 범인 후보 두 명에게서 눈을 돌린 채 대답했다.

"거기 숨어서 범인을 기다릴 작정이었지. 지하 건축물에 살인의 증거가 없는지 찾아다니다가 공구실 선반의 가로판 뒤쪽에서 피 묻은 칼을 발견한 게 계기야.

범인이 왜 그런 짓을 했는지는 몰라. 하지만 숨긴 이상 범인이 그걸 찾으러 올 거라고 야자키 씨는 생각했어. 그리고 스쿠버다이 빙용품을 사용해 물속에 숨어 있다가 범인을 붙잡으려고 한 거야.

그 예상은 적중했어. 10시 48분경, 범인은 어두운 창고에 숨어 들었지. 야자키 씨는 계획대로 물속에 숨어서 스마트폰으로 영상을 찍기 시작했어.

범인은 칼을 회수하기 전에 철제 선반 아랫단에 사람이 숨어 있다는 사실을 눈치챘어. 그리고 가지치기용 가위로 물속의 야자키 씨를 살해하고 칼은 그대로 둔 채 서둘러 현장을 떠났지.

시체는 오전 2시 반경에 히로코 씨와 하야토 군이 발견했어.

이러한 경위는 대부분 히로코 씨와 하야토 군의 증언에 바탕을 두고 있지만, 딱히 의심할 필요는 없겠지. 어쨌거나 범인이 물속에 숨은 야자키 씨를 살해한 건 틀림없어. 중요한 건 그거야.

이 사건도 얼핏 보기에는 범인을 직접적으로 나타내는 증거가 없어. 야자키 씨가 남긴 영상에도 물론 범인의 얼굴은 나오지 않았고.

하지만 간접적인 증거는 있지. 범인이 가슴장화와 함께 방치한 손톱깎이와 지퍼백이야."

유야의 배낭에 들어 있었던 물건이다. 우리가 모르는 사이에 범인이 꺼내 갔다.

"범인은 뭣 때문에 손톱깎이를 소지했을까? 창고에 칼을 가지러 갈 때 그런 게 필요할 것 같지는 않아. 애당초 지하 2층에 손톱깎이를 소지해야 하는 볼일이 있을 것 같지도 않고.

게다가 범인 후보가 두 명으로 추려진 지금, 범인이 유야 군의 손톱깎이를 가지고 있었다니 아무래도 이상해. 왜냐. 이 건물에는 다른 손톱깎이도 있었으니까. 그리고 류헤이 군도 마이 양도 그 사실을 알고 있었어.

기계실 책상 서랍에 손톱깎이가 들어 있었잖아. 그걸 둘 다 여기 온 날 밤에 봤어. 그렇지?"

나도 기억한다. 유야, 하나, 사야카가 스마트폰의 전파가 잡히는지 확인하러 밖에 나갔을 때, 기계실에 있던 두 사람은 손톱깎이를 보았다.

마이와 류헤이가 부정하지 않는 걸 확인한 후 쇼타로는 이야기를 진행했다.

"손톱깎이가 필요했다면 기계실의 손톱깎이를 쓰면 돼. 굳이 나와 슈이치 몰래 유야 군의 손톱깎이를 훔칠 필요는 없었어.

그렇게 보면 범인이 손톱깎이를 가지고 있었던 이유는 하나뿐이지. 버리기 위해서야."

"버리기 위해서라고?"

나는 뒤집어진 목소리로 되물었다.

"그래. 범인은 버리기 위해서 손톱깎이를 지하 2층에 가지고 간거야. 몰래 꺼냈으니 지하 1층 어딘가에 버렸다가 발견되면 좀 골치 아파져.

그럴 바에야 지하 2층에 가는 김에 어디 으슥한 곳에라도 내버리면 되겠지. 물에 잠겼으니 발견될 걱정은 없어. 손톱깎이를 처분하기에는 가장 간단하고 확실한 방법일 거야.

하지만 뜻밖에도 지하 2층의 창고에 야자키 씨가 숨어 있어서, 범인은 예정에 없던 살인을 저질렀어. 당황해서 손톱깎이를 버리는 것도 잊어버렸지. 그래서 가슴장화랑 같이 팽개친 거야. 원래 버리려고 했던 물건이었으니까.

분명 그런 일이 있었던 걸로 추정돼. 아무튼 범인은 손톱깎이를 사용하기 위해 소지한 게 아니었어."

"그럼 범인은 왜 유야의 손톱깎이를 훔친 건데?"

"손톱깎이에는 볼일이 없었으니 다른 물건이 필요했던 거겠지."

쇼타로는 테이블에서 구깃구깃해진 지퍼백을 집어 들었다.

"그게 필요했다고?"

"응. 범인은 이게 필요했어. 바꿔 말하면 두 사람 중 지퍼백이 필요했던 사람이 범인이야.

지하 2층에 드나들었던 범인에게 지퍼백이 필요했던 이유를 아는 사람?

회수한 칼을 넣기 위해서는 아니야. 칼을 넣기에 이 지퍼백은 너무 작아. 덧붙여 이 지하 건축물에는 그런 용도로 사용하기에 적합한 쓰레기 봉지가 있고, 유야 군의 배낭에도 편의점 봉지가 몇 장 들어 있었지. 따라서 범인은 그런 봉지가 아니라 이런 지퍼백이 꼭 필요했던 거야.

지하 2층에서 이런 지퍼백이 필요한 이유는 하나밖에 없지. 그렇게 어려운 문제가 아니야. 누구라도 맞힐 수 있을걸?"

쇼타로는 그렇게 말했지만 자신 있게 정답을 말하는 사람은 없었다. 아무도 생각이 나지 않는 걸까, 아니면 범인을 결정할 대답을 입에 담기가 무서운 걸까?

나는 짐작이 가지 않았다. 보다 못한 쇼타로가 내게 말했다.

"모르겠으면 야자키 씨가 촬영한 영상에 뭐가 찍혀 있었는지 생각해봐. 알겠어? 범인은 불빛을 비추며 물에 잠긴 창고로 들어왔어. 그 불빛은 뭐지?"

"아! 어어—, 그렇구나! 스마트폰!"

"정답이야."

야자키가 촬영한 영상에는 스마트폰 손전등 불빛이 찍혀 있었다.

"범인은 스마트폰을 조명 삼아 창고로 왔어. 그런데 스마트폰을 그냥 들고 왔을까? 분명 아니겠지.

허리 근처까지 잠기는 물속을 걸어가야 하는 상황이야. 실수로 스마트폰을 빠뜨릴까 봐 걱정되겠지. 스마트폰이 고장 나면 지하에 있는 내내 불편을 감수해야 해. 범인은 만에 하나의 사태가 발생해도 괜찮도록 대비하고 싶었을 거야.

그래서 유야 군의 지퍼백을 쓰기로 했지. 손톱깎이는 불필요한 덤이었어. 스마트폰을 넣을 거면 편의점 봉지나 쓰레기 봉지는 못 써.

조작감이 안 좋을 테고 너무 커서 들고 다니기도 불편할 테니까."

목욕할 때 스마트폰을 지퍼백에 넣어서 사용한다, 그런 생활 팁을 어디선가 들었던 기억이 났다.

쇼타로가 찬반 여부를 묻듯 말했다.

"범인은 스마트폰을 넣기 위해 지퍼백을 사용했어. 그리고 가지고 있으면 증거가 될지도 모른다는 생각에 손톱깎이와 함께 현장에 버렸지. 이 결론에 수긍이 안 가는 사람 있어?"

이의를 제기하는 사람은 없었다. 류헤이는 불평을 하고 싶지만 할 말을 찾지 못하는 것처럼 보였다.

쇼타로가 드디어 핵심에 손을 뻗었다.

"그걸 전제로 삼으면 범인은 간단히 확정되지. 스마트폰을 지퍼백에 넣었다, 즉 그럴 필요가 있었다는 뜻이야. 다시 말해 범인의 스마트폰은 방수가 안 돼.

자, 류헤이 군, 마이 양. 둘 다 스마트폰을 보여줘."

포위망 속의 두 사람은 처음으로 눈을 마주쳤다.

그리고 류헤이와 마이는 엄숙하다고 해도 될 손놀림으로, 호흡을 맞추듯이 동시에 호주머니에서 스마트폰을 꺼냈다.

확인할 필요도 없이 나는 알고 있었다.

지진이 발생한 후, 지하 2층의 작은 방에서 수위가 높아졌다는 사실을 확인했을 때 류헤이는 스마트폰을 물속에 빠뜨렸다. 그때 스마트폰은 아무렇지도 않았다.

그리고 내가 마이와 함께 물이 찬 지하 2층을 걸었을 때. 어두운 복도에서 나는 스마트폰 손전등으로 불빛을 비추었다. 마이는 자기 스마트폰을 꺼내려 하지 않고 내게 바싹 다가섰다. 실수로 물속에 스마트폰을 빠뜨릴까 봐 걱정돼서 그런 것 아닐까?

쇼타로는 두 스마트폰의 전원을 끄고 심카드 슬롯을 열었다. 거기에 고무 패킹이 있느냐 없느냐로, 방수 여부가 구분된다

쇼타로는 모두에게 심카드 슬롯을 확인시켰다.

확인이 끝난 후 쇼타로는 판결을 내렸다.

"방수가 되는 건 류헤이 군의 스마트폰이야. 마이 양의 스마트폰에는 방수 기능이 없어."

나는 빈혈이 일어난 것 같은 기분이었다. 모래폭풍이 불어온 것처럼 눈앞이 깜깜해지고 발밑이 불확실해졌다.

"아니―, 말도 안 돼. 함정에 빠진 거야―"

뜻밖에도 반론을 시도한 사람은 류헤이였다.

쇼타로는 그 말을 일축했다.

"일단 말해두자면, 두 번째 사건과 마찬가지로 야자키 씨 살해사건의 증거를 누군가 날조했을 리는 없어. 방수가 안 되는 스마트폰을 가진 사람에게 혐의를 돌리려고 가슴장화와 함께 지퍼백을 버리는 건 너무나 비현실적이야. 이 사건은 예정에 없이 돌발적으로 일어난 일이니까.

자, 마이 양. 범인 지목은 끝났어. 뭔가 하고 싶은 말이 있으면 듣고 싶군."

쇼타로가 말했다.

마이는 발치에 시선을 고정한 채 대답했다.

"아니요, 없어요. 맞아요. 제가 유야, 사야카, 야자키 씨를 죽였어요."

5

류헤이가 용의선상에서 빠지고 사람들로 만들어진 원 안에 마이 혼자 남았다.

모두 몸서리를 금치 못하는 듯한 눈으로 마이를 쏘아보았다.

불시착한 외계인을 둘러싸고 있는 것 같았다. 마이가 저지른 짓은 그 정도로 모두의 상식을 초월했다. 그리고 이해가 되든 안 되든 결코 놓치지는 않겠다는 의지가 마이를 포위하고 있었다.

말이 통하지 않는 괴물을 상대하는 듯하다.

하지만 쇼타로는 아까와 변함없이 차분한 어조로 마이에게 말을 걸었다.

"마이 양. 앞으로 여러 이야기를 나누어야겠지만 그 전에 동기를 확실히 짚어두고 싶군. 괜찮으면 직접 말해줬으면 하는데."

마이는 고개를 살짝 들었다.

"알고 계시다면 쇼타로 씨께 부탁드려도 될까요? 그래야 다들 이해하기 쉬울 것 같네요. 전 분명 제대로 말하지 못할 거예요."

"그럼 내가 이야기할까. 만약 틀린 부분이 있으면 정정해줘."

동기는 마지막으로 남은 수수께끼였다.

마이가 범인임을 알고, 내 가슴속에 찜찜한 예감 같은 생각이 하나 싹텄다.

이 생각이 맞을까? 쇼타로는 내키지 않는 표정으로 설명을 시작했다.

"동기에 관한 수수께끼는 첫 번째 사건에 집중돼 있어. 두 번째와 세 번째 사건은 죄상이 발각되는 걸 막기 위해 저지른 짓임이 밝혀졌지. 하기야 그것뿐이었던 건 아니지만.

어쨌든 유야 군 살인사건은 정말이지 이해가 안 됐어. 예상치 못한 지진으로 열 명이 지하에 갇히고 누군가를 희생하지 않으면 탈출할 수 없는 상황에 몰렸을 때, 살인을 저지른 셈이야.

물론 원한을 풀기 위한 살인은 아니야. 금품을 노린 것도 아니지. 그런 목적이라면 굳이 이런 상황에서 사람을 죽일 필요가 없어.

마이 양은 누구보다도 빨리 우리가 어떤 상황에 빠졌는지 알아차리고 살인을 결행했어. 이런 상황에서 사람을 죽인 이상, 이런 상황에서 죽여야 할 이유가 있었을 거야.

그건 뭘까?

정답은 이것밖에 없겠지. 기억하겠지만 유야 군의 시체를 발견했을 때, 다들 살인범을 찾아내서 지하에 남는 역할을 맡겨야 한다고 생각했잖아? 살인의 목적은 그런 분위기를 조성하는 거였어.

즉, 살인을 저질러서 범인이 아주 끔찍한 최후를 맞도록 유도해 놓고, 원한이 있는 사람에게 죄를 뒤집어씌울 수는 없을까? 그게 마이 양의 계획이었어."

원한이 있는 사람에게 죄를 뒤집어씌운다.

원한이 있는 사람이라면?

류헤이는 쇼타로의 말에 정곡을 찔린 것처럼 몸을 부르르 떨었다. 그리고 이 사람이 정말로 자기가 아는 마이라는 걸 못 믿겠다는 표정으로 아내를 보았다.

아까 류헤이는 마이를 두둔하려 했다. 아무리 관계가 틀어졌을지라도 자신과 결혼한 사람이 살인범이라는 사실을 받아들일 수 없었으리라.

하지만 범행이 입증됐다.

게다가 마이의 진짜 목적은 류헤이를 인류에 어긋난 끔찍한 방법으로 죽이는 것이었다고 한다.

마이는 아무 말도 하지 않았다. 쇼타로의 설명에 불만은 없는 모양이었다.

설명이 이어졌다.

"그럼 류헤이 군에게 죄를 뒤집어씌우려면 어떻게 해야 할까?

가짜 증거를 준비하는 수밖에 없겠지.

그게 바로 사야카 양의 가슴을 찌른 칼이야.

유야 군을 죽였을 때는 가짜 증거를 만들 여유가 없었어. 목을 졸라 죽이자마자 현장을 떠나야 했으니까. 첫 번째 사건의 증거가 너무 없어서 난감했는데, 그건 범인인 마이 양도 마찬가지였어.

그래서 사야카 양을 죽인 김에 피 묻은 칼을 준비해서 철제 선반에 숨겨둔 거야. 적당한 기회를 노려 그 칼을 목표물의 소지품에 넣어놓는 계획이지.

보통은 이런 유치한 방법으로 남에게 죄를 뒤집어씌울 수 없어. 하지만 이 지하에서는 사정이 달라. 우리에게는 제한 시간이 있지. 제한 시간이 끝나기 전에 지하에 남을 사람을 정해야 해.

가령 범인을 찾을 단서가 전혀 없는 상태로 제한 시간이 끝나가는데, 누군가의 소지품에서 피 묻은 칼이 발견된다면? 그럼 우리는 대체 어떻게 했을까?"

어쩌면 칼을 가진 사람을 다짜고짜 범인으로 몰아세우고 윽박질러서 닻감개를 돌리게 했을지도 모른다.

현재 우리는 쇼타로의 논리 덕분에 이성을 유지하고 있다고 해도 과언이 아니다. 쇼타로의 추리로 범인을 밝혀내지 못했다면, 지금 류헤이를 고문하고 있어도 이상할 것 없다.

"그 계획은 제한 시간이 아슬아슬하게 남았을 때 실행해야 해. 사람들이 초조해져서 판단력을 잃기를 기다려야 하지.

일단 흉기를 숨긴 건 그 때문이야. 좋은 기회가 오기를 기다리고 묵혀둔 거지. 하지만 막상 사용하기 전에 야자키 씨가 발견하고 말았어."

그 결과 마이는 야자키까지 죽였다.

"마이 양. 동기에 관해 내가 할 말은 이게 전부야. 뭔가 정정할 부분이 있을까?"

"아니요, 전혀."

"그렇군. 그리고 이것도 일단 물어볼게. 사야카 양의 스마트폰에 남아 있었던 증거는 대체 뭐였지?"

마이는 처음으로 말을 망설였다.

"실은 사야카가 찍은 사진에, 제가 유야의 목을 조를 때 사용한 로프가 찍혀 있었어요. 왜, 여기 온 날 밤에 사야카가 건물을 돌아다니면서 사진을 찍었잖아요.

사야카는 자기 사진에 로프가 찍힌 줄 몰랐겠죠. 하지만 거기는 모두가 육각 렌치를 찾으러 다닐 때 저만 드나들었던 방이에요. 그러니 사야카의 사진을 유심히 확인하면 그 로프를 꺼낼 수 있었던 사람이 저밖에 없다는 게 밝혀질 수도 있었어요."

"아아, 그렇군."

물어보기는 했지만 쇼타로는 그다지 흥미가 없는 듯했다.

다른 사람들도 증거에는 더 이상 관심이 없었다.

범인을 알아냈으니 당장 정해야 할 일이 있다.

쇼타로는 사람들의 중심에 선 마이를 주시했다.

"그럼 지하에 남는 역할을 어떻게 할지 의논하도록 할까."

6

생포한 야수를 우리 밖에서 관찰하는 듯한 시선이 마이에게 쏟아졌다.

그렇지만 아무도 마이에게 말은 걸지 않는다. 대체 마이가 무슨 생각을 하는지 표정으로 알아내려 애썼다.

"무조건 사형이야."

하야토가 불쑥 말했다.

히로코가 허둥지둥 아들의 입을 막았다.

"그러게."

마이는 유치원생이라도 대하듯 부드러운 목소리로 하야토에게 대답했다.

나는 아직도 머리를 얻어맞은 듯한 충격에서 벗어나지 못했다. 마이가 살인범이라는 사실을 정면으로 받아들일 마음이 들지 않았다.

몇 시간 전에 남몰래 했었던 생각을 떠올렸다.

스마트폰의 잠금이 해제되기를 기다리는 동안 이런 생각이 머릿속을 떠날 줄 몰랐다.

나는 누가 대체 범인이기를 바랄까?

그리고 누가 범인이라면 지하에 남겠다고 동의해줄까?

내가 범인이길 바란 사람은 류헤이였다.

마이의 바람도 같았다. 그리고 그 바람을 실현하려다가 실패했다. 설마 정말로 그런 짓을 할 줄이야―, 나는 내 바람 때문에 이번 사건이 일어난 것 같은 착각에 빠졌다.

아무도 마이를 어떻게 해야 좋을지 몰랐다.

설득하면 될까, 아니면 다 함께 마이를 정말로 고문해야 할까?

막상 범인을 앞에 두자 아무도 그럴 엄두를 내지 못했다. 그저 마이가 스스로 희생하겠다고 자청하지 않을까, 그런 이기적인 기대감을 품을 따름이었다.

잠시 후 쇼타로가 침묵을 깼다.

"마이 양은 앞으로 있을 일을 충분히 예측하고 범죄를 저질렀어. 이렇게 될 가능성도 당연히 염두에 두었겠지. 그때는 어떻게 할 작정이었을까."

"글쎄요. 실패하기 위해 계획을 세운 건 아니니까요."

마이의 본심은 여전히 보이지 않는다.

마이는 분명 흉악한 살인범이다. 하지만 마이에게 지하에 남으라고 강요하는 것도 살인과 거의 다름없는 짓이다. 과연 그럴 용기가 있나? 우리 여섯 명은 망설임을 떨쳐내지 못하고 자문자답했다.

마침내 히로코가 아들의 어깨를 끌어안으며 마이에게 말했다.

"부탁해요. 저희를 살려주세요. 얘는 아직 열다섯 살밖에 안 됐어요."

그러자 하나도 말을 꺼냈다.

"마이―, 부탁이야. 어떻게 안 될까? 너밖에 못 해."

류헤이마저 지금까지 들어본 적 없는 다정한 목소리로 말했다.

"마이, 제발 살려줘."

마이는 자신에게 머리를 숙이는 세 사람을 신기한 듯 바라보았다.

쇼타로는 말귀를 잘 못 알아듣는 학생을 타이르는 선생님 같은 투로 말했다.

"마이 양. 난 당신이 이런 극한 상황에서 누구보다 이성적인 판단을 내릴 거라고 믿어."

이상한 광경이었다.

히로코는 가족이 살해당했다. 류헤이는 함정에 빠져서 무참하게 죽을 뻔했다. 그 범인을 상대로 모두 머리를 조아리며 살려달라고 애원한다.

그들은 말을 신중하게 선택했다. 마이의 심기를 건드리지 않으려고 애썼고, 자신들의 바람이 마이를 죽음으로 몰아넣는다는 사실은 결코 언급하지 않았다. 지상으로 탈출한 후에 이 순간을 되돌아봐도, 자신이 마이를 죽인 건 아니라고 핑계를 댈 수 있도록 주의했다.

나는 마이에게 할 말을 도저히 찾을 수가 없었다.

마이에게 애원하는 사람들의 모습은 너무나 추악했다.

어쩌면 마이에게 애원하지 않고 입을 꾹 다물고 있는 내가 그들보다 훨씬 비겁할지도 모른다. 하지만 내가 그런 말을 꺼냈다간 우리 모두 마이의 죽음을 바라는 꼴이 되고 만다.

과연 그래도 될까?

며칠 전, 계단에서 마이와 사랑받지 못하는 사람이 탈락하는 데스 게임 이야기를 했던 게 떠올랐다. 자신의 죽음을 바라는 사람들을 보고 누구에게도 사랑받지 못한다는 사실을 깨달은 마이가 목숨을 바쳐 우리를 구해줄까?

나만은 마이의 죽음을 바라면 안 되는 것 아닐까?

마이는 정말로 범인일까?

쇼타로의 추리에 반론은 할 수 없다. 하지만 이 잔혹한 사건은 아무래도 마이와 어울려 보이지 않았다.

마이는 내 말을 기다리고 있는 듯했다.

하지만 결국 포기했는지 미소 띤 얼굴로 말했다.

"응. 실은 이렇게 될 줄 알고 있었어. 괜찮아. 내가 바위를 떨어뜨릴게. 결국 그게 제일 좋은 방법이겠지."

누가 범인이라면 강요하지 않아도 지하에 남겠다고 동의해줄까?

─그건 분명 마이겠지.

나는 그렇게 생각했다. 그리고 내 생각이 맞았다.

7

제한 시간이 끝나기까지 아홉 시간 남짓 남았다.

남은 시간은 마이에게 주어졌다. 모두 협력해서 준비에 나섰다. 바위를 떨어뜨린 후 혼자 남은 시간을 보낼 마이를 위해서였다.

유야가 가지고 있었던 보조 배터리와 지퍼백 등은 마이가 가졌다. 쇼타로는 자기 문고본을 양보했다. 도움이 될 만한 물건은 전부 마이에게 넘겨주었다.

하나는 먹다 남은 젤리 봉지를 마이에게 내밀며 떨리는 목소리로 말했다.

"이거, 필요해? 줄게."

"고마워. 잘 먹을게."

마이는 봉지에 그려진 일러스트를 힐끗 본 후 받아들었다.

마이는 그런 물건들과 함께 마지막 시간을 보내는 것이다. 그 동굴 같은 작은 방에서 차가운 물이 가득 차오르기를 기다린다.

얼마나 걸릴까?

어쩌면 익사하기 전에 산소 부족으로 죽지 않을까?

수위를 확인하러 지하 2층에 다녀온 쇼타로가, 물이 밀려드는 속도가 더 빨라졌을 수도 있다고 알렸다. 다만 빨라졌더라도 미묘한 수준이라 제한 시간이 앞당겨질 정도는 아니라고 한다.

마이에게는 그 사실을 알리지 않았다.

마이는 스마트폰과 보조 배터리를 충전하며 때가 오기를 기다리고 있었다.

멀리서 보기에 마이는 평온해 보였다. 식당 의자에 앉아 쇼타로에게 받은 여행기 문고본을 팔락팔락 넘겨보거나 했다.

다들 멀찍이 둘러싸고 마이를 감시했다. 너무 다가서서 괜히 자극하면 어쩌나 두려워하는 눈치였다.

사람들은 어쩐지 나를 마이에게서 떼어놓았다. 단둘만 남는 일은 물론 없었다. 나와 이야기를 나누다 마이가 마음을 바꾸지는 않을까 걱정하는 듯했다.

남은 시간 내내 마이가 나를 계속 기다리는 듯한 기분이 들었다. 하지만 나는 뭐라고 말해야 할지 몰랐다. 무슨 말을 하든 내가 마이를 죽게 내버려 둔다는 건 변함없다.

제한 시간이 두 시간 남았을 때 쇼타로가 부드럽게 마이를 불렀다.

"마이 양. 시간 됐어."

"네."

마이는 테이블 앞에서 일어섰다.

내내 차분해 보였던 마이도 이때만큼은 두려움에 떠는 것 같았다. 작은 배낭을 어깨에 메고 한 발짝 한 발짝 지르밟듯이 복도로 천천히 나왔다.

지하 2층으로 내려가기 전에 마이는 기계실에 가고 싶다고 했다.

마이는 모니터를 켜고 바깥 풍경을 바라보았다.

출입구 영상도 그렇고 비상구 영상도 그렇고, 역시 지상에는 아무 변화가 없었다.

마이는 바깥 풍경을 잠시 바라본 후 만족한 것처럼 말했다.

"그럼 갈까. 너무 지체하지 않는 편이 좋겠지."

계단 앞까지 왔다.

지하 2층의 수위는 우리 배꼽 정도까지 올라왔다.

마이는 모두의 앞에서 가슴장화를 입었다. 그리고 계단을 내려가다 무릎이 잠기는 곳에서 이쪽을 돌아보았다.

"이제 괜찮아. 걱정할 것 없어. 잘할게."

마이는 배웅하는 우리에게 그렇게 말했다.

다들 고개를 돌려 외면했다. 이승을 떠나는 마이에게 제대로 작별 인사를 하려 들지 않는다. 어쩐지 죄악감이 밀려왔다. 마이가 사람을 세 명이나 죽인 건 사실이지만, 우리를 위해 스스로 목숨을 바치려 하는 것도 사실이다.

계단에서 마이가 부끄러운 일을 고백하듯 내게 한 말이 떠올랐다. 나, 꼭 살아서 돌아가고 싶어. 그 말은 분명, 살아서 돌아간 인생에 내가 함께한다는 것을 전제로 했다.

머릿속에서 떨쳐낼 수 없는 생각이 한 가지 있었다.

만약 내가 탈출하기를 포기하고 마이와 함께 지하에 남겠다고 하면?

그때 마이는 뭐라고 할까?

그 대답을 모르고서 남은 인생을 보내기가 두려웠다.

그리고 만약 마이가 나를 받아들여 그 작은 방에서 죽을 때까지 함께 시간을 보낸다면?

그걸 대신할 시간은 분명 평생 맛볼 수 없으리라.

제안할 기회는 지금뿐이었다. 그리고 그 외에는 마이를 죽이지 않아도 되는 방법이 없다. 함께 지하에 남으면 마이를 내 손으로 죽이는 게 아니다. 마이를 죽이는 죄에서 벗어날 방법은 함께 남는 것밖에 없었다.

계단 아래의 마이와 눈이 마주쳤다.

온몸이 달아올랐다. 갈등이 가슴속을 내달렸다.

몇 분 전에 보았던 감시카메라 영상이 나를 만류했다.

곧 지상으로 나갈 수 있다. 그보다 더 가치 있는 일이 존재할까?

마침내 나는 마이에게 말을 꺼냈다.

"그럼, 안녕."

마이는 예상했다는 듯 내 인사에 고개를 끄덕였다.

"응. 갈게."

마이는 모두에게 등을 돌리고 물소리와 함께 어두운 복도로 사라졌다.

마이를 보낸 후 우리 여섯 명은 복도로 돌아와 출입구로 통하는 철문 앞에 섰다. 그리고 마이가 닻감개를 돌리기를 기다렸다.

우리는 숨을 죽였다.

마치 지상으로 나가는 걸 마이에게 들키지 않으려는 것처럼.

잠시 후 철문 너머에서 바위가 뭔가에 문질리는 소리가 들렸다.

마이가 사명을 완수하려 한다.

순조로운 듯했다. 철문 안쪽에서도 바위가 조금씩 움직이는 게 느껴졌다.

다 돼가나?

이제 곧 마이는 절대로 돌아올 수 없는 상황에 처한다.

지상으로 나간다고 일이 다 해결된 건 아니다. 산사태가 일어난 길을 피해 산에서 내려갈 방법을 찾아야 한다. 그 사이에 조금씩 물이 차올라 마이는 죽는다.

철문 너머에서 나던 소리가 멎었다.

그리고 갑자기 호주머니 속의 스마트폰이 진동했다.

화면을 보자 무전기 앱 알림이었다. 마이의 스마트폰이 접속을 요청하고 있었다.

다시는 마이와 말을 나눌 수 없을 줄 알았기에, 귀신이 전화를 걸어온 것처럼 으스스한 기분이었다.

받지 않을 수는 없다. 모두의 시선을 받으며 나는 통화 버튼을 눌렀다.

—슈이치, 들려?

"응. 나야."

서로 층이 다른 데다 철문을 끼고 있어서 음질이 안 좋았다. 그래도 뭐라고 하는지는 알아들을 수 있었다.

—그래? 다행이네. 닻감개를 조금만 더 돌리면 바위가 떨어질 것 같아. 그래서 마지막으로 슈이치한테 꼭 하고 싶은 말이 있어서.

이제 와서 하고 싶은 말이 있다고?

다들 미심쩍은 듯이 이쪽을 바라본다. 나는 마이가 나와 통화하고 싶어 한다고 알리고 바로 옆의 102호실에 들어갔다.

방금 그렇게 작별해놓고 할 말이라니, 뭘까?

주변에 아무도 없다고 하자 마이는 입을 열었다.

—실은 쇼타로 씨의 추리에 틀린 점이 있었어. 그걸 슈이치한테
는 말해두고 싶어서.

"틀리다니? 쇼 형이 틀렸다고?"

그 추리의 어딘가에 허점이 있었다는 건가?

틀렸다면 왜 그때 마이는 아무 말도 하지 않았을까?

아찔한 말이 입을 타고 나왔다.

"설마 마이, 실은 범인이 아닌 거야—?"

—아니, 그런 건 아니고. 세 사람을 죽인 건 나 맞아. 그건 틀림
없어. 틀린 점은 동기.

"동기?"

류헤이에게 죄를 뒤집어씌우려고 저지른 범행이 아니었다는
건가?

—그래. 동기.

"그럼 왜 그런 짓을 한 건데? 바보 같은 짓이야. 가만히 있었으

면 마이가 죽지 않아도 됐을지 모르는데—"

—아니야. 어디서부터 설명하면 될까. 어려워라. 일단 결론부터
간단히 말할게.

얼마 후에 지하에서 죽는 건 내가 아니라 너희들이야.

나도 모르게 귀에서 스마트폰을 뗐다.

얼마 후에 마이가 아니라 우리가 죽는다.

마이는 그렇게 말했다. 잘못 들은 게 아니다.

마이의 목소리는 냉정했다. 결코 정신이 이상해진 것도, 거짓말
을 하는 것도 아니었다. 마이는 그저 사실을 고했다.

"왜 우리가 죽고 마이는 살아남는데?"

—그럼 설명할게. 슈이치, 바깥에 감시카메라가 있잖아. 그 감시
카메라에 찍힌 영상을 기계실에 설치된 모니터 두 대로 볼 수 있
지. 모니터에는 유성펜으로 출입구와 비상구라고 적혀 있었고.

"그런데—"

—지진이 난 후에 흩어져서 육각 렌치를 찾을 때 슈이치가 모니
터를 확인했지. 그래서 밖에 산사태가 일어난 걸 알았어. 출입구
쪽 영상은 아무렇지도 않았지만, 비상구는 흙과 모래로 완전히 뒤
덮였어.

"응."

—출입구를 통해 밖에 나가더라도 당장 구조대를 불러올 수 없으니까 지하에 남는 사람은 죽을 수밖에 없다는 결론이 났잖아.

그런데 만약 슈이치가 확인하기 전에 내가 모니터 두 대의 배선을 바꿔서 연결했다면? 출입구 모니터에 비친 게 비상구고, 비상구 모니터에 비친 게 출입구라면?

나는 기절할 것만 같아서 바닥에 웅크려 앉았다.

천지가 뒤바뀌었다.

"그러니까—, 산사태에 묻힌 건 비상구가 아니라 출입구였다?"

—응. 내가 바위를 떨어뜨려도 밖으로는 못 나가. 무거운 흙과 모래가 덮개를 꽉 누르고 있으니까.

여기서 나갈 방법은 스쿠버다이빙용품을 사용해 물이 가득 찬 지하 3층을 지나 산사태의 피해가 없는 비상구로 탈출하는 것뿐이야.

난 누구보다도 먼저 모니터를 보고 그 사실을 알아차렸어. 그래서 두 영상을 서로 바꿔놨지. 스쿠버다이빙용품은 한정돼 있으니까. 사람들이 알면 공기통을 차지하기 위해 죽고 죽이는 싸움이 벌어졌을 거야.

만약 나무다리가 떨어지지 않았더라도 지진으로 길이 무너졌으면, 언제쯤 구조대를 부를 수 있을지 모르잖아. 그리고 그때는 물이 차오르는 데 시간이 얼마나 걸릴지도 몰랐고 말이야. 아무튼 나로서는 그럴 수밖에 없었어.

마이는 나보다 먼저 모니터를 확인했다. 두 영상을 바꿔치는 법은 간단하다. 케이블만 바꿔 끼우면 된다.

영상을 서로 바꿈으로써 마이는 탈출에 스쿠버다이빙용품이 필요하다는 정보를 독점했다. 그리고 모두에게 탈출하려면 살인범을 희생하는 수밖에 없다는 생각을 심었다.

―모니터에 비치는 영상은 둘 다 초원에 있는 덮개를 촬영한 거라서 서로 아주 흡사하지? 그리고 우리가 여기 왔을 때는 이미 날이 저물 무렵이었잖아. 밝을 때 두 곳을 제대로 확인하진 못했어. 지진이 일어나기까지는 아무도 밝을 때 촬영된 감시카메라 영상을 보지 않았고.

그래서 출입구 영상과 비상구 영상이 서로 바뀌었다는 게 들통날 걱정은 없었어.

다만 유야는 달랐지. 전에도 여기 와봤으니까, 그때 출입구와 비상구 주변을 자세히 봤을 거야. 유야가 모니터 영상을 확인하면 서로 바뀐 게 들통날 수도 있어.

그게 진짜 동기인가.

"그래서 유야를 죽인 거야?"

—응. 그리고 이유가 하나 더 있어. 그때 만약 살인을 저지르지 않았다면 열 명 중 누가 지하에 남을지를 제비뽑기 같은 방법으로 정했을지도 몰라.

그럼 곤란해. 바위를 떨어뜨리면 나도 못 나가니까.

하지만 모두에게 그런 말을 할 수는 없잖아?

그래서 살인을 해야 했던 거야. 사람들이 범인을 찾으면 그만큼 시간을 벌 수 있으니까. 범인을 찾아낼 때까지는 바위를 떨어뜨리지 않을 테니까.

난 시간이 필요했어. 스쿠버다이빙용품이 그대로는 사용할 수 없는 상태였거든.

쇼타로와도 했던 이야기였다. 지하 3층에 사야카의 머리를 가지러 가느냐 마느냐를 검토했을 때다. 스쿠버다이빙용품에는 공기통을 멜 하네스가 없었다. 뭔가로 대용하지 않으면 잠수가 불가능했다.

그건 마이도 마찬가지였다. 탈출하기 위해서는 하네스를 만들어야 했다.

"그럼 사야카를 죽인 건? 그건 역시 살인범이라는 사실이 들통나지 않도록—"

─아닌데? 아까 로프가 찍힌 사진이 사야카의 스마트폰에 남아 있다고 한 이야기는 다 거짓말이야. 그런 사진이 남아 있더라도 로프가 있는 방에 나만 드나들었다는 걸 증명하기는 불가능해. 애당초 사야카의 스마트폰에 무슨 사진이 있는지 들여다볼 수도 없고.

하지만 사야카의 스마트폰에 내가 절대로 남들에게 보여주고 싶지 않은 사진이 저장돼 있었던 건 확실해.

슈이치, 감자칩 사건이 있고 나서 처음으로 모두 다 식당에 모였을 때 사야카가 했던 말 기억나? 반년쯤 전에 유야가 지하 건축물 사진을 보냈다고 했잖아. 출입구랑 비상구 사진도 있었다고 했어.

사야카는 몰랐지만, 만약 그 사진과 감시카메라 영상을 비교하면 큰일이야. 근처에 있는 나무의 위치 등으로 영상이 뒤바뀌었다는 걸 알아차릴 수도 있으니까.

마이에게는 범인이라는 사실을 들키는 것보다 영상을 뒤바꾸었다는 사실이 발각되는 게 더 중대한 문제였다.

그러고 보니 야자키 가족이 과거에 여기를 사용했던 신흥종교 단체와 접점이 있다는 걸 알았을 때, 마이는 묘할 만큼 끈덕지게 그들이 지하 건축물을 얼마나 알고 있는지 확인했다. 마이는 야자키 가족이 모니터 영상에 이상함을 느낄 가능성이 있는지 가늠해 본 것 아닐까?

―그리고 사야카를 찌른 칼 말인데, 딱히 남에게 죄를 뒤집어씌우려고 그런 짓을 한 건 아니야. 내가 범인임을 증명하기 위해 보관해둔 거야.

범인이 밝혀지지 않으면 조만간 모두 겁에 질려서 큰 혼란이 발생할지도 모르잖아? 그럼 탈출이고 뭐고 전부 헛일이 될 수도 있어.

그래서 정말로 수습이 안 될 것 같으면 자진해서 범인으로 나설 작정이었지. 하지만 그때 아무 증거도 없으면 이상하잖아? 내가 닻감개를 돌리겠다고 해도 류헤이나 슈이치가 말릴지도 모르고.

그래서 여차할 때 저기 선반 뒤편에 증거가 있다고 말할 수 있도록 칼을 숨겨놓은 거야.

뭐, 별 의미 없었지만. 그 전에 야자키 씨한테 들켰으니까.

이 설명에는 이해가 되지 않는 점이 있었다.

"그럼 야자키 씨를 죽였을 때는 왜 창고에 간 거야?"

자기가 범인임을 증명하기 위해서는 흉기가 어디 있는지만 밝히면 된다. 굳이 직접 칼을 회수할 필요는 없었다.

―하네스를 만드는 중이었으니까. 등에 공기통을 고정하려고 로

프를 다양한 재료와 조합하다가 철사로 보강하면 좋겠다 싶었어. 그래서 창고에 철사를 가지러 갔더니 야자키 씨가 숨어 있더라고.

칼을 꺼내지 않았으니까 범인이라는 건 들통나지 않았지만, 야자키 씨는 죽여야 했지.

야자키 씨가 공기통을 쓰고 있었거든. 그냥 놔두면 내가 지하 3층에 잠수할 때 필요한 공기까지 다 써버릴 것 같았어. 공기통에 원래부터 산소가 별로 없었잖아.

여기서 발생한 세 건의 잔인한 살인사건은 마이와 너무나 어울리지 않는 느낌이었다.

하지만 실은 전혀 이상할 것 없었다.

마이는 〈방주〉라는 이 건물에 살인을 허가받았다.

마이는 누구를 몇 명 죽여도 상관없었다. 왜냐하면 어차피 모두 죽을 테니까.

목이 졸려 죽은 유야와 사야카도, 가슴을 찔려 죽은 야자키도 어차피 죽을 운명이었다. 어쩌면 그들은 행복한 죽음을 맞았는지도 모른다. 앞으로 우리 여섯 명을 찾아올 죽음에 비하면—

우리 중 단 한 명, 마이만 계시를 받았다.

스마트폰에서는 여전히 마이의 차분한 목소리가 들려왔다.

—하네스를 만드느라 정말 고생했어. 다른 사람들에게 들키지

않게 만들어야 했으니까. 내 방에서 조금씩 로프를 엮어 짜다가, 누가 오는 것 같으면 들키지 않을 곳에 숨겨야 했지. 그리고 어설 프게 만들었다가 만에 하나 망가지기라도 하면 끝장인걸.

완성한 하네스는 지하 2층에 숨겼어. 창고에서 야자키 씨를 발 견한 후에. 침수된 덕분에 숨기기는 쉽더라.

그런데 말이야, 슈이치?

마이는 대답을 기다리듯 말을 끊었다. 내가 이야기를 듣고 있는 지 확인하려는 것 같았다.

나는 간신히 대답했다.

"—왜?"

—나, 실은 하네스를 두 개 만들었어. 슈이치 것까지. 왜, 스쿠버 다이빙용품이 두 개씩 있었잖아.

만약 슈이치가 나랑 같이 지하에 남기로 했다면, 그걸 사용해 함 께 밖으로 도망칠 생각이었어. 결국 그렇게 되지 않아서 아쉽지만, 뭐 어쩔 수 없지.

그렇다. 마이는 나를 기다렸다.

그때 마이를 따라갔으면—, 나는 살았다.

죽기 싫은 건 다 마찬가지라고 소리를 지를까, 지금이라도 같이 가자고 애원할까. 그 두 가지 생각이 머리를 스쳤다.

그리고 둘 다 무의미하다는 걸 직감적으로 깨달았다.

이번에야말로 나는 바닥에 푹 엎드렸다. 까무러치기 직전이었다.

스마트폰에서 내가 아까 마이에게 던진 말이 들렸다.

─그럼, 안녕.

통화가 끊겼다.

암벽에서 미끄러져 떨어진 사람처럼 나는 바닥에 너부러져 숨을 깔딱깔딱했다.

나는 이 지하에 갇혀 물이 차오르기를 기다린다.

그리고 죽는다.

이윽고 바위가 지하 2층으로 떨어지는 소리가 났다.

지진이 났나 싶을 만큼 큰 진동이 밀려왔다. 하지만 내게는 몹시 아득하게 느껴졌다.

복도에서 환성이 일었다. 사람들이 밖을 향해 통로를 달려가는 걸 알 수 있었다.

틀렸다.

출입구를 막은 덮개는 결코 열리지 않는다.

그때 아무 조짐도 없이 시야가 깜깜해졌다.

제한 시간이 끝났다. 발전기가 가동을 멈췄다.

얼마 후. 다섯 명의 절망 어린 절규가 어렴풋이 들렸다.

클로즈드서클물의 진화

"제가 미스터리를 구상할 때 중점을 두는 요소 중 하나는 '탐정이 활약할 동기'입니다. 수수께끼 해명은 목적이 아니라 어디까지나 수단이어야 바람직하다고 생각하거든요.

클로즈드서클이 무대인 작품에서는 '탐정이 활약할 동기'가 늘 어느 정도 유지됩니다. 폐쇄된 공간에 살인범과 함께 갇혀 있으니까, 범인의 정체를 빨리 밝혀내야 자신들의 안전이 보장되겠죠.

『방주』에서는 그러한 동기를 더 절실하게 만들어 보려고 했습니다. 누군가 한 명을 희생해야 탈출할 수 있는 폐쇄된 공간에서 살인이 일어나면, 수수께끼 해명은 생존의 절대적인 조건으로 작용할 겁니다.

그런 설정에서 출발해 나름대로 마무리를 지은 결과가 이 작품
『방주』입니다."

(『방주』 특별 기획 자기소개 에세이에서 발췌)

추리소설에서 '클로즈드서클'은 외부와 단절돼 고립된 장소를
뜻하는 용어다. 폭풍이 몰아치는 외딴 섬이나 눈보라가 치는 산장
을 대표적인 예로 들 수 있겠다. 그리고 이러한 클로즈드서클에서
살인사건이 벌어지는 추리소설을 클로즈드서클물이라고 한다.

사실 클로즈드서클물의 원조는 황금기 영미 추리소설이다. 앨러
리 퀸의 『샴 쌍둥이 미스터리(1933)』와 애거서 크리스티의 『그리
고 아무도 없었다(1939)』가 독자들에게는 제일 익숙하지 않을까
싶다.

그중 애거서 크리스티의 『그리고 아무도 없었다』는 후대의 클로
즈드서클물에 지대한 영향을 미친다. 외딴 섬, 저택, 사연 있는 등
장인물, 연쇄살인, 연쇄살인에서 비롯되는 서스펜스 등등 클로즈
드서클물의 이정표를 제시했다고 할 수 있다.

영미에서 고전적인 추리소설이 쇠퇴한 현재, 클로즈드서클물은
일본에서 명맥을 이어나가고 있다. 이른바 '본격 미스터리'라는 장
르에서 클로즈드서클물은 여전히 인기가 많다. 그러나 이제는 식
상한 느낌도 없지 않다.

『그리고 아무도 없었다』가 제시했던 독특한 이정표는 이제 '클

리셰'가 되고 말았다. 클로즈드서클물하면 떠오르는 이미지가 고착된 셈이다. 독자는 전개를 어느 정도 예상하고서 클로즈드서클물을 읽고, 그 예상이 빗나가는 경우는 별로 없다.

작가 유키 하루오는 그렇듯 고착된 이미지에서 벗어나기 위해 여러 가지 방법을 쓴다. 일단 공간적 배경인 지하 건축물에서 지낼 수 있는 시간을 일주일로 제한한다. 그리고 탈출하기 위해서는 한 사람을 희생시켜야 한다는 조건을 제시한다. 이러한 '강요'로 발생하는 갈등과 불안이 독자에게는 여타 클로즈드서클물에서 얻지 못했던 재미로 다가온다.

여기에 그치지 않고 작가는 범인이 '왜' 살인을 저질렀느냐는 수수께끼를 제시한다. 다른 클로즈드서클물과 달리 『방주』에서는 범인임이 밝혀지면 '희생양'이 되어 죽어야 한다. 그런데도 범인은 살인을 저지른다. 무고한 사람을 희생양으로 삼을 수는 없기에 등장인물들은 논리적으로 그 범인을 찾아내야 한다.

이렇듯 간결하고 명확한 논리를 바탕으로 한 '후던잇'과 궁금증을 자극하는 '와이던잇'을 결합해 『방주』는 클로즈드서클물의 새 지평을 연다.

유키 하루오는 2019년에 『교수상회』로 메피스토상을 받으며 데뷔한, 그야말로 햇병아리 작가다. 역시 본격 미스터리이기는 하지만 지금까지 다이쇼 시대(1912-1926)를 배경으로 작품을 써 온 작가가, 세 번째 작품 만에 현대를 배경으로 이렇게 뛰어난 클로즈드서클물을 써내다니 그 신출귀몰한 솜씨에 놀라지 않을 수 없다.

　말이 길었다. 역자의 서툰 글솜씨로는 이 작품을 읽고 느낀 전율을 다 전할 수가 없다. 꼭 한번 읽어보고, 다케모토 겐지의 추천사처럼 행복한 저주를 받기 바란다.

2023년 2월

김은모

방주

1판 1쇄 발행 2023년 2월 20일 | **1판 7쇄 발행** 2024년 12월 16일

지은이 유키 하루오 | **옮긴이** 김은모
책임편집 민현주 | **디자인** 박진범 | **제작** 송승욱 | **발행인** 송호준

발행처 블루홀식스 | **출판등록** 2016년 4월 5일 제2016-000100호
주소 경기도 파주시 회동길 483-1 | **전화** (031)955-9777 | **팩스** (031)955-9779
이메일 blueholesix@naver.com

ISBN 979-11-89571-89-4 (03830) | **정가** 16,500원

인스타그램 @blueholesix | **유튜브** blueholesix

네이버스토어
PC http://smartstore.naver.com/blueholesix
MOBILE m.smartstore.naver.com/blueholesix

＊ 저자와 출판사의 서면 허락 없이 내용의 일부를 무단 인용하거나 발췌하는 것을 금합니다.
＊ 책값은 뒤표지에 있습니다. 잘못된 책은 구입하신 곳에서 교환해 드립니다.